中华传世小品

人间掌故

历代笔记小品

范军 阮忠 主编

长江出版传媒 崇文书局

图书在版编目（CIP）数据

人间掌故：历代笔记小品 / 范军，阮忠主编.
一武汉 ：崇文书局，2016.1（2017.5 重印）
（中华传世小品）
ISBN 978-7-5403-4044-5

Ⅰ．①人…
Ⅱ．①范… ②阮…
Ⅲ．①小品文－作品集－中国－古代
Ⅳ．① I262

中国版本图书馆 CIP 数据核字（2015）第 232708 号

人间掌故：历代笔记小品

责任编辑　程 欣 刘 丹
出版发行　长江出版传媒 ｜崇 文 书 局
地　　址　武汉市雄楚大街 268 号 C 座 11 层
电　　话　(027)87293001　邮政编码　430070
印　　刷　湖北鄂东印务有限公司
开　　本　680mm×960mm　1/16
印　　张　16
字　　数　180 千字
版　　次　2016 年 1 月第 1 版
印　　次　2017 年 5 月第 2 次印刷
定　　价　29.80 元
（如发现印装质量问题，影响阅读，请与承印厂调换）

总　序

　　1993 年,湖北辞书出版社出版了"小品精华系列",一共十册:《历代尺牍小品》《历代幽默小品》《历代妙语小品》《历代寓言小品》《历代山水小品》《历代诗话小品》《历代笔记小品》《历代禅语小品》《明清清言小品》《明清性灵小品》。这套"小品精华",风格亲切幽默,平易近人,深受欢迎。二十多年过去了,许多想得到这套书的读者,早已无处可购。考虑到读者的需要,崇文书局拟在"小品精华系列"的基础上,精益求精,隆重推出"中华传世小品",第一辑为十册。主持这套书的朋友嘱我写几句话,我也乐于应命,有些关于小品的想法,正好借这个机会跟读者交流交流。

　　"中国历史上写作小品文的作家,多半是所谓名士。"现代作家伯韩的这一说法,流传颇广。那么,什么是名士呢?伯韩以为,也就是一种绅士罢了,不过与普通绅士有所不同而已。他们"多读了几句书,晓得布置一间美妙的书斋,邀集三朋四友,吟风弄月,或者卖弄聪明,说几句俏皮话,或者还搭上什么姑娘们,弄出种种的风流韵事来。这都算是他们的风雅"。

　　这样来看中国历史上的小品,如果不是误解的话,真要算得上不怀好意了。

据《论语·先进》记载：一天，孔子和子路（仲由）、曾皙（曾点）、冉有（冉求）、公西华（公西赤）在一起，他要几个弟子谈谈自己的志愿。子路第一个发言说："一千辆兵车的国家，处在几个大国之间，外有军队侵犯，内有连年灾荒。让我去治理，只消三年光景，便可使人人勇敢，而且懂得同列强抗争的办法。"孔子听了，淡淡一笑。冉有的志愿是："一个纵横六七十里，或者五六十里的小国，让我去治理，三年时间，可使人人丰衣足食。至于修明礼乐，那就有待于贤人君子了。"第三个回答孔子的是公西华，他说："不是我自以为有什么了不得的才能，只是说我愿意来学习一番。国家有了祭祀的典礼，或者随着国君去办外交，我愿穿着礼服，戴着礼帽，做个好傧相！"公西华说话时，曾点正在弹瑟，听孔子问他："点，你怎么样？"曾点放下手中的瑟，站起来道："我的志愿跟他们三位都不相同。暮春三月，穿一身轻暖的衣服，陪着年长的、年轻的同学，到沂水沙滩上去洗洗澡，到舞雩台上去吹吹风，一路唱着歌回来！"孔子感叹道："我赞同曾点的想法！"孔子以为，子路等三人拘于礼、仁，气象不够开阔、爽朗。只有精神发展到能够怡情于山水自然的境地，人格才算完善。

孔子这种陶醉于山水之美的情怀，由魏晋时代的名士做了淋漓尽致的发挥。有一部书，专记当时名士的言行，名叫《世说新语》。其中有个人物谢鲲，他本人引以自豪的即是对山水之美别有会心。晋明帝问谢鲲："你自己以为和庾亮相比怎么样？"谢鲲回答说："身穿礼服，庄严地站在朝廷之上，作百官表率，我不如庾亮；但是，一丘一壑（指在山水间自得其乐），臣自以为超过他。"以"一丘一壑"与朝廷政务并提，可见其自豪感。因此，当著名画家顾恺之为谢鲲画像时，便别出心裁地将他画在岩石中。问顾为什么这样，顾答道："谢自己说过：'一丘一壑，臣自以为超过他。'所以应该把这位先生安置在丘壑中。"足见魏晋名士的趣味相当一致。

也许是由于魏晋以降的儒生多拘束迂腐，也许是由于全身心陶醉于山水之美的魏晋名士对老庄更偏爱些，后世人往往将名士风流与儒家截然分为二事，似乎它们水火不容。晚明袁宏道在《寿存斋张公七十序》中批评这种误解说：

> 山有色，岚是也。水有文，波是也。学道有致，韵是也。山无岚则枯，水无波则腐，学道无韵，则老学究而已。昔夫子之贤回也以乐，而其与曾点也以童冠咏歌，固学道人之波澜色泽也。江左之士，喜为任达，而至今谈名理者必宗之。俗儒不知，叱为放诞，而一一绳之以理，于是高明玄旷清虚澹远者，一切皆归之二氏。而所谓腐滥纤啬卑滞局局者，尽取为吾儒之受用，吾不知诸儒何所师承，而冒焉以为孔氏之学脉也。

袁宏道的结论是："颜之乐，点之歌，圣门之所谓真儒也。"这话是有几分道理的。

上面说了那么多，其实是要说明一点：孔子是中国古代第一位小品文作家，《论语》是中国古代第一部小品文著作。以小品的眼光来读《论语》，不难发现一个亲切而又伟大的孔子。

比如，从《论语》中不仅能看出孔子陶醉于山水之美的情怀，还能感受到他那无坚不摧的幽默感。孔子曾领着一群学生周游列国，再三受到冷遇，途经陈、蔡时，被两国大夫率众围困，"不得行"，粮食没有了，随行的人也病了，而孔子依然"讲诵弦歌不衰"。他开玩笑地问："'我们不是野兽，怎么会来到旷野上？'莫非我的学说错了吗？"颜渊回答说："夫子的学说极其宏大，所以天下不能容纳。不能容纳有什么不好呢？这才见出你是真正的君子。"孔子听了，油然而笑，说："你要是有很多财产的话，我愿给你当管家。"置身于天下不容的困境中，孔子师徒仍其乐陶陶，在于他们互为知己，确信所追求的目标是伟大的。北宋的苏轼由此归纳出一个命题："师友以道相乐，乃人间之至乐也。"

在人们的感觉中，身居显位的周公是快乐的、幸福的。其实未必然。召公负一代盛名，管叔、蔡叔是周公的弟弟，连他们都怀疑周公有篡夺君位的野心，何况别人呢？这样看来，周公虽坐拥富贵，却无亲朋与之共乐。苏轼由此体会到：周公之富贵，不如孔子之贫贱：富贵不值得看重。他的

《上梅直讲书》说的就是这个意思。

据《论语》记载,孔子还曾有过一件韵事。跟孔子同时,有个名叫南子的美女,身为卫灵公夫人,却极度风流淫荡。一次,她特地召见孔子。孔子拜见了她,还坐着她的马车,在城内兜了一圈。性情爽直的子路很不高兴,对孔子提出非议,孔子急得发誓说:"假如我孔某有什么邪念的话,老天爷打雷劈死我!"

对孔子的这件浪漫故事,历史上有两种不同的解释。一种说法认为:孔子是迷恋南子的漂亮。另一种意见则较为规矩,其代表人物是南宋的罗大经。罗大经在《鹤林玉露》中说:南子虽然淫荡,却极有识见,"有后世老师宿儒之所不能道者"。孔子之所以去见南子,即因看重她的识见,希望她改掉淫行,成为卫灵公的好内助。"子路不悦,是未知夫子之心也。"

前一种说法似乎亵渎了孔子,但未必没有可取之处。孔子讲过:"吾未见好德如好色者也。"在他看来,好色是人的不可抗拒的天性,任何人都没有资格假定自己从不好色。所以,当孔子向子路发誓,说他行端影直的时候,我们真羡慕子路,有这样一位可以跟学生赌咒发誓的老师。孔子让我们相信:圣人确有不同凡俗的自制力,但并不认为他人的猜疑是对他的不敬。相反,他理解这种猜疑,甚至觉得这种猜疑是理所当然的。

孔子是一个伟大而又亲切的小品作家,《论语》是一部伟大而又亲切的小品文著作。亲切而又伟大，这就是小品的魅力。关于中国历代小品的定位，理应以《论语》作为坐标。我想与读者交流的，主要的也就是这个看法。

回到"中华传世小品"，这里要强调的是，这套书所秉承的正是《论语》的传统。它们的作者，不是伯韩所说的那种"名士"，而是孔子、颜渊、曾点这类既活出了情怀、又活出了情调的哲人。不需要故作庄严，也绝无油滑浅薄，那份温暖，那份睿智，那份幽默，那份倜傥，那份自在，那份超然，足以把生活提升到一个令人陶然的境界。读这样的书，才当得起"开卷有益"的说法。

愿读者诸君与"中华传世小品"成为朋友！

武汉大学文学院教授、博士生导师　陈文新

前　言

　　所谓笔记,简单说就是一种随笔而录、杂谈琐语性质的散文。它多半是随心所欲、信笔而至、写到哪里是哪里的一种简杂短文。

　　我国古代笔记的历史十分悠久。它的真正兴起是在魏晋时期,到唐宋已经相当成熟和繁盛了。明清两代,在笔记的创作、辑录和整理等方面,又有较大的发展,作品迭出,蔚为大观。

　　“笔记”这个名称,始见于南朝文学批评家刘勰的《文心雕龙·才略》:“路粹、杨修,颇怀笔记之工,丁仪、邯郸,亦含论述之美。”不过这里所说的“笔记”,并不是指杂录、随笔之文,而是指公牍奏记一类的文字。但在刘勰之前的魏晋时期,真正的笔记专集已经出现了。出于晋人葛洪之手的《西京杂记》,记叙西汉逸闻琐事,间及宫室苑囿、衣饰器皿、风俗习惯之类,是典型的杂史琐记类笔记。鲁迅先生说它“意绪秀异,文笔可观”。

　　魏晋南北朝时期的笔记还有故事传说一类,这类笔记本又分为志怪志人两个流派。王嘉的《拾遗记》、干宝的《搜神记》、陶潜的《搜神后记》等,都是属于志怪一派的笔记,内容有妖怪神仙、历史传说,大多荒诞不稽,但其中也不乏思想性强、艺术性高的好作品。志人一派的笔记以《世说新语》为代表。它主要记叙汉末至东晋的逸闻轶事,尤其以魏晋名流的言行居多。作者打破了侈谈神仙鬼怪的窠臼,把笔触深入到现实生活之中,一代人物,百年风尚,历历如睹。

人間掌故

一部《世说》就是一个时代心灵的历史。它是笔记文学史上的一座丰碑，对后世轶闻琐语之类著作的影响十分深远。除了杂史琐记、故事传说类笔记以外，魏晋时期还首次出现了《笑林》等笑话专集。

隋唐五代的笔记承前启后，在魏晋南北朝的基础上又有所发展，尤其是野史旧闻类的笔记，著作迭出，成就十分可观。这类笔记著作有张鷟的《朝野佥载》、刘𫗧的《隋唐嘉话》、李肇的《国史补》、刘肃的《大唐新语》、郑处诲的《明皇杂录》、赵璘的《因话录》、王定保的《唐摭言》等等。它们所记录的大多是正史以外的某些朝廷掌故、历史人物言行、历史事件始末等，其内容或为作者耳闻目睹，或为作者亲身经历。虽属杂载琐记，但往往可补官修史书之不足，有很高的史料价值。古代野史旧闻一类的笔记地位远不及官修正史，这种传统观念正好使笔记作者思想上少了一些束缚，行文时也少了一些框框，记人记事，立论发议，只是信手拈来，记写随意，了无拘束，反倒有性情，有意境，嬉笑怒骂，亦庄亦谐，别有情趣。如果说官修正史仿佛是在讲坛上训话，那么野史笔记就很像私下里闲聊，作者的真胸襟、真性情，往往能得到充分的袒露。因此，这类野史旧闻类的笔记，不仅有历史的真实性，而且具有较强的文学性、可读性，能够怡人性情，启迪心智，借古鉴今。

宋代在笔记文学史上的地位是十分重要的。把随笔而录、杂谈琐语性质的文字称为"笔记"，就是始于宋人。北宋宋祁有《笔记》三卷，南宋龚颐正有《芥隐笔记》、陆游有《老学庵笔记》等等。同时，南宋洪迈又起一端，称笔记文为"随笔"，著有《容斋随笔》十卷，于是，"笔记"、"随笔"之称并行，相沿至今。不过今天人们用"随笔"要更普遍一些。宋代笔记文的数量相当宏富,据清人所编《宋人小说》(古今小说概念不同,此书实际上是笔记汇编),所收就达一百多种。这与唐宋文学风潮的普遍高涨,特别是古文运动对文体的解放有直接的关系。宋代许多著名的文学家和学者都曾从事笔记文的写作,如北宋的欧阳修有《归田录》、司马光有《涑水纪闻》、沈括有《梦溪笔谈》、苏轼有《志林》,南宋的张邦基有《墨庄漫录》、叶梦得有《石林燕语》、周密有《癸辛杂识》等等。这些文坛著名作家的介入,令人对笔记文刮目相看。宋人笔记的内容也是十分丰富的,除了野史轶闻以外,还有些是谈物理、明技艺,记写山川风物、岁时民俗,证经考史、训诂文字,评诗说文、品书论画,等等。上至天文,下至地理,大至军国之重,小至蚊虫之细,无所不说,无一不谈,都能杂记漫录,涉笔成趣,形成了璀璨多姿的笔记文苑囿。

元明至清末,笔记文又有更进一步的发展。从创作上看,出现了不少可以传之久远的笔记名著,如朱国祯的《涌幢小品》、张岱的《陶庵梦忆》、王士禛的《池北偶谈》、纪昀的《阅微草堂笔记》、潘荣陛的《帝京岁时纪胜》等等。此外,明清两代对前人和本朝笔记的搜集、整理工作也是卓有成效的。明人编的《五朝小说》,清人编的《宋人小说》《宋稗类钞》《清稗类钞》《清朝野史大观》等等,都是极有价值的。

笔记发展的历史源远流长,历代笔记著作浩如烟海,性质也颇为驳杂。笔记中有相当一部分属于文学随笔,或写人情,或述物理,或记一时之戏谑,或采一朝之轶闻,无论是写历史还是写现实,无论是写社会还是写自然,多与实际人生息息相关。这类以记人物故事为主的文学随笔,称为"掌故"可能较为确当的。这些直接或间接反映现实和人生的掌故,不仅是整个笔记文学的精华,也是整个散文艺术中的内容丰富、文采可观的特色之作。它们不仅从文学艺术的角度给人以美的享受,而且在精神方面也是人们最有益的食粮。

我们这个笔记小品选本,是本着既善且美、有趣又有益的原则来编选的。在浩繁的故纸堆里爬梳剔抉,我们当然不是为了满足什么嗜古癖,也不是为了满足少数人的猎奇心理。我们所希望的是,奉献给读者朋友的这本书,能成为大家的良师益友,在一种娓娓絮谈的氛围里,使您从中获得愉快、教益和启迪。在我们看来,著书也好,读书也罢,从根本上说都是为了求真、求善、求美,使世界更迷人,使人生更美好。事实上,在今天千千万万读者的心灵深处,存在着与古代仁人智者思想、人格一拍即合的情愫。古今一理,人心相通。我们正是期望能跨越时空的阻隔,用现实去感悟历史,用人生去融会人生。

书名为"人间掌故",从宫廷到市井,从名流到百姓,从尘俗凡间到禅道境界,林林总总,涵盖广博,但又都与现实人生密切相关。所选篇目力求短小精悍,风格质朴自然,富有情趣。全书八类掌故,有如八个艺术画廊,当您徜徉其间,或会心一笑,或拍案叫绝,或驻足沉思,或一触即悟,皆能品之有味,思之有得,令您流连而忘返。如果您能在一种轻松自在的漫步中,获得精神的愉快与心智的启迪,那我们就十分满足了。

目 录

宫 廷

官 场

人間掌故

世　情

宫 廷

敬德不诳　张　鷟（唐）

吏部尚书唐俭与太宗棋①，争道②。上大怒，出为潭州。蓄怒未泄，谓尉迟敬德曰③："唐俭轻我，我欲杀之，卿为我证验有怨言指斥。"敬德唯唯。明日对仗云④，敬德顿首曰："臣实不闻。"频问，确定不移。上怒，碎玉珽于地⑤，奋衣入。良久索食，引三品以上皆入宴⑥，上曰："敬德今日利益者各有三，唐俭免枉死，朕免枉杀，敬德免曲从，三利也；朕有怒过之美⑦，俭有再生之幸，敬德有忠直之誉，三益也。"赏敬德一千段⑧，群臣皆称万岁。

——《朝野佥载》

【注释】

①唐俭：字茂约，唐晋阳人，官至吏部尚书，卒谥襄。太宗：指唐太宗李世民。

②争道：指下围棋时抢先占据有利位置。

③尉迟敬德：复姓尉迟，名恭，字敬德，唐初大将。

④对仗：指当面对证。云：语助词。

⑤玉珽（tǐng）：皇帝所持的玉板。

⑥三品：朝廷高官。唐制，官员分九品，包括三十级。

⑦怒过：改过。怒，谴责，此处指自责。

⑧段：通"缎"。

【译文】

吏部尚书唐俭与唐太宗下棋时，布子抢占有利位置。太宗大为恼火，把唐俭调出朝廷，贬为潭州的地方官。尽管这样，太宗仍然余怒未消，他对尉迟敬德说："唐俭不尊重我，我要杀了他。你替我证实,有人控告他。"敬德谦卑地应允了。第二天当面对证时,敬德叩头至地,说:"我确实没有听到对唐俭的指责。"太宗一连问了好几次,敬德还是确定不移。太宗非常生气,将手里拿的玉板恨恨地摔碎在地上,衣服一抖,进去了。

过了好一阵子,太宗让开席吃饭,把三品以上官员都请来入宴。在宴席上,太宗说:"敬德今天使各方面获得利益的事务有三:使唐俭免于枉死,我免于枉杀,敬德自己免于曲从,这是三方面所得的利;使我有改过的美名,唐俭有再生的幸运,敬德有忠直的声誉,这是三方面所受之益。"说罢,太宗赏赐给敬德一千缎。在座的大臣都称皇帝万岁。

【品读】

唐太宗无疑是封建时代最为开明的皇帝之一。唐太宗毕竟是唐太宗,他的可贵之处就在于能改正过失,不一意孤行。作为一个封建帝王,这是难能可贵的。

太宗怀鹞 　刘 悚(唐)

太宗得鹞①,绝俊异,私自臂之,望见郑公②,乃藏于怀。公知之,遂前白事,因语古帝王逸豫,微以讽谏。语久,帝惜鹞且死,而素严敬征,欲尽其言。征语不时尽③,鹞死怀中。

——《隋唐嘉话》

【注释】

①鹞(yào):鸟名。

②郑公:即魏征,封郑国公。

③不时尽:没有及时讲完。

【译文】

唐太宗得到了一只鹞鸟。那鸟儿非常俊异。太宗把它架在臂上玩赏,远远看见魏征,赶忙把鹞藏在怀里。魏征发觉了,就走过来向太宗禀告事情。他乘机便向太宗讲述古代帝王由于贪图安逸享乐而丧国灭身的事,委婉地加以劝谏。魏征唠唠叨叨说了好半天,那鹞在太宗怀里都快要被捂死了,太宗感到很可惜,但他一向敬重魏征,想让魏征把话讲完。魏征在那里说个没完没了,终于让那鹞死在了太宗的怀里。

【品读】

忧劳可以兴国,逸豫足以亡身,历史上玩物丧志、身死国灭的事儿实在不少。本文正是从太宗对魏征的敬畏中,表现出他的明智。有权而不过分任性的皇帝,实为好皇帝。

三镜自照　刘　悚(唐)

太宗谓梁公曰①:"以铜为镜②,可以正衣冠;以古为镜,可以知兴替;以人为镜,可以明得失。朕尝宝此三镜③,用防己过。今魏征殂逝,遂亡一镜矣。"

——《隋唐嘉话》

【注释】

①太宗:即唐太宗李世民。梁公:房玄龄,太宗时任宰相,封梁国公。

②以铜为镜:古代的镜子是用铜制造的,玻璃镜是近代才有的。

③宝:珍爱。

【译文】

唐太宗对梁国公房玄龄说:"用铜铸成的镜子,拿来照一照,可以使人穿好衣服、戴正帽子;用古代的历史变化作镜子,可以了解历代王朝兴盛、衰败的经验教训;用正直坦荡、敢于进谏的人作镜子,可以看清自己的对错得失。我过去曾非常珍爱这三面镜子,用它们来照照自己,以求防止过失。如今魏征去世了,我也就失去了一面宝贵的镜子。"

【品读】

这是唐太宗的一段名言。唐太宗是个明智的君主,他时常用

"镜子"来自照自省,防止发生过失。这在今天仍不失其借鉴意义。

富不易妻　刘 悚(唐)

太宗谓尉迟公曰:"朕将嫁女与卿,称意否?"敬德谢曰:"臣妇虽鄙陋,亦不失夫妻情。臣每闻说古人语:'富不易妻,仁也①。'臣窃慕之,愿停圣恩。"叩头固让②。帝嘉而止之。

——《隋唐嘉话》

【注释】

①"富不"二句:语本《后汉书》"贫贱之交不可忘,糟糠之妻不下堂"。

②固让:坚决辞让。

【译文】

唐太宗对尉迟敬德说:"朕打算把女儿嫁给你,不知你满意不?"敬德推谢道:"我妻子虽然粗鄙,也不漂亮,但仍不失夫妻情分。我每每听说古人这句话:'富贵了却不另娶妻子,这是仁德的表现。'心中非常仰慕,我希望圣上取消给我的这个恩德。"敬德叩头在地,坚决推辞。太宗嘉许尉迟敬德,将嫁女一事作罢。

【品读】

富贵而后易妻,这在封建时代是司空见惯的事。即便在今天,也远没有绝迹。而唐太宗的大将、功臣尉迟敬德,能在功成名就的时候,富不易妻,实在让人敬佩。

武则天读檄　段成式(唐)

骆宾王为徐敬业作檄①,极疏大周过恶②。则天览及

"蛾眉不肯让人,狐媚偏能惑主",微笑而已。至"一抔之土未干,六尺之孤安在"③,不悦曰:"宰相何得失如此人!"

——《酉阳杂俎》

【注释】

①骆宾王:唐初文学家,曾任临海县丞,后随徐敬业起兵反对武则天,失败后下落不明。徐敬业:即李敬业,曾任太仆少卿、眉州刺史,后在扬州起兵反对武则天临朝,兵败被部下所杀。檄:用于晓喻、声讨的文书。

②大周:武则天改国号为周。

③"一抔(póu)之土"两句:意思是说,唐高宗的尸骨未寒,新主中宗无可寄托。一抔之土,即一捧黄土,指高宗的坟墓。孤,指被武后废弃的中宗。

【译文】

骆宾王为徐敬业起草了讨伐武则天的檄文,极力铺叙大周的罪恶。武则天看到"蛾眉不肯让人,狐媚偏能惑主"时,只是微微笑了一笑;等她读到"一抔之土未干,六尺之孤安在"时,很不高兴地对身边的人说:"宰相怎么失掉了骆宾王这样有文才的人呢!"

【品读】

这则小品把武则天的气度、胸怀、识见,生动传神地表现出来了。武则天的雍容大度、器宇不凡,于此可见一斑。

安禄山拜杨妃　李昉等(宋)

玄宗幸爱安禄山①,呼禄山为子。尝于便殿与杨妃同宴坐,禄山每就见,不拜玄宗而拜杨妃。因顾问曰:"此胡不拜我而拜妃子,意何在也?"禄山对云:"臣胡家,只知有母,不知有父故也。"笑而舍之。禄山丰肥大腹,帝尝问曰:"此胡腹中何物?其大乃尔!"禄山应声对曰:"臣腹中更无他物,唯赤心耳!"以其言诚,而益亲善之。

——《太平广记》

【注释】

①安禄山:唐营州柳城奚族人。本姓康,初名轧荦山。母嫁突厥人安延偃,改姓安,更名禄山。玄宗时,官平卢范阳河东三镇节度使,后起兵叛乱,至德二年为其子所杀。

【译文】

唐玄宗非常宠爱安禄山,称呼安禄山为儿子。玄宗曾经与杨贵妃一起在便殿小宴,安禄山来参拜,每次总是不拜玄宗而只拜杨贵妃,玄宗于是问道:"你这胡儿不拜我而拜妃子,是什么意思?"安禄山回答说:"臣下是胡人,只知道母亲,不知道父亲,所以只拜妃子。"玄宗笑笑,便不再追问。安禄山身体肥胖,大腹便便,玄宗曾问他:"你这胡儿肚子里是什么东西,竟有这么大!"安禄山应声答道:"臣肚子里没有什么别的东西,只有对皇上的一片赤诚之心!"玄宗因他言辞诚恳,因而对他更加亲近、友善。

【品读】

这则小品通过玄宗与安禄山的对话来写人物,寥寥数语,一个表面上大大咧咧,实则狡黠机智、又不乏风趣的安禄山如在眼前。看来,这安禄山真还不是一个简单角色。

自有史官书之 司马光(宋)

太祖尝弹雀于后园①,有群臣称有急事请见,太祖亟见之②,其所奏,乃常事耳。上怒诘其故,对曰:"臣以尚急于弹雀。"上愈怒,举柱斧柄撞其口,堕两齿,其人徐俯拾齿置怀中。上骂曰:"汝怀齿欲讼我耶?"对曰:"臣不能讼陛下,自当有史官书之③。"上悦,赐金帛慰劳之。

——《涑水纪闻》

【注释】

①太祖：即宋太祖赵匡胤。

②亟（jí）：急忙。

③有史官书之：宋代有起居舍人的史官，负责记载皇帝的言行，编为《起居注》。

【译文】

宋太祖曾有一次在后园里弹雀，有几位大臣称有急事求见，太祖连忙召见他们。但他们所奏请的，不过是很平常的事。太祖颇为恼怒地问他们为什么谎称急事，一位大臣回答说："我认为平常的事也还比弹雀要紧急些。"太祖听了更为恼怒，举起斧柄撞那个大臣的口，敲掉了两颗牙齿。那大臣慢慢弯腰捡起牙齿，揣进怀里。太祖又骂道："你把这牙齿收藏起来是想告我的状吗？"大臣回答说："我不能告陛下的状，自然会有史官把这件事记下来。"太祖为其忠心所动，赏赐金帛慰劳了他。

【品读】

逸豫亡身，玩物丧志，这对帝王来说已不是什么新鲜事了。臣子们屡屡进谏那些贪玩的帝王，演出了一幕幕历史悲喜剧。

晏元献诚笃　沈括（宋）

晏元献公为童子时①，张文节荐之于朝廷②，召至阙下。适值御试进士③，便令公就试。公一见试题，曰："臣十日前已作此赋，有赋草尚在，乞别命题。"上极爱其不隐。

及为馆职，时天下无事，许臣僚择胜燕饮④。当时侍从文馆士大夫各为燕集，以至市楼酒肆，往往皆供帐为游息之地。公是时贫甚，不能出，独家居，与昆弟讲习。一日，选东宫官⑤，忽自中批除晏殊，执政莫喻所因。次日进复，上谕之曰："近闻馆阁臣僚⑥，无不嬉游燕赏，弥日继夕，唯殊杜门与兄弟读书，如此谨厚，正可为东宫官。"

公既受命，得对，上面谕除授之意。公语言质野，则曰："臣非不乐燕游者，直以贫无可为之具；臣若有钱亦须往，但无钱不能出耳。"上益嘉其诚实，知事君体，眷注日深。仁宗朝，卒至大用。

——《梦溪笔谈》

【注释】

①晏元献公：晏殊（991—1055），字同叔。宋仁宗时官至宰相。死后谥号元献。

②张文节：张知白，真宗时人，谥文节。

③御试进士：宋代经州试、省试（尚书省礼部考试）及格的士人，还要由皇帝亲自主考，称作殿试，即御试进士。

④寮：通"僚"。燕：通"宴"。

⑤东宫官：辅佐太子的官。

⑥馆阁：宋代把管理图书和修编国史的机构台称为馆阁。

【译文】

晏殊未成年时，张知白把他推荐到朝廷，召至宫殿。正巧赶上皇帝亲自主持的殿试，便让他参加考试。晏殊一见试题，说："我十天前已作过这篇赋，赋作的草稿都还在，请另外出题。"皇帝非常喜欢他的诚实。

等到晏殊在史馆任职的时候，天下太平无事，皇帝允许臣僚挑选游览胜地进行宴饮。当时侍从文馆士大夫各自举办宴饮集会，以至于市楼酒店，往往都供帐作为游玩休息的处所。晏殊当时很贫困，不能出门，独自待在家中，与兄弟一起读书。有一天，朝廷挑选辅佐太子的官员，忽然从宫中传出真宗皇帝的御批，授官晏殊。宰相和吏部等执政官员不明白皇帝这一决定的根据。第二天，执政官觐见真宗回禀。真宗告诉他们说："近来听说馆阁臣僚，无不嬉戏游玩，宴饮无度，常常夜以继日。只有晏殊闭门不出，与兄弟读书。这样谨厚的人，正好适合做辅佐太子的官。"

晏殊已受命,应对皇帝。真宗皇帝对他说明了授官的用意。晏殊回答得非常质朴、老实。他说:"我不是不喜欢燕游,只是因为贫困没法参与。如果我有钱也会去的,只是没钱不能出去罢了。"皇帝更赞赏他的诚实和懂得为臣之道,越发爱惜重视他。到仁宗朝,晏殊终于被委以大任。

【品读】

诚实无欺,是最让人信赖的。宋真宗看中的,正是晏殊的忠诚。忠诚比能力更重要,这对于职场与人生颇有启示。

曹彬攻太原而不取　王巩(宋)

曹彬、潘美伐太原将下①,曹麾兵少却,潘力争进兵,曹终不许。既归至京,潘询曹何故退兵不进,曹徐语曰:"上尝亲征不能下,下之则吾辈速死。"既入对,太祖诘之②,曹曰:"陛下神武圣智,且不能下,臣等安能必取?"帝颔之而已。

——《随手杂录》

【注释】

①曹彬:字国华,北宋名将。潘美:字仲询,北宋将领。

②太祖:即宋太祖赵匡胤。

【译文】

曹彬、潘美率兵攻打太原。城池即将攻破时,曹彬指挥部队稍稍退却,潘美极力主张进攻,曹彬始终没有同意。等到回到京师,潘美询问曹彬为什么退兵而不攻下太原,曹彬从从容容地说:"皇上曾亲自指挥攻打太原都没能拿下来,你我把它攻下来,那我们很快会被处死。"等到拜见太祖,太祖询问为何攻打太原不下时,曹彬答道:"陛下您神武圣智,况且没有攻下,我辈哪能取胜呢?"太祖点了点头。

【品读】

常言道:"伴君如伴虎。"曹彬很懂得为臣之道:臣子再能,不可能过君主，否则功高盖主，反招杀身之祸。宋太祖的态度，也正好印证了曹彬的猜度。身在职场中的人们，是否也应该"低调点"呢？

真宗恶人奔竞　王辟之（宋）

真宗尝谕宰臣一外补郎官①，称其才行甚美，俟罢郡还朝，与除监司②。及还，帝又语及之。执政拟奏，将以次日上之，晚归里第，其人来谒。明日，只以名荐奏，上默然不许。察所以，乃知已为伺察密报矣③。终真宗朝，其人不复进用。真宗恶人奔竞如此。

——《渑水燕谈录》

【注释】

①外补郎官：郎官是帝王侍从官员的通称，外补意为外放到地方上去补缺。

②监司：指监察州县的地方长官。

③伺察：指皇帝的密探。

【译文】

宋真宗曾面谕执政大臣，称赞一位外补郎官品行和才能都很不错，打算等到他免去外放的职位回到朝廷时，提拔他为监司。到那位外补郎官还朝后，真宗又再次提醒执政大臣。执政大臣拟写奏章，准备第二天呈送给皇帝。大臣晚上回到家里后，那个外补郎官正巧来拜访了他。第二天，执政大臣正式上奏推荐那人，皇帝却默然不许。察其原因，才知郎官夜访之事被密探上报了皇帝。真宗在位期间，那个郎官没有再被任用。真宗就是这样厌恶朝臣为了自己的私利而奔走钻营。

【品读】

古往今来，多少人为了一官半职、为了金钱名利等四处奔走、钻营。这种不走正道走邪道、不走大门走后门的人实在让人讨厌。不过宋真宗对那个候补郎官似乎也太严酷了,只因那人拜见了一次宰相就料定他是善于钻营的小人,恐怕也还有些过分。

陈执中不欺主　吴处厚(宋)

世传,陈执中作相①,有婿求差遣,执中曰:"官职是国家的,非卧房笼箧中物,婿安得有之!"竟不与。故仁宗朝,谏官累言执中不学无术,非宰相器,而仁宗注意愈坚。其后,谏官面论其非曰:"陛下所以眷执中不替者,得非以执中尝于先朝,乞立陛下为太子耶②?且先帝止二子,而周王已薨③,立嗣非陛下而谁?执中何足贵。"仁宗曰:"非为是。但执中不欺朕耳。"

然则有臣事主,宜以不欺为先。

——《青箱杂记》

【注释】

①陈执中:宋洪州(治所今江西南昌)人,字昭誉。仁宗朝为相八年,政绩无可称。

②"得非"二句:真宗时,陈执中曾因进《演要》劝真宗立嗣,擢右正言。

③周王:真宗之子,仁宗兄弟。

【译文】

据说,陈执中担任宰相时,他的女婿找他谋个差事,陈执中却说:"官职是国家的,不是我私有之物,哪能随随便便给女婿呢!"最后竟没给女婿一官半职。因此仁宗朝时,虽然谏官屡次在皇帝面前说陈执中不学无术,不是宰相的材料,但宋仁宗仍坚持己见,更加重用陈执中。后来,谏官又当着仁宗的面批评他用人不当,说:"陛下之所以眷顾陈执中,不肯让人替下他的相位,是不是因为执中在先朝时,曾乞请立陛下为太子?再说先帝只有两个儿子,而周王已经去世了,立太子不立您还有谁呢?陈执中哪值得您这样器重。"宋仁宗说:"我重用执中不是为立太子之事,只是执中对我一片忠心罢了。"

看来,臣子事奉君主,应当以忠诚为先。

【品读】

人们常常奇怪:一些不学无术的平庸之辈,往往官运亨通,并能成为官场不倒翁;而那些胸有大志,才华出众的人反而仕途艰难,不得重用。这则小品也许能使我们有所感悟。

唐高祖与盗贼 王　谠(宋)

高祖时^①,严甘罗,武功人^②。剽劫,为吏所拘。上谓曰:"汝何为作贼?"对曰:"饥寒交切,所以为盗。"上曰:"吾为汝君,使汝穷之,吾之罪也。"赦之。

——《唐语林》

【注释】

①高祖:即唐高祖李渊。

②武功:地名,在今陕西境内。

【译文】

唐高祖时,有个武功人,名叫严甘罗。他因为行窃,被官吏抓住了。高祖问他:"你为什么要当贼呢?"他回答说:"因为饥寒交迫,不得已才当盗贼。"高祖说:"我是你的君主,却使你这样贫穷,这是我的过失。"于是赦免了那个盗贼。

【品读】

"饥寒起盗心。"在封建社会,因为生活所迫,而不得已去当盗贼、当绿林好汉的人代代不绝。高祖没有不问青红皂白严惩盗贼,而是从盗贼那儿看到自己的过失,作为封建帝王这是不容易的。

宣宗强记默识　王　谠(宋)

宣宗强记默识①,宫中厕役之贱及备酒扫者数十百辈,一见辄记其姓字。或将有所指念,必曰:"召某人令措某事②。"无一差误者,宦官宫婢以为神。簿书刑狱卒吏姓名,纷杂交至,经览多所记忆。

——《唐语林》

【注释】

①宣宗:即唐宣宗李忱。

②措:施行,置办。

【译文】

唐宣宗记忆力很强,宫廷中那些职位很低、地位卑下的仆役一类,几十上百人,一见就能记住他们的姓名。有时要指使人,他必定说:"召某某让他置办某件事。"他叫人的名字,从来没有差错。宦官宫婢都觉得很神奇。公文簿册上刑狱卒吏这些小人物的姓名,又多又杂,只要是宣宗皇帝看过的,大多也能记住。

【品读】

皇帝也是人,皇帝的记性也有好有坏。宣宗皇帝记忆力极强,尤其擅长记人名,倒是挺有意思的事。

韩休为相　葛　洪(宋)

唐玄宗以韩休为门下侍郎,同平章事①。休为人峭直,不干荣利。及为相,甚允时望。上或宫中宴乐,及后苑游猎,小有过差,辄谓左右曰:"韩休知否?"言终,谏疏已至。上常临镜,默默不乐。左右曰:"韩休为相,陛下殊瘦,何不

人间掌故

逐之?"上叹曰:"吾貌虽瘦,天下必肥。萧嵩奏事常顺旨②,既退,吾寝不安;韩休常力争,既退,吾寝乃安。吾用韩休,为社稷耳,非为身也。"

——《涉史随笔》

【注释】

①韩休:唐京兆长安人,官至宰相,谥文忠。

②萧嵩:开元中任兵部尚书、朔方节度使,后授同中书门下三品,兼中书令。

【译文】

唐玄宗任命韩休为门下侍郎,同平章事。韩休为人耿直敢言,不热衷于名利。等他当了宰相,非常称职,不负众望。玄宗有时在宫中宴乐,到后苑游猎,小有过失,就要对身边的人说:"韩休知道不?"话刚说完,韩休的谏疏已送到了。玄宗时常面对镜子,闷闷不乐。左右侍从对他说:"韩休当宰相后,陛下变得特别消瘦,为什么不把他逐出相府呢?"玄宗叹口气,说道:"我虽然瘦了,但天下必肥(富足)。萧嵩奏事常常能顺从我的旨意,但当他退朝后,我总是睡不安稳;韩休常常据理力争,不顺从我,但当他退下以后,我能睡得很踏实。我重用韩休,是为了国家,不是为了我自己。"

【品读】

唐玄宗前期比较开明,任贤臣,远小人,宁肯瘦自己、肥天下,所以有"开元盛世"。到了后期,玄宗变得骄奢淫逸,任小人,远贤臣,让杨国忠之流把持朝政,一人肥而天下瘦,终于导致了"安史之乱"。这历史的教训是深刻的。

宋太祖以诚收吴越　　叶梦得(宋)

吴越钱俶初来朝①,将归,朝臣上疏请留勿遣者数十人。太祖皆不纳,曰:"无虑。俶若不欲归我,必不肯来,放去适可结其心。"

及俶辞,力陈愿奉藩之意。太祖曰:"尽我一世,尽你一世。"仍出御封一匣付之,曰:"到国开视,道中勿发也。"俶载之而归,日焚香拜之。既至钱塘,发视,乃群臣请留章疏。俶览之泣下曰:"官家独许我归,我何可负恩?"及太宗即位,以尽"一世"之言,遂谋纳土。

——《石林燕语》

【注释】

①钱俶:字文德,五代时为吴越国王;宋太祖时入朝;太宗太平兴国中以所管十三州来献阙下;恩礼甚至,累封邓王。

【译文】

吴越王钱俶首次来朝拜宋太祖,准备回去时,北宋朝臣中好几十人都上疏,请求把钱俶留下,不要放他回去。太祖都没有采纳他们的建议,说:"不用担心。钱俶如果不肯归顺我,肯定不会自己来;来了再放他回去,正好可以笼住他的心。"

到钱俶辞行时,他极力表示愿意把自己的藩国奉送宋廷。太祖说:"尽我一世,尽你一世,到时归顺也不迟。"太祖还把自己亲自封好的一个小匣子交给钱俶,并说:"回到你的藩国以后再打开看,路上不要拆开。"钱俶带着那匣子往回赶,每天烧香拜祭。到了钱塘,钱俶才打开匣子看,原来里面装的是太祖的群臣请求扣留钱俶的章疏。钱俶看后流着眼泪说:"官家(指宋太祖)力排众议,独自让我回来,我哪能背负他的恩德呢?"等到太祖的儿子宋太宗即位,为了尽"一世"之言,钱俶便考虑把自己管辖的地盘献给赵宋王朝。

【品读】

对人心的征服远胜过武力的征服。宋太祖深谙此理,对钱俶放长线,钓大鱼,让他归顺得口服心服。这是帝王韬略,与普通的人情事理又是相通的。

意不在马　洪　迈（宋）

汉上官桀为未央厩令①，武帝尝体不安，及愈，见马，马多瘦，上大怒："令以我不复见马邪？"欲下吏，桀顿首曰："臣闻圣体不安，日夜忧惧，意诚不在马。"言未卒，泣数行下。上以为忠，由是亲近，至于受遗诏辅少主。义纵为右内史②，上幸鼎湖，病久，已而卒其幸甘泉，道不治，上怒曰："纵以我为不行此道乎？"衔之，遂坐以他事弃世③。二人者其始获罪一也，桀以一言之故超用，而纵及诛，可谓幸、不幸矣！

——《容斋随笔》

【注释】

①上官桀：汉上邦人，武帝时官至太仆，后与霍光同受遗诏辅少主，封安阳侯。厩令：掌管养马的官吏。

②义纵：人名。生平事迹不详。

③弃世：古代的一种酷刑。在闹市执行死刑，并将尸体暴露在街头。

【译文】

西汉上官桀担任未央宫掌管养马的官，汉武帝曾经身体不适，病愈后，见马大多瘦弱，大发脾气道："你是要我不再见到这些马吗？"想把他交给法官治罪。上官桀磕头说："我听说皇上身体欠安，日夜忧虑、恐惧，心思确实不在马上。"话没说完，流下几行眼泪。武帝认为他忠诚，从此宠爱他，最后遗令他辅佐年幼的皇帝。义纵是右内史，武帝到鼎湖，病了很久。病好后到甘泉宫去，道路没有修好，武帝生气道："义纵认为我不再走这条路了吗？"心怀怨恨，就用其他事情判他的罪，把他杀头示众。这两个人开始冒犯武帝的情形是一样的，上官桀以一句话得到破格任用，而义纵被杀了头，可以说一人幸运、一人不幸。

【品读】

皇帝还是喜欢那些善于应变、说话乖巧的人。看来,只要不是心术不正、有意哄人,说话注意对象、讲究分寸、体察听者的心情,还是十分必要的。

好尚应当慎重　余继登(明)

太祖尝谓侍臣曰:"人君不能无好尚,要当慎之。盖好功则贪名者进,好财则言利者进,好术则游谈者进,好谀则巧佞者进。夫偏于所好者,鲜有不累其心①,故好功不如好德,好财不如好廉,好术不如好信,好谀不如好直。夫好得其正,未有不治;好失其正,未有不乱,所以不可不慎也。"

——《典故纪闻》

【注释】

①鲜(xiǎn):少。累:拖累,牵连。

【译文】

明太祖朱元璋曾经对侍臣说:"国君不能够没有爱好,但国君的爱好一定要慎重。大体说来,国君爱好功名,那么贪图名誉的人就得到选拔;国君爱好财物,那么谈利的人得到任用;国君爱好权术,那么言计献策的人得到宠信;国君爱好阿谀奉承,那么花言巧语的人趋附。偏于所好,很少有心思不受牵连的。所以,喜欢功名不如喜欢道德,喜欢财物不如喜欢廉洁,喜欢权术不如喜欢诚实,喜欢阿谀不如喜欢正直。只要国君的爱好端正,国家没有治理不好的;国君的爱好发生偏邪,国家就会混乱。所以国君的爱好不能不慎重。"

【品读】

人都有爱好,国君也如此。但国君爱好之影响不同于凡人,朱元璋正是看到这一点,知道社会上的人会趋附国君的爱好,提出一国之君的爱好应该慎重,并把它上升到治国平天下的高度。

人间掌故

成大事者不规小利① 余继登（明）

太祖克采石，诸将见粮畜，各欲资取而归。因令悉断舟缆，推置急流中，舟皆顺流东下。诸军惊问故，太祖曰："成大事者不规小利，今举军渡江，幸而克捷②，当乘胜径取太平。若各取财物以归，再举必难，大事去矣。"于是率诸军进取太平。

——《典故纪闻》

【注释】

①规：谋求。

②克：能够。

【译文】

明太祖攻克了采石，各位将领见了粮食、牲口，都想取了回家。明太祖看到这种情形，于是下令把装有粮食、牲口的船的缆绳统统砍断，把船推到急流中，船顺水东流。诸将吃惊地问是什么缘故，明太祖说："成就大事业的人不谋求小利益，现在全军渡江，幸亏能够胜利，应当乘胜直取太平。如果各自拿些财物回家，再发动军队进攻必定很困难，那大事业就办不成了。"于是，他率领各路人马攻取了太平。

【品读】

成就大事的人不谋小利。当初项羽进了咸阳，取秦王朝的珍宝东归，最后落得自刎于乌江畔，就是求小利未能成大事。朱元璋实在清醒得很，攻克了采石，他宁可把粮畜付诸东流，以便能乘胜进军。朱元璋最终能夺取天下，不是偶然的。

戒 将 余继登（明）

太祖既定金陵，欲发兵取镇江，召诸将徐达等将兵往，戒之曰："吾自起兵,未尝妄杀,汝等当体吾心,戒戢士卒①,城下之日,毋焚掠毋杀戮。有犯令者,处以军法,纵之者罚,无赦。"诸将顿首受命。及克镇江,城中晏然②,民不知兵。

——《典故纪闻》

【注释】

①戒戢(jí):告诫、禁止。

②晏然:平静、安定的样子。

【译文】

明太祖朱元璋平定了金陵以后,想发兵攻占镇江,于是,把手下的将领徐达等人召来,令他们率兵前去。并告诫他们说:"我自从起兵以来,没有随随便便杀人,你们应该理解我的用心,约束士兵。攻克了镇江的时候,不要放火焚烧,不要掠夺财产,不要屠杀百姓。如果有违反命令的,按军法处置,放纵的人受罚,决不宽容。"各位将领磕头接受命令。等到占领了镇江,城中平静,老百姓甚至不知道朱元璋的军队进了城。

【品读】

军队自需约束,已成定例。朱元璋的用意是既取镇江又得民心,得民心者得天下,民为国家的根本,万万不能忽视。

富贵不可骄侈　余继登(明)

太祖见陈友谅镂金床①,曰:"此与孟昶七宝尿器何异②?"即命毁之。侍臣曰:"未富而骄,未贵而侈,所以取败。"太祖曰:"既富岂可骄?既贵岂可侈?有骄侈之心,虽富贵岂能保?处富贵者,正当抑奢侈、宏俭约、戒嗜欲犹恐不足以慰民望,况穷天下之技巧,以为一己之奉乎!其致亡也宜矣。覆车之辙,不可蹈也。"

——《典故纪闻》

人間掌故

【注释】

①陈友谅：人名，沔阳（今湖北仙桃）人。出身渔家，初为县吏，后参加徐寿辉红巾军，渐升任元帅，并迎徐寿辉迁都江州（今江西九江），自称汉王。两年后，杀寿辉而称帝，建都江州，国号汉，年号大义。终为朱元璋所败，在九江口中箭身亡。其子陈理继位后，第二年投降了朱元璋，国灭。

②孟昶（chǎng）：人名，初名仁赞，字保元，五代时后蜀的国君，公元934—965年在位。后降宋，被封为秦国公。

【译文】

明太祖朱元璋见了陈友谅的雕金床，说道："这和孟昶的七宝尿器有什么区别？"立即下令毁掉。侍臣说："没有富裕就骄横，没有尊贵就奢侈，这就是他失败的原因。"朱元璋说："已经富裕了难道可以骄横？已经尊贵了难道可以奢侈？有骄横、奢侈的思想，即使富裕、尊贵难道能够保全？享有富贵的人，正应该约束奢侈，光大节俭，控制嗜欲，这样还担心不能够宽慰百姓的期望，何况穷尽天下的技巧，造就个人的享乐呢！他遭致灭亡也是应该的了。颠覆车子的道路，是不能走的。"

【品读】

骄狂、奢侈是人生的大敌。陈友谅的破败本源于"未富而骄，未贵而侈"，朱元璋成功的原因之一，正在于他看到了这一点。为政是这样，做人也是这个理。

明成祖问讲官　　余继登（明）

仁宗为太子，曾侍侧，成祖顾问讲官："今日说何书？"对曰："《论语》君子小人和同章。"问："何以君子难进易退，小人则易进难退？"对曰："小人逞才而无耻，君子守道而无欲。"问："何以小人之势常胜？"对曰："此系上之人好恶，如明主在上，必君子胜矣。"又问："明主在上，都不用小人乎？"

曰："小人果有才不可弃者,须常警饬^①,不使有过可也。"

——《典故纪闻》

【注释】

①警饬(chì):告诫,教导。

【译文】

　　明仁宗做太子时,曾经陪坐在明成祖身边,明成祖回头问讲官:"今天讲什么内容?"讲官回答说:"《论语》的君子小人和同章。"明成祖问:"为什么君子难被任用而容易遭贬斥,小人容易被任用而难贬斥?"讲官说:"小人显示他的才能而不知羞耻,君子坚持他的思想而没有政治欲望。"成祖问:"为什么小人的力量常常胜利?"讲官说:"这就看君主的喜爱和厌恶了。如果贤明的君主在位,那君子就一定胜了。"明成祖又问:"贤明的君主在上,都不用小人吗?"讲官说:"小人真有才能而不可抛弃的,必须经常告诫、教导他,不使他有过失就可以了。"

【品读】

　　君子、小人的任用、胜败,有他们自身的因素,关键是君王的德行、见识、胸怀以及由此产生的好恶情趣。既要能认清君子、小人,更要善用各自之长,避其短,戒其失,这对今人也颇有启示。

马皇后不服药　　郑　瑄(明)

　　马皇后病剧^①,不肯服药。上强之,终不肯,曰:"死生有命,虽扁鹊何益?吾服药而不瘳^②,陛下宁不以爱妾之故而杀此诸医乎?不忍其无罪而就死地也。"上曰:"第服之,纵万一无效,吾当为汝贷之耳。"后终不服药而崩。

——《昨非庵日纂》

人间掌故

【注释】

①马皇后：明太祖朱元璋的妻子。

②瘳（chōu）：病好了。

【译文】

马皇后病得很厉害，不肯服药。明太祖朱元璋勉强她吃，马皇后始终不肯，说道："人的生死是命中注定的，即使是神医扁鹊来给我治病，有什么用处。如果我服了药而病不好，陛下难道不会以爱我的缘故而杀给我看病的医生吗？我不忍心见他没有罪过而被砍了脑袋。"明太祖说："你只管吃药，即使万一没有效，我也会为你宽恕医生。"马皇后终究还是不服药而死。

【品读】

仁厚的人常有，但仁厚到让自己的生命之光在别人身上闪烁，是仁厚的极致，马皇后就走向了这个极致。

何不食肉糜①　　冯梦龙（明）

晋惠帝在华林园②，闻蛤蟆声，问左右曰："此鸣者为官乎？为私乎？"侍中贾胤对曰："在官地为官，在私地为私。"时天下荒馑③，百姓多饿死，帝闻之，曰："何不食肉糜？"

——《古今谭概》

【注释】

①糜（mí）：粥。

②晋惠帝：司马衷，西晋第二代皇帝，290—306 年在位。

③荒馑（jǐn）：饥荒。

【译文】

晋惠帝在华林园游玩，听到蛤蟆的鸣叫声，问左右的侍从道："这鸣叫声是为官呢还是为私呢？"侍中贾胤回答说："蛤蟆鸣叫，在官地就为官，在私地就为私。"当时，天下闹饥荒，许多老百姓都饿死了，晋惠帝听说了这件事，就问道："他们为什么不吃肉羹？"

【品读】

在饥荒之年,晋惠帝问百姓为什么不吃肉羹,活现出一个不体察民情的昏君形象。

宋太祖挨训 　冯梦龙(明)

宋太祖将北征,京师喧言军中欲立点检为天子。太祖告家人曰:"外间讻讻如此^①,将若之何?"太祖姊方在厨,引面杖击太祖,逐之,曰:"丈夫临大事,可否当自决胸怀,乃来家间恐怖妇女何为耶?"太祖默而出。

——《智囊》

【注释】

①讻(xiōng)讻:形容争辩喧闹的声音或纷乱的样子。

【译文】

宋太祖将北征,京师吵吵嚷嚷地说想立点检为天子。太祖问家里人说:"外面这样混乱,怎么办呢?"太祖的姐姐正在厨房里,拿起面杖就打太祖,把他赶出去,并说:"男子汉大丈夫遇到大事情,行与不行应当自己决断,跑到家里来吓女人干什么?"太祖默默地出去了。

【品读】

男子汉大丈夫遇事,当断就得断,这并不容易,需要识见和磨炼。因此,需有自养千日、用在一时的功夫。

尽职自守 　冯梦龙(明)

王叔文以棋侍太子^①。尝论政,至宫市之失^②,太子曰:"寡人方欲谏之。"众皆称赞,叔文独无言。既退,独留叔文,问其故,对曰:"太子职当侍膳问安,不宜言外事。陛下在位久，如疑太子收人心，何以自解？"太子大惊，因泣曰："非先生，寡人何以知此？"遂大爱幸。

——《智囊》

【注释】

①王叔文：人名，唐代山阴（今浙江绍兴）人。唐德宗时，侍读太子。唐顺宗即位后，任翰林学士，曾实行政治革新，失败后被杀。

②宫市：唐德宗时期弊政。即宦官借朝廷名义，在集市上强行买卖，付钱少或不付钱。

【译文】

王叔文以棋侍奉太子，曾经谈论朝政，谈到宫市的过失时，太子说："我正想奉劝陛下。"众人都称赞他，唯有王叔文一句话不说。众人告退后，太子单把王叔文留下来，问他为什么不说话，王叔文回答说："太子的职责是陪陛下吃饭，请安，不应谈论其他事情。陛下在位的时间很长，如果怀疑太子收买人心，你有什么办法来自我解脱呢？"太子听了，大吃一惊，就流着泪说："不是先生，我怎么知道这一点呢？"于是十分宠信王叔文。

【品读】

王叔文道出了一种实情，封建帝王大多恋权而疑心很重，往往对太子也很警惕。太子自守其责也就成了一种自全之术，王叔文到底老练得多。

阉权日重　王士祯（清）

有老宫监言，明熹宗在宫中，好手制小楼阁，斧斤不去手，雕镂精绝。魏忠贤每伺帝制作酣时①，辄以诸部章奏进。帝麾之曰："汝好生看，勿欺我。"故阉权日重，而帝不之悟。

——《池北偶谈》

【注释】

　①魏忠贤：人名，河间肃宁（今属河北）人。明熹宗时，被任命为司礼秉笔太监，后兼管东厂。他勾结熹宗的乳母客氏，结党营私，专断国政。崇祯即位后，魏忠贤畏罪自杀。

【译文】

　有老太监说，明熹宗在宫中，喜欢亲手制作小楼阁，斧头不离手，雕刻得精妙绝伦。魏忠贤常常探察到熹宗制作在兴头上时，就把各部的奏章拿来呈献给熹宗。熹宗挥手要他走开，并说："你好好地批阅，不要欺骗我。"所以宦官的权势一天天大起来，而熹宗还执迷不悟。

【品读】

　明熹宗大字不识一箩筐，却是一个好木匠，阉宦魏忠贤也不过粗通文墨，搞起政治投机却自有一套。明末庙堂上的这一对视政事、国事如儿戏与私事的君臣，堪称祸国绝配。

太宗取士　　潘永因（清）

　太宗时，亲试进士。每以先进卷者，赐第一人及第。孙何与李庶几同在场屋①，皆有时名。庶几文思敏速，何苦思迟。会言事者上言举子轻薄，为文不求义理，惟以敏速相夸。因言庶几与举子于饼肆中作赋，以一饼熟成一韵者为胜。太宗闻之，大怒。是岁殿试②，庶几最先进卷，遽叱出之。由是何为第一。

——《宋稗类钞》

【注释】

　①孙何：人名，字汉公，北宋汝阳（今河南汝南）人，宋太宗淳化年间中进士，曾任右司谏、两浙转运使知制诰等职。李庶几：人名，生平不详。场屋：科举考试的地方，也称科场。

②殿试：皇帝在殿廷亲自主持的进士策问考试,也称廷试。

【译文】

宋太宗亲自考进士,常常把先交卷的人,赐为第一名状元。孙何与李庶几一起参加科举考试,当时两人都享有声誉。李庶几文思敏捷,孙何思维迟缓。刚巧遇上官吏上书说举子轻浮,写文章不求阐明义理,只以写得快相互炫耀。随之说李庶几和举子们在烧饼店里写赋,以一个烧饼熟为限,写成一韵的为优胜。太宗听了,大怒。这年殿试,李庶几最先交卷,太宗立即喝斥他出殿。因此,孙何名列第一。

【品读】

文思的敏捷、迟缓是正常的现象,宋太宗本来喜欢文思敏捷的人,只因有人上奏说举子轻浮,以敏捷相夸而不重义理,使他的趣味顿改,让李庶几倒了霉。

清太宗伐明 昭　梿(清)

天聪己巳,文皇帝欲伐明,先与明巡抚袁崇焕书,申讲和议。崇焕信其言,故对庄烈帝有"五载复辽"之语,实受文皇绍也。帝乃因其不备,假科尔沁部道,自喜峰口洪山入,明人震惊,蓟辽总督刘策潜逃。帝率八旗劲旅抵燕,围之匝月,诸将争请攻城,帝笑曰:"城中痴儿,取之若反掌耳。但其疆圉尚强,非旦夕可溃者,得之易,守之难,不若简兵练旅以待天命可也。"因解围向房山,谒金太祖陵返,下遵化四城,振旅而归。

——《啸亭杂录》

【注释】

①袁崇焕:人名,字元素,广东东莞人。曾任辽东巡抚,兵部尚书。在抗后金(清)中屡建战功。后崇祯皇帝中后金的反间计,

被杀。

【译文】

天聪三年，清太宗想征伐明朝的军队，先写信给明朝巡抚袁崇焕，申述和谈。袁崇焕相信了他的话，所以对崇祯皇帝说"五年复辽"，实际上是受了太宗皇帝的骗。太宗皇帝就趁其不备，借科尔沁部的道路，从喜峰口洪山攻入，明人大吃一惊，蓟辽总督刘策偷偷逃走了。太宗皇帝率领八旗劲旅到燕京，围困了一个月，各路将领争先恐后地请求攻城，太宗皇帝笑道："城里的呆子，活捉他们易如反掌。但他们的城墙还坚固，不是几天可以崩溃；得到容易，把守困难，不如选拔、训练军队以等待时机。"于是，撤走围城的军队向房山进发，拜祭了金太祖陵之后往回走，顺便攻克了遵化四城，整顿军队而归。

【品读】

行军用兵，诡诈和审时度势不可少。攻伐与否都看有利还是无利，清太宗目光长远，而行为洒脱自如，显示了统帅风度。

审几遵养①　　陈康祺(清)

天聪三年，太宗以明国屡背盟誓，亲统大兵征之。入洪山口，克遵化城，遂由蓟州进规燕京，驻营城北土城关之东，复移驻南海子，距关厢仅二里。诸贝勒请攻城②，太宗谕曰："朕仰承天眷，攻城必克，所虑者倘失我一二良将，即得百城亦不足喜。"遂止弗攻。圣人智勇天锡③，犹审几遵养如此，唐之太宗、宋之太祖，瞠乎后矣。

——《郎潜纪闻》

【注释】

①审几遵养：审视危险，顺势护养。

②贝勒：满语。满族贵族的称号，地位相当于后来的亲王。

③锡：通"赐"。

【译文】

天聪三年，因为明国多次违背盟誓，清太宗亲自率领大军征伐，进洪山口，攻克遵化城，就从蓟州进逼燕京，驻扎在城北土城关的东面，又移驻到南海子，距离关厢只有二里路。各位贝勒请求攻城，太宗明白地说："我上承苍天的顾念，攻城一定会胜利，所担心的是如果损失了我一二位好将领，即使获得一百座城池也不值得高兴。"于是停止进军，也不攻城。圣人的智慧、勇敢是苍天赏赐的，还像这样审视危险，顺势保护属下，唐太宗、宋太祖，只能在他后面睁大眼睛看。

【品读】

伐国攻城，城池和良将都是要的，不取城池，势力不能壮大；没有良将，就难取城池。清太宗攻燕京，声言攻城必克，但护养良将而不攻城，可见他以良将为本的胸怀和方略。这其中似也不乏作秀的成分。

太祖躬行节俭　陈康祺（清）

太祖尝出猎，雪初霁，恐草上浮雪沾濡，撷衣而行。侍卫辈私语曰："上何所不有，而惜一衣耶？"太祖闻之，笑曰："吾岂无衣而惜之，吾常以衣赐汝等，与其被雪沾濡，何如鲜洁为愈。躬行节俭，汝等正当效法耳。"自是八旗臣民①，无敢以褕衣华服从事者②。

——《郎潜纪闻》

【注释】

①八旗：清代满族的社会组织形式，分为黄、白、红、蓝、镶黄、镶白、镶红、镶蓝八旗。

②褕（yú）衣：华丽的衣服。

【译文】

　　清太祖曾经外出打猎,当时雪后初晴,他担心草上的浮雪打湿了衣服,提着衣服走路。侍卫们私下议论道:"陛下什么东西没有,怎么还爱惜一件衣服呢?"太祖听了,笑着说:"我难道是没有衣服而爱惜它吗? 我常常把衣服赏赐给你们,不过身上穿的衣服与其被雪打湿,哪比得上鲜艳、干净。我亲自施行节约、俭朴,你们这些人正应该学习才是。"从此,八旗的臣民,没有谁敢穿着华丽的衣服办事。

【品读】

　　节俭是人的美德,清太祖身为天子厉行节俭实在是很难得。他可以尽享荣华富贵,却不以奢侈为是,教育属下学习他的节俭作风,堪为表率。

世宗恭俭慎微　　陈康祺(清)

　　《澄怀园语》云:"世宗宪皇帝时,廷玉日直内廷,上进膳,当承命侍食。见上于饭颗饼屑,未尝弃置纤毫。每燕见臣工①,必以珍惜五谷、暴殄天物为戒②。又尝语廷玉曰:朕在藩邸时③,与人同行,从不以足履其头影,亦从不践踏虫蚁。"圣人之恭俭仁慈,谨小慎微如是。

——《郎潜纪闻》

【注释】

　　①燕:通"宴"。臣工:群臣百官。

　　②暴殄(tiǎn)天物:任意残害天生万物。殄,消灭,灭绝。

　　③藩邸:诸侯王的官府。

【译文】

　　《澄怀园语》记载:"世宗皇帝时,张廷玉白天在内宫值班,世宗皇帝吃饭,依例奉命侍候。他见陛下对饭粒、饼渣,不丢弃一点点。每当宴请群臣百官,一定告诫他们要珍惜粮食,不要随意残害天生万物。世宗皇帝又曾对张廷玉说:"我做藩王时,与人一起行走,从来不用脚踩别人的头影,也从来不践踏蚂蚁小虫。"圣人所谓的恭敬、节俭、仁慈、谨小慎微就是像这样的。

【品读】

节俭是人的美德,清世宗身为皇帝,能够珍惜每一点粮食,并告诫群臣百官也这样做,难能可贵。然而,生活未免过于拘谨。人太注意这些细小的方面,容易束缚自己,结果不一定就好。

防微杜渐　陈康祺(清)

文和尚名果,字园公,衡山先生之后①。圣祖南巡适见之,命入京师,居玉泉精舍②,宠眷殊厚。和尚一日携其孙见上,问何事来此。和尚奏曰:"来此应举。"上曰:"应举即不应来见。"圣主防微杜渐,安可以非分希望恩泽耶。

——《郎潜纪闻》

【注释】

①衡山先生:文徵明,初名壁,别号衡山,明代长洲(今江苏苏州)人。曾任翰林院待诏等职,工于诗文书画,尤以画胜。

②精舍:道士、僧人修炼居住之所。

【译文】

文和尚名果,字园公,衡山先生的后代。清圣祖巡视南方的时候恰好见到他,要他进了京城,安排在玉泉精舍住,宠爱、照顾有加。一天,文和尚带着孙子拜见圣祖,圣祖问他孙子为什么事而来。文和尚说:"来京城参加科举考试。"圣祖说:"他来参加科举考试就不应该来见我。"这是圣祖防微杜渐,人怎么能够希望得到非分的恩惠呢?

【品读】

据说,做和尚的人多看破红尘,不喜欢俗人俗事,文和尚看来倒不然。精明的清圣祖一眼就看透了文和尚的非分之想,对他的批评意在防止歪风邪气的侵蚀,并不因为对文和尚的恩宠而滥施恩德。

清风不识字 徐 珂(清)

世宗尝微服游于市①,就一书肆翻阅书籍,时微风拂拂,吹书页上下不已。一书生见状,即高吟曰:"清风不识字,何必来翻书。"世宗以为讥讽也。旋下诏杀之。

——《青稗类钞》

【注释】

①世宗:清世宗爱新觉罗·胤禛,清朝第三代皇帝,年号雍正,1722—1735年在位,曾强化君主专制,多次兴文字狱。

【译文】

清世宗曾经身着便服在集市上观赏,随意走进一家书店翻阅书籍。当时,微风轻轻地吹着,吹动书页上下不停地摇摆。有一个书生看到这种情形,就高声吟诵道:"清风不识字,何必来翻书。"清世宗听了,认为这书生是在讽刺他,立即下令把书生杀了。

【品读】

相传明朝初年,杭州有位叫徐一夔的教书先生给明太祖朱元璋上了一纸贺表,其中写道:"光天之下,天生圣人,为世作则。"他本心是吹捧,以得朱元璋的欢心,不料朱元璋见了,火冒三丈,说"生"意是"僧",暗刺他做过和尚,"光"是剃了发,"则"为"贼",这不成了光头和尚贼?于是把徐一夔杀了。与此则有异曲同工之妙。中国封建时代历朝历代都有这类统治阶级迫害知识分子的狱事,明清尤多,清初最盛。

官　场

不以爱憎匿善　刘义庆（南朝·宋）

郗超与谢玄不善①。苻坚将问晋鼎②，既已狼噬梁岐③，又虎视淮阴矣④。于时朝议遣玄北伐，人间颇有异同之论。唯超曰："是必济事。吾昔尝与共在桓宣武府⑤，见使才皆尽，虽履屐之间，亦得其任⑥。以此推之，容必能立勋。"元功既举，人咸叹超之先觉，又重其不以爱憎匿善。

——《世说新语》

【注释】

①郗超：字景兴，又字嘉宾，东晋人，历官司徒左长史、散骑常侍等。谢玄：字幼度，东晋名将。

②苻（fú）坚：当时北中国前秦政权的君主。将问晋鼎：想灭掉东晋。

③梁岐：梁为古九州之一，相当今四川省及陕西西南。岐，指岐山（在今陕西岐山县）。

④淮阴：指淮河以南。水之阴为南。

⑤桓宣武：桓温，东晋重臣，官至大司马，卒谥"宣武"。

⑥"虽履屐"二句：即使只有些微之才的人，也加以任用。履屐，草鞋和木鞋，借指细微。

【译文】

郗超与谢玄关系不好。前秦的苻坚准备灭掉东晋。他已吞食了梁岐一带，又虎视眈眈地瞄准了淮南。这时朝廷议定，派遣谢玄北伐苻坚。人们很有些不同的看法。只有郗超说："谢玄一定能成就大事。我以前曾与他一道在桓宣武军府中供职，看到他用人，都

能做到人尽其才,即使只有些微之才的人,也加以任用。以此来推
断,想必他能立功。"等到谢玄大败符坚,人们都赞叹郗超有先见之
明,更推崇他不从个人好恶出发而埋没人才。

【品读】

中国军事史上以少胜多的著名战役淝水之战,可说是无人不
知了,而与之有关的郗超不以一己之爱憎匿善的佳话人们则不太
熟悉。郗超能以国家利益为重,而不是一味计较个人恩怨,这在
相互倾轧的封建官场是很难得的。

何充正言　刘义庆(南朝·宋)

王含作庐江郡①,贪浊狼藉。王敦护其兄②,故于众坐
称:"家兄在郡定佳,庐江人士咸称之。"时何充③为敦主簿,
在坐,正色曰:"充即庐江人,所闻异于此。"敦默然。旁人为
之反侧④,充晏然⑤,神意自若。

——《世说新语》

【注释】

①王含:字处弘,东晋人,官至骠骑大将军开府仪同三司。后随
其弟起兵谋反,被杀。

②王敦:字处仲,晋王导从弟。元帝镇江东,王敦与王导同心翼
戴,总揽征讨之事,晋征南大将军。后曾两度谋反,卒于病。

③何充:字次道,曾任骠骑将军,官至丞相。主簿:大臣幕府中
的重要僚属。

④反侧:形容坐不安席。

⑤晏然:坦然。

【译文】

王含任庐江郡刺史的时候,贪婪昏乱,声名狼藉。王敦为他哥
哥王含护短,有一次众人在座时说:"家兄在庐江郡政声民意很好,
那里的人都称赞他。"当时何充在王敦幕府任主簿,恰好也在座。他

033

听完王敦的话后，神情非常严肃地说："我何充就是庐江人，我所听到的与您说的完全不一样。"王敦语塞。旁人坐不安席，很替何充担心；何充却非常坦然，神情自若。

【品读】

小品虽只有寥寥数十字，而何充无私无畏、富于正义感的思想性格特点已给我们留下了强烈而鲜明的印象。这也是魏晋风骨的一种体现吧。

新亭相泣　刘义庆（南朝·宋）

过江诸人①，每至美日，辄相邀新亭②，藉卉饮宴③。周侯中坐而叹④，曰："风景不殊，正自有山河之异。"皆相视流泪。唯王丞相愀然变色⑤，曰："当共戮力王室⑥，克复神州⑦。何至作楚囚相对⑧！"

——《世说新语》

【注释】

①过江诸人：西晋末年，刘曜攻陷长安，晋愍帝被掳。中原士族随同王室纷纷南渡长江，元帝即位于建康（今南京），史称东晋。此处"过江诸人"，是指东晋朝廷中的原北方士族。

②新亭：又名劳劳亭，旧址在今南京市南靠近长江处。

③藉卉：坐卧在草地上。

④周侯：指周顗（yǐ）。他承袭其父亲的侯爵，官至尚书仆射。

⑤王丞相：即王导，元帝时任丞相。

⑥戮力：努力，致力。

⑦神州：中国，此处指中原。

⑧楚囚：《左传·成公二年》：楚人钟仪在战争中被俘，拘禁在晋，操琴仍奏楚乐。

【译文】

南渡长江的一些原西晋士族，每逢好天气，总是相邀到劳劳亭，坐卧在草地上,玩乐宴饮。有一次,正在宴饮的时候周侯忽然慨叹道:"这里的风景,倒不比临接渭水的长安一带差,只是山河不同啊!"听他这么一说,在座的人无不相顾流泪,感怀故地。只有王丞相脸色一沉,说道:"我们应该齐心协力,扶持王室,恢复中原。哪能像意志消沉的楚囚,面面相觑,不思恢复之策!"

【品读】

　　小品通过记叙几个东晋士族的对话,在鲜明的对比中,展示了两种截然不同的人生志趣。作者所肯定的是王丞相不畏挫折、志在恢复的宏愿,而对周侯等人消沉感伤、止于悲叹的精神状态给予了含而不露的批评。

徐有功廷争　　刘　悚(唐)

　　徐大理有功①,每见武后将杀人②,必据法廷争③。尝与后反复④,辞色愈厉,后大怒,令拽出斩之,犹回顾曰:"臣身虽死,法终不可改。"至市临刑得免⑤,除名为庶人⑥。如是再三,终不挫折,朝廷倚赖,至今犹怀之。

——《隋唐嘉话》

【注释】

　　①徐大理有功:徐有功,唐初人,武则天执政时任大理寺卿(最高法官)。

　　②武后:即武则天。

　　③廷争:在朝廷上向皇帝谏诤。

　　④反复:指反复争辩。

　　⑤市:集市,古代在闹市行刑。

　　⑥除名为庶人:从仕籍中除名,降为平民。

【译文】

　　大理寺卿徐有功,每次遇到武则天要杀人时,必定依据法律,在朝廷上当面向她谏诤。徐有功曾经在朝廷上与武后反复争辩,言辞越来越激烈,闹得面红耳赤;武后大为恼怒,下令把他拖出去杀了。即便到了这时候,徐有功还回头对武后说:"我就是死了,法律也不能更改。"到了行刑的闹市,他又被免掉死罪。武后将他从仕籍中除名,降为平民。这样几起几落,徐有功始终是那样刚正不屈。他正是朝廷可以依赖的人,至今人们还怀念他呢。

【品读】

依法办事应是古今中外的一条通则。徐有功为了维护封建法制,敢于与最高统治者竭力抗争,甚至不惜以身护法,这种刚正不阿的精神是令人敬佩的。

仕宦捷径　刘　竦(唐)

唐卢藏用始隐于终南山①,中宗朝累居要职。道士司马承祯,睿宗追至京,将还职辞归。藏用指终南山谓之曰:"此中大有佳景处,何必在远?"承祯徐答曰:"以仆所观,乃仕宦捷径耳。"藏用有惭色。

——《大唐新语》

【注释】

①终南山:山名,在唐都城长安(今西安)附近。

【译文】

唐代卢藏用起初隐居在终南山,中宗朝时累居要职,官运亨通。道士司马承祯,睿宗把他召至京城。承祯后来将要还职辞归,重返山林。卢藏用指着附近的终南山对司马承祯说:"这山上有很多好景致,你何必跑得远远的呢?"司马承祯不慌不忙地回答说:"在我看来,这里是仕宦捷径呢。"藏用知道对方是在讥讽自己,面有愧色。

【品读】

唐代卢藏用曾经隐居终南山,借此得到很大名声而做到大官,旧时称"终南捷径"。在封建时代,仕宦之途还真不少。而这隐居算是最近便的一条路了,这种隐居其实是沽名钓誉。

钱可通神　张　固（唐）

唐张延赏判一大狱①,召吏严缉。明旦,见案上留小帖云:"钱三万贯,乞不问此狱。"张怒掷之。明旦复帖云:"十万贯。"遂止不问。子弟乘间侦之,张曰:"钱十万,可通神矣,无不可回之事,吾惧祸及,不得不止。"

——《幽闲鼓吹》

【注释】

①张延赏:唐大历初任河南尹,后曾拜中书侍郎同平章事。卒谥成肃。

【译文】

唐代张延赏审理一件大案,派人严缉罪犯。第二天早上,张见公案上留有一个小字条,上面写道:"出钱三万贯,请求你不再过问这案件。"张延赏看后,很气愤地把字条扔了。次日早晨,案上又有一小字条,上面有一行字:"十万贯钱。"张于是不再追查那个案子了。他的子弟知道这事后,趁空悄悄问他,张说:"十万贯钱可以通神呢,用它没有办不成的事。我怕自己遭殃,不得不停办那案子。"

【品读】

常言道:有钱能使鬼推磨。在封建时代,更是八字衙门朝南开,有理无钱莫进来。无钱,无罪可以成有罪,小罪可以成大罪。有钱,大事化小,小事化了。钱,真是一面魔镜,它能照出人的灵魂。这种贪腐之风看来渊源有自,而至今不绝。

虐吏崔弘度　冯翊子（唐）

崔弘度①,隋文时为太仆卿②,尝戒左右曰:"无得诳我！"后因食鳖，问侍者曰："美乎？"曰："美。"弘度曰："汝不食，安知其美！"皆杖焉。长安为之语曰："宁饮三斗醋，不见崔弘度；宁茹三年艾③，不逢屈突盖④。"盖，同时虐吏也。

——《桂苑丛谈》

【注释】

①崔弘度：字摩诃衍，性严酷。仕周，以战功至上柱国，入隋后继续供职。

②太仆卿：太仆寺长官，管理皇帝车马。

③茹：吃。艾：艾草。

④屈突盖：姓屈突，名盖，唐初任长安令，以严酷闻名。

【译文】

崔弘度在隋文帝时担任太仆卿。他曾经告诫手下的人说："你们不许欺骗我！"后来有次他吃甲鱼，问侍奉他的人说："味道好吗？"那几个侍者回答说好。弘度说："你们要是没有偷吃过，怎么知道它的味道鲜美！"他便让人用棍棒责打他们。长安因此编出歌谣说："宁饮三斗醋，不见崔弘度；宁茹三年艾，不逢屈突盖。"屈突盖，也是当时的酷吏。

【品读】

这则小品用一件小事，来刻画崔弘度暴虐多疑的性格特征，情节简单，却生动传神。从这件小事，我们就不难想象崔弘度平日的横暴了。

面似靴皮 欧阳修（宋）

京师诸司库务①，皆由三司举官监当②。而权贵之家子弟亲戚，因缘请托，不可胜数，为三司使者常以为患。

田元均为人宽厚长者③，其在三司，深厌干请者，虽不能从，然不欲峻拒之，每温颜强笑以遣之。尝谓人曰："作三司使数年,强笑多矣,直笑得面似靴皮。"士大夫闻者,传以为笑,然皆服其德量也。

——《归田录》

【注释】

①库务:掌看守仓库,保管库物等事的官吏。

②三司:官署名,北宋最高财政机构。

③田元均:田况,字元均,宋开封人,仁宗时曾任翰林学士、三司使等职。

【译文】

京城各司看守仓库、保管库物的官员,都是由三司举荐人来担任。为了谋到这份肥差,权贵人家的子弟亲戚,找关系托人求情的,多得一塌糊涂。作为三司使为此常常很头疼。

田元均是一个性情宽厚的人。他在三司当长官时,非常讨厌那些托人求情的人,但即使不能答应别人的要求,却也不好严辞拒绝,每次都还要给别人好脸色,强装笑脸,打发那些人走。他曾对人说:"我担任三司使这么几年,强颜欢笑太多了,以至笑得脸皮都有靴皮厚了。"士大夫听说这话后,传为笑料,但大家都不得不佩服田元均的德行和气量。

【品读】

与田元均类似的难题,如今也还摆在某些人面前。如何不失原则,又不得罪别人,还真颇费脑筋呢。

丁晋公受赐玉带　沈　括(宋)

丁晋公从车驾巡幸①,礼成,有诏赐辅臣玉带。时辅臣八人,行在祗候库止有七带②:尚衣有带③,谓之比玉,价值数百万,上欲以赐辅臣,以足其数。晋公心欲之,而位在七人之下,度必不及己;乃谕有司:"不须发尚衣带,自有小私带,且可服之以谢,候还京别赐可也。"有司具以此闻。既各受赐,而晋公一带仅如指阔,上顾谓近诗曰:"丁谓带与同列大殊,速求一带易之。"有司奏唯有尚衣御带,遂以赐之。其带熙宁中复归内府。

——《梦溪笔谈》

【注释】

①丁晋公:丁谓,北宋真宗朝大臣,官至宰相,封晋国公。

②行在祇候库:皇帝行宫的供应库。

③尚衣:尚衣局,掌管皇帝服饰的机构。

【译文】

丁谓跟随真宗皇帝御驾巡幸各地,礼成之后,皇帝下诏赏赐随行大臣玉带。当时随行大臣八人,而库房里只有七根玉带;尚衣局有皇帝备用的一根玉带,叫作比玉,价值几百万钱,皇帝打算也把它用来赏赐,以补不足之数。丁谓心里很想得到这根玉带,但自己地位在另外七人之下,想到分赏起来肯定到不了自己手上,于是吩咐管事人说:"不必动用尚衣局的玉带了,我自己有小私带,可以暂且佩来谢恩,等到回京以后另外赏赐一根就是了。"管事人便照他的话做了。等到随行大臣接受了赏赐的佩带,而丁谓自己的佩带只有手指头那么宽。皇帝看了便对左右侍臣说:"丁谓的佩带与同僚们的差异太大,你们快些找一根来给他换下来。"管事人禀报说只剩下尚衣局的那根御带,于是真宗把它赏赐给了丁谓。这根佩带熙宁年间又归还到了内府。

【品读】

这则小品,通过一根玉带,写出了丁谓善于算计、伪善狡猾的个性特点。作者只是不带感情色彩地描述事情经过,但褒贬已在不言之中。

屠豕贵族　王辟之(宋)

胡旦①,文辞敏丽,见推一时。晚年病目,闭门闲居。一日,史馆共议作一贵侯传。其人少贱,尝屠豕②。史官以为讳之即非实录,书之又难为辞,相与见旦。旦曰:"何不曰'某少尝操刀以割,示有宰天下之志?'③"莫不叹服。

——《渑水燕谈录》

【注释】

①胡旦:字周父,宋太宗时进士,常任秘书监、知制诰。

②屠豕(shǐ):杀猪。豕,猪。

③"何不"二句:这是暗用《史记·陈丞相世家》的典故。陈平是汉初名臣,年轻时贫贱,曾为里社乡亲分割祭神的肉,分得很公平,受到称赞。陈平叹息说:"嗟乎!使平得宰天下亦如是肉矣。"

【译文】

胡旦,文思敏捷,辞藻富丽,当时很被人推崇。他晚年因眼睛有病,闭门闲居。有一天,史馆官员共同商议为一贵侯写传记。那个贵侯年轻时低微贫贱,曾经以杀猪为业。史官认为,避讳杀猪一事不写就不是实录了,写吧又不好措辞。史官们便去拜见胡旦。胡旦说:"你们何不这样写:'某年轻时曾操刀以割,示有宰天下之志?'"众人都认为这个说法很妙,无不叹服。

【品读】

古代史官修史讲求"实录",即有啥写啥,实事求是,不隐恶,也不溢美。而实际上,史书上常常为帝王显贵遮丑。胡旦算得上是善为尊者讳了。这则小品,对我们了解历史、阅读官修正史是有启发的。

磕头幕官　道山先生(宋)

韩魏公在永兴①,一日有一幕官来参②,公一见熟视,蹙然不乐,凡数月未尝交一语。仪公乘间问公曰:"幕官者,公初不识之,胡然一见而不乐?"公曰:"见其额上有块隐起,必是礼拜所致③，当非佳士。恁地人缓急怎生倚仗④？"

——《道山清话》

【注释】

①韩魏公：即韩琦，北宋名臣。永兴：永兴军路，路名，辖境在今陕西北半部，兼有邻近甘肃、山西的部分地区。

②幕官：幕府（将帅官署）的官员。

③礼拜所致：磕响头造成的。

④缓急：偏义词，即紧急时。

【译文】

韩琦在永兴任职时，一天有一个幕官来参见他；他一见那人，仔细看了一看，皱起眉头，很不高兴，以至几个月没同那个幕官说一句话。仪公有次瞅空问韩琦说："那个幕官，您起初也不认识他，为什么一见就不喜欢？"韩琦说："我见他额头上隐隐有块肿包，想必是磕响头造成的，这人肯定不怎么样。这样的人在危急时怎能倚仗呢？"

【品读】

韩琦的所察、所为、所言，颇有个性，也很有趣味，同时又给人以启示，俗话说"相由心生"，就是这个道理吧！

狄仁杰与娄师德　　王　谠（宋）

狄梁公与娄师德同为相①。狄公排斥师德非一日。则天问狄公曰："朕大用卿，卿知所自乎？"对曰："臣以文章直道进身②，非碌碌因人成事。"则天久之，曰："朕比不知卿③，卿之遭遇，实师德之力。"因命左右取筐箧，得十许通荐表，以赐梁公。梁公阅之，恐惧引咎，则天不责。出于外，曰："吾不意为娄公所涵，而娄公未尝有矜色。"

——《唐语林》

【注释】

　　①狄梁公：狄仁杰，字怀英，唐并州太原人，高宗朝、则天朝任宰相，睿宗时追封梁国公。娄师德：字宗仁，唐郑州原武人，武后时官至同凤阁鸾台平章事（即宰相），掌理朝政。

　　②直道：正直之道。

　　③比：皆，都。

【译文】

　　狄仁杰与娄师德同在朝廷担任宰相，狄公排斥娄师德已不是一天两天了。有一天，武则天问狄公说："我重用你，你知道是凭借的什么吗？"狄公回答说："我凭自己的文章和正直之道获得重用、升迁，不是那种碌碌无为的人，凭借别人的关系向上爬。"武则天过了好久才说："我一点儿也不了解你，你之所以能受到器重，实际上是师德的功劳。"于是，则天让身边的人取来一个筐子，拿出十几份荐表，赐给狄仁杰。狄公看了那些荐表，又害怕又自责。武则天并没有责怪狄仁杰。狄仁杰到外面以后感叹地说："我没想到自己那样和娄公过不去，他竟如此有雅量，但平时一点也没流露出得意自夸的神情。"

【品读】

　　将军额头跑得马，宰相肚里能撑船。娄师德正是一位有着海阔天空般胸怀的宰相。这种宽厚和大度，不仅是一种待人的态度、方式，而且是一种胸襟、一种人生境界。

故设圈套　朱　翌（宋）

　　李适之为相①，与李林甫不协②。林甫谓适之曰："华山生金，采之可富国。"适之为帝道之，帝喜以问林甫，林甫曰："臣知之久矣！华山陛下本命，王气之舍，不可穿治，故不敢闻。"帝以林甫为爱己，而薄适之。

　　　　　　　　　　　　　　——《猗觉寮杂记》

人間掌故

【注释】

①李适之：人名，唐太宗李世民第四代孙，唐玄宗时，曾任刑部尚书、左相，后为李林甫陷害，服药自杀。

②李林甫：人名，小字哥奴，唐皇宗室。唐玄宗时，曾任礼部尚书、中书令，封晋国公。在位十九年，口蜜腹剑，权倾朝野，酿造了"安史之乱"。

【译文】

李适之做宰相，与李林甫不合。林甫曾经对适之说："华山出产金子，开采可以富裕国家。"适之给唐玄宗说了这件事，唐玄宗高兴地问李林甫，林甫说："我知道很久了。但华山是陛下的出生地，王气的住所，不能够随便开采，所以我一直不敢对您说。"唐玄宗听了，认为李林甫是爱自己，而疏远了李适之。

【品读】

李林甫为人奸诈，从他给李适之设的这个陷阱中便可见一斑。李林甫不仅骗了李适之，而且骗了唐玄宗。这件事情不大，但让世人可以看到李林甫的嘴脸。

宁人负我　无我负人　朱　翌（宋）

"宁我负人，无人负我"，此曹操由中之言也。沮渠罗仇，卢水胡人也①。与其兄麹粥事吕光②。光征河南，大败。麹粥劝罗仇反攻之，仇曰："理如汝言，但吾家累世忠孝，宁人负我，无我负人。"遂为光所杀。罗仇之言，可谓君子，卒不免死；世之小人，益以操言为信。

——《猗觉寮杂记》

【注释】

①卢水：即庐江，今属安徽。

②吕光：人名，字世明，略阳（今甘肃天水一带）人。初事符坚，

符坚死后,据守凉州,为后凉始祖。

官
场

【译文】

"宁可我对不起别人,不要别人对不起我",这是曹操发自肺腑的话。沮渠罗仇,是卢水的少数民族人,和哥哥麴粥事奉吕光。吕光征伐河南,大败。麴粥劝罗仇反攻吕光,罗仇说:"道理像你说的那样,但我家世世代代讲忠诚孝顺,宁可别人对不起我,不能我对不起别人。"后来,罗仇被吕光杀了。罗仇的话可以称得上是君子之言,最终不免一死;社会上的小人,更认为曹操的话可信。

【品读】

"宁我负人,无人负我"相传是曹操的名言,他一生并非事事如此,但就这句话来论,毕竟过于看重自我,显得太自私、太狭隘了。然而,世事真难言说,罗仇反其道而行,"宁人负我,无我负人",是不是就正确?

秦桧专权　陆　游(宋)

秦丞相晚岁权尤重①,常有数卒皂衣持梃②,立府门外,行路过者,稍顾视謦咳③,皆呵止之。

尝病告一二日,执政独对,既不敢它语,惟盛推秦公勋业而已。明日入堂,忽问曰:"闻昨日奏事甚久?"执政惶恐曰:"某惟诵太师先生勋德旷世所无,语终即退,实无它言。"秦公嘻笑曰:"甚荷④!"盖已嗾言事官上章,执政甫归,阁子弹章副本已至矣。其忮刻如此⑤。

——《老学庵笔记》

【注释】

①秦丞相:秦桧(1090—1155),字会之,宋江宁(今江苏南京)人。曾随宋徽宗、宋钦宗被金人俘虏,回国后,在宋高宗绍兴年间任宰相,封为太师,力主与金人讲和,反对抗战,并残害忠良,是历史上有

名的奸臣。

②皂衣：黑色的衣服。梃（tǐng）：木棍。

③磬（qǐng）咳：咳嗽。

④荷：受惠而感激。

⑤忮（zhì）刻：嫉恨、狠毒。

【译文】

秦桧晚年特别专权，经常有几个家丁穿着黑色衣服、拿着棍棒站在丞相府外，过路的人只要稍微回头看一下或者咳嗽，都要受到叱责。

他曾经患病请一二天假，另一个执政大臣独自回答皇帝的问话，竟不敢说其他话，只是大力歌颂秦桧的功业。第二天秦桧上朝，忽然问道："听说你昨天报告事情花了很长时间？"那执政大臣惶恐不安地说："我只是说像您这样的功德很长时间都没有出现过了，说完就退下来了，实在没有说其他话。"秦桧笑嘻嘻地说："非常感谢。"原来，他已经唆使言事官给皇帝上奏章，那个执政大臣刚回家，内阁弹奏他的副本已经到了。秦桧就是这样狠毒。

【品读】

秦桧是历史上有名的奸臣，并因陷害抗金英雄岳飞遭后人唾骂。他晚年大权独揽，但色厉内荏。小品所记叙的只是一件小事，可见秦心胸的狭窄和专权的程度。

误 怒 陆 游（宋）

绍圣元符之间①，有马从一者，监南京排岸司②。适漕使至③，随众迎谒。漕一见怒甚，即叱曰："闻汝不职，正欲按汝，何以不亟去？尚敢来见我耶？"从一皇恐，自陈湖湘人，迎亲窃禄。求哀不已。漕察其语，南音也，乃稍霁威④。云："湖南亦有司马氏乎？"从一答曰："某姓马，监排岸司耳。"漕乃微笑曰："然则勉力职司可也。"初盖误认为温公族人⑤，故欲害之。自是从一刺谒⑥，但称"监南京排岸"而已。传者皆以为笑。

——《老学庵笔记》

【注释】

①绍圣、元符：宋哲宗赵煦的年号。当时，以司马光为首的旧党失势，其同党和亲属多受贬抑。

②监：督察。南京：河南商丘。排岸司：官府掌管水运的机构。

③漕使：掌管漕运的主官。

④霁(jì)威：消除怒气，渐转温和。

⑤温公：司马光。他死后被封为温国公，所以人们一般又称他为司马温公或温公。

⑥刺：名片。

【译文】

宋哲宗绍圣、元符年间，有个叫马从一的人担任南京排岸司的督察。恰逢漕使巡视，马从一跟随众官一起去迎接、拜见。漕使一见到他就火冒三丈，当即叱责他说："听说你不称职，正想查办你，为什么不赶快辞职回乡，居然还敢来见我?"马从一惊慌恐惧，诉说自己是湖南人，迎合父母的意愿，窃居官职，享受俸禄，并不停地向他苦苦哀求。漕使观察他说的话，是湖南口音，这才消除怒气，态度渐转温和，说道："湖南也有司马氏吗?"马从一答道："我姓马，监察排岸司。"漕使听了，就微笑着说："这样，那你努力尽职尽责就行了。"原来，他开始误认为马从一是司马光家族里的人，所以想迫害他。从那以后，马从一以名片拜见别人，只称"监南京排岸"。听到这件事的人都认为好笑。

【品读】

古代素兴株连，一人之祸，牵累九族，以致朋友、乡亲的日子都不好过。这则小品中的漕运使不知是谁，大概和司马光不是一派，趁司马光失势，迁怒司马一族，无端兴罪，险些闹成一场误会。

赵清献徇私　盛如梓（元）

　　赵清献公未第时①，乡之户家陈氏，延之教子。其母岁与新履。公乡荐，陈厚赆其行②。随以家贫，而用告乏，复赆之亦然。陈乃赍行囊送入京，一举及第，仕寖显。

　　陈之子后因人命事系狱。或曰："尔家昔作馆赵秀才，今显宦于朝，可以为援。"陈乃谋诸妇。妇曰："翁当亲行。我仍制履送之。"翁至汴，阍人不为通③。翁俟朝回，揖于马前。公命之入，即送其履。公持而入，良久，乃濯足穿以出。叩其来意，翁言其故。公曰："且留书院。"经旬余，不容所言。乃申之，唯唯而已。月余告归，公曰："且宽心。"两阅月，公以翁家闻示之，其子已贷命矣④。公但使亲仆至衢，日送饭狱中。主者闻之，得从末减。衢士至今言之。

——《庶斋老学丛谈》

【注释】

　　①赵清献：赵抃（biàn），字阅道，北宋衢州（今属浙江）人。曾任殿中侍御史、转运使、参知政事等职。为政清廉，有"铁面御史"之称。谥清献。

　　②赆（jìn）：赠送的路费和财物。

　　③阍（hūn）人：守门人。

　　④贷：宽恕，赦免。

【译文】

　　赵清献未中进士时，乡里的大户陈氏，请他教育自己的儿子。陈氏的妻子每年做新鞋送给他。赵清献被地方上推荐去京城参加进士考试，陈氏赠送了一大笔钱财给他，使他能够赴京应试。随后，赵清献因家里贫穷，钱用完了，陈氏依旧又送了一笔钱给他，并带着行李送他到了京城，一次就考中了进士，官渐渐做大了。

　　陈氏的儿子后来因为人命案被关在监狱里。有人对陈氏说："从前在你家作家教的赵秀才，如今在朝廷做高官，他可以帮助你。"陈氏就和妻子商量，妻子说："你应当亲自去，我仍然做鞋子送给他。"陈氏到了京城开封，赵清献的守门人不为他通报。陈氏就等赵清献上朝后回家时，在马前向他施礼。赵清献请他进了家门，陈氏送上妻子做的鞋子，赵清献拿着进了内室，过了很久，洗了脚穿着新鞋出来，询问陈氏的来意。陈氏把原由告诉他，赵清献说："你暂时住在书院里。"过了十多天，陈氏没有说话的机会，他一申述，赵清献只是连连说，好好！过了一个多月，陈氏告辞回家，赵清献说："你姑且放宽心。"又过了两个月，赵清献写信告诉陈氏，他的儿子已经赦免一死。原来赵清献只是派亲近的仆人到衢州，每天送饭到狱中。掌管这件案子的官吏听说了，就从轻发落了陈氏的儿子，衢州的人至今还在说这件事。

【品读】

　　赵清献有"铁面御史"的称号，暗里也徇私情。和明目张胆谋私的人不同，他做得不动声色：只派亲信去狱中送饭，结果办案人不能不给他面子。"铁面御史"使杀人偿命的国法成为虚话。但他知恩图报仍不可全然否定。

琐记为公　　陆　容（明）

　　江南巡抚大臣，惟周文襄公忱最有名①。盖公才识固优于人。其留心公事，亦非人所能及。

　　闻公有一册历，自记日行事，纤悉不遗②。每日阴晴风雨，亦必详记。如云：某日午前晴，午后阴。某日东风，某日西风。某日昼夜雨。人初不知其故。

　　一日，民有告粮船失风者。公诘其失船为何日？午前午后？东风西风？其人不能知而妄对，公一一语其实。其人惊服,诈遂不得行。于是知公之风雨必记,盖亦公事,非谩书也③。

——《菽园杂记》

【注释】

①周文襄公忱:周忱,字恂如,明代吉水(今江西吉水)人。曾任工部右侍郎、江南巡抚、工部尚书等职,谥文襄。

②纤悉不遗:形容没有丝毫遗漏。纤,细小。悉,全,都。

③谩:通"漫",随便。

【译文】

江南巡抚大臣,唯有周忱最有名。因为他的才能、学识本来就超过别人,而且,他留心公事,也不是别人赶得上的。

听说周忱有一册日历,亲自记录每天做的事情,没有丝毫遗漏。就是每天是阴是晴,是风是雨,也一定详细记载。譬如说:某一天,中午以前晴,中午以后阴。某一天刮东风,某一天起西风。某一天日夜下雨。人们开始不知道他这样做是为什么。

有一天,一个百姓来报告运粮船被风刮走了。周忱询问他丢船是哪一天,午前还是午后,刮的东风还是西风。那人不知道而胡乱回答,周忱把实际情况一一告诉他。那人惊讶、佩服,行骗没有成功。于是,人们知道周忱记录风雨,也是为了公事,不是随便写写的。

【品读】

留心世事,大小必录,虽嫌烦琐,终归有用,周忱就以这见了成效。它同时说明为官理应心细,体情察物,久而久之,自然会增长学识、才干。周忱的学识、才干过人,也许这是原因之一。

清除异己　陈洪谟(明)

刘瑾欲专权①,尽除轧己者②。一日伺隙言于上,调张永南京③,奏既可,即日逐永出就道,榜诸禁门不许放人。永知觉,直趋至御前诉己无罪,为瑾所害。召瑾至,语不合,永即挥拳殴之。谷大用等解之,令诸近臣具蔬酒和解。由是永得不去,遂深憾之。

——《继世纪闻》

【注释】

①刘瑾:本姓谈,因投靠宦官刘氏,故以刘为姓。兴平(今陕西兴下人)。自阉入宫,性狠善辩,深得明武宗宠信,大小政事都由他一人处置,后图谋不轨,被杀。

②轧:排挤,倾轧。

③张永:人名,宦官,明武宗初年,掌管神机营,和刘瑾一派。后与刘瑾分裂,并深恶刘瑾行事,刘瑾图谋不轨时,上书请诛杀刘瑾。

【译文】

刘瑾想独掌朝政大权,就尽力清除排挤自己的人。一天,他乘空对明武宗说,把张永调到南京,武宗批准了,刘瑾当天就驱赶张永,逼他上路。并在各处禁门张榜,不许人进出。张永发觉后,直接跑到武宗皇帝面前诉说自己无罪,是被刘瑾陷害。武宗把刘瑾召来,当面说清楚。两人言语不合,张永就挥动拳头打刘瑾,谷大用等人劝解,并要各位近臣备下酒菜为刘瑾、张永说和。因此,张永才没有被贬出京城,但从此痛恨刘瑾。

【品读】

权势、利禄的诱惑使朝廷大臣争权夺利、彼此倾轧,这是很正常的。刘瑾与张永之争是封建社会政治黑暗的一个侧影。

小人谄态 于慎行(明)

小人谄态,无所不至,古今一揆①。蔡京在位②,其党有薛昂者,以京援引,得至执政,举家为京避讳,或误及之,辄加笞责,己尝误及,即自批其口。谄至如此,良可哀也。江

人間掌故

陵在位③,有朱御史者,为入幕之客,江陵卧病,举朝士夫建醮祈祷④,御史至于马上首顶香盒驰诣寺观。已而行部出都,畿辅长吏例致牢饩⑤,即大惊,骂曰:"不闻吾为相公斋耶?奈何以肉食馈我!"此又甚于昂矣。嗟夫!佞人也,诚以趋事权要之心事其君上,必为忠臣,事其父母,必为孝子,而甘心于此,人奴厕养不足为污矣。

——《谷山笔麈》

【注释】

①揆(kuí):尺度,道理。

②蔡京:人名,字元长,北宋兴化仙游(今属福建)人。曾任开封知府、户部尚书、右仆射、太师等职。在位时排除异己,搜刮民财,后被宋钦宗放逐到岭南,死于途中。

③江陵:即张居正,字叔大,号太岳,江陵(今属湖北)人。明万历年间,任内阁首辅,改革吏治,整顿军备,卓有政绩。

④建醮(jiào):设牌位祭祀祈祷。

⑤畿(jī)辅:王都所在地,泛指京城地区。牢饩(xì):祭祀用的牛羊猪等牺牲品。

【译文】

小人谄媚的样子,无所不至,古今是一个道理。蔡京在位的时候,他的党羽有个叫薛昂的,因为蔡京援引,得以执掌朝政,于是,他全家都为蔡京避讳,有人失误没有避讳,就用鞭子抽打。他曾经失误说了蔡京的名字,就自己用手打自己的嘴巴。谄媚到了这样的地步,真是可悲。张居正在位时,有个朱御史,是外来的幕僚。张居正卧病在床,满朝的士大夫都为他设立牌位祭祀祈祷,朱御史甚至在马上用头顶着香盒跑到寺庙里去。不久,刺史出京巡视,京城长吏照旧例送上祭祀后的牛羊猪,朱御史大吃一惊,骂道:"你没有听说我在为张相公吃斋吗,为什么把肉食送给我?"这又比薛昂谄媚得更厉害了。唉!谄媚的人真要能够以趋附、侍奉权要的心来侍奉君主,一定是忠臣;侍奉父母,一定是孝子。但他们心甘情愿这样做,把他们作为人的奴才圈起来喂养也没有玷污他们。

【品读】

喜欢谄媚奉承的人，在强者面前仿佛是温顺的羊，一副奴才模样，唯恐恭敬得不够而生冒犯，于是有种种丑态。

考秀才 朱国祯（明）

韩公雍巡抚江西①，每对生员称说《诗》《书》。时江西科目方盛②，生员私相谓曰："巡抚，千字文秀才耳。安得称说《诗》《书》？"公闻之，命提学送诸生来考，以律吕调阳为论，闰余成岁为策，诸生皆不能详。公曰："我辈做秀才时，读了百家姓便读千字文，诸生如何连千字文也不知。"士皆愧服。

——《涌幢小品》

【注释】

①韩公雍：韩雍，字永熙，明代长洲（今江苏苏州）人。曾任御史、江西巡抚、广东副使、兵部右侍郎、左副都御史等职，很有政声。

②科目：分科取士的项目，这里指科举考试。

【译文】

韩雍巡抚江西的时候，常常对秀才谈论《诗经》、《尚书》。当时，江西的科举考试正兴旺，那些秀才私下议论说："巡抚是千字文秀才，怎么能够谈论《诗经》、《尚书》呢？"韩雍听说了，就命学政把这些秀才送来考试，以"律吕调阳"为论题，以"闰余成岁"为策对，秀才们都不能明白。韩雍说："我做秀才的时候，读了百家姓就读千字文，各位怎么连千字文都不知道？"秀才们又羞愧，又佩服。

【品读】

骄傲总是人的毛病，秀才们瞧不起韩雍，没想到引火烧身。韩雍针锋相对地教训这些秀才，不用权势，而用学识，倒不失为高明之举。

杀巫灭火　冯梦龙（明）

钱元懿牧新定①。一日，闾里间辄数起火，居民颇忧恐，有巫杨媪因之，遂兴妖言曰："某所复当火。"皆如其言，民由是兢祷之②。元懿谓左右曰："火如巫言，巫为火也，宜杀之。"乃斩媪于市，自此火遂息。

——《智囊》

【注释】

①钱元懿：人名，字秉徽，临安（今浙江杭州）人。五代时吴越国王钱镠的第五个儿子，官至太师、中书令，封金华郡王。

②兢祷：小心而恭敬地祷告。

【译文】

钱元懿在新定主事。一天，街巷里数处发生火灾，居民都很忧愁、恐惧。有个杨巫婆顺势散布谣言说："某某地方还会发生火灾。"结果正像她说的那样，百姓因此小心恭敬地祈祷。钱元懿对左右的人说："火灾都像巫婆说的一样，是巫婆在制造火灾，应该杀死她。"于是，在集市上把巫婆斩首示众，从此火灾就没有了。

【品读】

巫婆滋事，明兴妖言，暗里放火，制造恐慌，意在以她的所谓"灵验"树立起威信。钱元懿明察善断，断言"巫为火也"，这在当时实属难得。

同情守门人　冯梦龙（明）

张忠定公视事退后，有一厅子熟睡，公诘之："汝家有甚事？"对曰："母久病，兄为客未归。"访之果然。公翌日差场务一名给之①，且曰："吾厅岂有敢睡者耶？此必心极幽懑使之然耳②,故悯之。"

——《智囊》

【注释】

①翌(yì)日:第二天。

②幽懑(mèn):很深的烦恼。

【译文】

张忠定办公完后退到后堂,看见有一个守门人睡熟了。张忠定把他叫醒后问道:"你家有什么事?"那守门人回答:"我母亲病了很久,哥哥远游没有回来。"张忠定一查,果真是这样的。他第二天派了一名杂役供他家使用,并说:"我厅堂里难道有人敢睡觉吗,他一定是心里有很深的烦恼才这样的,所以我同情他。"

【品读】

别人的遭遇,自己感同身受,孟子曾说:恻隐之心人人都有。张忠定同情守门人,切实地给他帮助,就是恻隐之心的表现。

缄封如故　冯梦龙(明)

仲微初为蒲田尉,署县事①。县有诵仲微于当路②,而密授以荐牍者,仲微受而藏之。逾年,其家负县租,竟逮其奴。是人有怨言,仲微还其牍,缄封如故。是人惭谢。

——《智囊》

【注释】

①署:代理,暂任。

②诵:通"颂",颂扬。

【译文】

仲微最初担任蒲田县尉,代理县令行事。县里有个人在执政者那里说他的好话,并且暗里交给仲微一封推荐信,仲微接受后收藏起来。过了一年,那人家里欠了县里的租税,仲微就逮捕了他家的奴仆。那人有怨言，仲微就把他写的推荐信还给他，那人一看信的封口像从前一样，于是羞愧地向他道歉。

【品读】

与人交往，有平心相交，论公而不论私；有偏心相交，论私而不论公。仲微属前者，某人属后者。

吴琳能官能民　郑　瑄(明)

吴公琳入吏部①，以致仕家居②。上尝遣使察之。使者潜致公旁舍，见一农人坐小几，拔秧布田，貌甚端。使者问曰：“此有吴尚书家何在？”公敛手对曰：“琳是也。”使白状，上重之，复召为复官。

——《昨非庵日纂》

【注释】

①吴公琳：吴琳，字朝阳，黄冈(今湖北黄冈)人。明太祖朱元璋时，曾任国子助教、吏部尚书等职。

②致仕：把官职、俸禄交还国君，意为辞官返乡。

【译文】

吴琳在吏部任尚书，后来辞官还乡，闲居在家。明太祖曾派使者去察看他。使者偷偷地走到吴琳的房子旁边，见一个农夫坐在小板凳上，拔秧苗撒在田里，容貌很端正。使者问道：“吴尚书家在什么地方？”吴琳拱手回答说：“我就是吴琳。”使者回去把吴琳的情况报告给明太祖，明太祖很器重他，又召他回京，恢复了他的官职。

【品读】

从高官到农夫，个人的名利跌入低谷，心态难得平衡，况且社会上无数异样目光的注视，足以叫人浑身不自在，所以，人难得的是为官之后为民，能官而又能民。

汪汝达损俸守穷　郑　瑄（明）

　　国朝汪汝达令黄岩，损俸筑城①，寇至而民不惊。历官二十余年，清操皎然。去浙之日，属吏致罚锾②，曰："此例所应得。"汝达惊曰："居官自常俸之外，尚有应得者耶？"竟不受。家甚贫，至无以供朝夕，举栖身数椽鬻之。黄岩士民知其贫，醵八十金闻于官③，邮致之，适遇病卒，遂以为殓。

——《昨非庵日纂》

【注释】

　　①损俸：减少俸禄、薪俸。

　　②罚锾（huán）：罚金。

　　③醵（jù）：凑钱，集资。

【译文】

　　明朝的汪汝达在黄岩做县令，减少自己的俸禄，把钱用来修筑城墙，因此，敌人来了百姓也不慌乱。他做了二十几年官，清正廉洁。汪汝达离开黄岩的时候，手下的官吏送来平日收缴的罚金，说道："这照例是应该归你的。"汪汝达吃惊地说："做官除了日常的俸禄之外，还有应得的钱财吗？"拒不接受。汪汝达家很穷，以致连饭都吃不上，他只好把住的几间房子卖了维持生计。黄岩县的百姓知道他穷，凑集了八十两银子报告给官府，然后邮寄给他，恰好遇上他病死了，于是，把这笔钱作为他的殓葬费。

【品读】

　　"天地之间有杆秤，那秤砣是老百姓。"汪汝达这样清廉正直的"父母官"，自然会赢得百姓的尊敬和拥戴。

李远庵为官清苦　郑　瑄（明）

　　国朝李远庵，居官清苦，常俸外不取一毫。郑淡泉乃公得意门生也，宦南京数年，岁时只寒温而已。一旦侍坐最久，有一布鞋在袖，逡巡不敢出①。庵问袖中何物，郑曰晓之妻，手制一布鞋送老师。远庵遂取而着之。生平受人物，仅此而已。

——《昨非庵日纂》

【注释】

①逡（qūn）巡：犹豫不决的样子。

【译文】

明朝的李远庵为官清廉，除日常的俸禄外不多拿一点钱财。郑淡泉是他的得意弟子，在南京做了好几年官，每年来看望他，只是问问冷暖罢了。一天早上，郑淡泉来看望老师，陪了很久，他袖子里装着一双布鞋，犹犹豫豫地不敢拿出来。李远庵问他袖子里装的是什么，郑淡泉说，他要妻子亲手缝制了一双布鞋送给老师。李远庵就拿过来穿上了。他平生接受别人的财物，就只有这一双鞋。

【品读】

李远庵做一辈子官，只接受弟子郑淡泉所送的一双布鞋，说他居官清廉、两袖清风大概是不错的。

徐文贞阅卷　　郑　瑄（明）

徐文贞为浙督学，有二生争贡①，哗堂下，公阅卷自若。已而有二生逊贡，哗堂下，公亦阅卷自若。顷之，召谓曰："我不欲人争，亦不使人让。诸生未读教条乎②？连我也在教条里，作不得主，诸生但照教条行事而已。"由是让者争者皆自息。

——《昨非庵日纂》

【注释】

①贡：选拔，荐举。

②教条:法令,规章。

【译文】

徐文贞做浙江督学,有两个秀才争着被选拔,在堂下吵嚷,徐文贞在堂上批阅试卷,神态自若。随后有两个秀才谦让荐举,也在堂下吵嚷,徐文贞仍然阅着卷子,像无事一样。过了一会儿,他把四人喊来说:"我不想人争吵,也不要人谦让。秀才们没有看法令、规章吗,连我也受它们限制,作不了主,你们只按法令、规章办事就行了。"因此,谦让的、争吵的都自然平息了。

【品读】

徐文贞说他也在章程内,暗示了他将守法,依法行事,而不凭个人情感办事,或者说不徇私舞弊,含而不露中已见出他为人的正派。这是自觉"把权力关进制度的笼子",至今仍给人教益。

士奇爱子　　沈节南(明)

士奇晚年泥爱其子①,莫知其恶,最为败德事。若藩、臬、郡、邑或出巡者见其暴横②,以实来告,士奇反疑之,必以子书曰:"某人说汝如此,果然,即改之。"子稷得书,反毁其人曰③:"某人在此如此行事,男以乡里故④,扰其所行,以此诬之。"士奇自后不信言子之恶者。有阿附誉子之善者,即以为实然而喜之。由是子之恶不复闻矣。及被害者连奏其不善之状,朝廷犹不忍加之罪,付其状于士奇。乃曰:"左右之人非良,助之为不善也。"而有奏其人命已数十,恶不可言,朝廷不得已,付之法司⑤。时士奇老病不能起,朝廷尤慰安之,恐致忧。后岁余,士奇终,始论其子于法⑥,斩之。乡人预为祭文,数其恶流,天下传诵。

——《国朝纪录汇编》

【注释】

①士奇：杨士奇，名寓，明江西泰和（今江西泰和）人。曾供职翰林，后任大学士、少师，与大学士杨荣、杨溥共同执政，有"三杨"之称。泥爱：溺爱。

②藩：藩司，又称藩台、布政使。臬(niè)：臬司，又称臬台、按察使。郡：郡守。邑：县令。

③毁：诽谤。

④男：儿子。

⑤法司：司法部门。

⑥论：判罪。

【译文】

杨士奇晚年溺爱儿子杨稷，不知道他的恶行，是最败坏道德的事。像藩台、臬台、郡守、县令有时出巡看到杨稷暴虐、横蛮，就把实情告诉杨士奇，杨士奇反而怀疑他们，并且，一定写信给儿子说："某人像这样说你，如果是真的，你就改正。"杨稷看了信后，反过来诽谤指责他的人道："某人在这里像这样行事，儿因为乡里的缘故，阻挠他的行为，因此他诬陷我。"杨士奇从此就不相信说他儿子不好的人。而有阿谀奉承、称赞他儿子好的，就认为是真的，感到很高兴。因为这一点，他再也听不到说他儿子恶行的话了。到被杨稷祸害的人连连上书诉说杨稷横暴的情形，朝廷还不忍心治他的罪，就把这些奏状转给杨士奇，杨士奇竟然说："这是杨稷身边的人不好，帮助他做些不好的事。"又有人上书，说杨稷害了几十条人命，坏得没法说。朝廷不得已，才把杨稷交给司法部门。当时杨士奇年迈卧病在床，朝廷还特别安慰他，担心他着急。一年后，杨士奇死了，朝廷才依法判了杨稷的罪，砍了他的脑袋。乡里人事先就为被杨稷害死的人写好了祭文，数说杨稷一系列罪行，天下传诵。

【品读】

人莫不爱自己的儿子，但爱过了头，反而害了自己的儿子。杨士奇溺爱儿子就是教训。

海瑞宦囊 周　晖（明）

都御史刚峰海公①，卒于官舍，同乡宦南京者惟户部苏民怀一人。苏检点其宦囊，竹笼中俸金八两，葛布一端，旧衣数件而已。如此都御史那可多得！王司寇凤洲评之云："不怕死，不爱钱，不立党。"此九字断尽海公生平，即千万言谀之，能加于此评乎！

——《金陵琐事》

【注释】

①都御史刚峰海公：海瑞，字汝贤，号刚峰，广东琼山人。曾任知县、户部主事、吏部右侍郎、右佥都御史等职。为官清廉、刚正，为人传诵。

【译文】

都御史海瑞，死在任上，他的同乡、也在南京做官的只有户部的苏民怀一人。苏民怀清点他做官的财产，竹笼里有八两俸金，一块两丈长的葛麻布，几件旧衣服。像这样的都御史真是难得。王凤洲司寇评价他说："不怕死，不爱钱，不结党。"这九个字把海瑞的一生都评价尽了，即使用千万字阿谀奉承他，哪能超过这九个字的评价。

【品读】

海瑞在历史上以清廉刚正享有盛誉，王凤洲以"不怕死，不爱钱，不结党"评价他，简洁而中肯。

吕蒙正雅量 潘永因（清）

吕文穆公蒙正①，不记人过。初参政事，入朝堂，有朝士于帘内指之曰："此子亦参政耶？"文穆佯为不闻而过。同列令诘其官位姓名,文穆遽止之。朝罢,同列犹不能平,悔不穷问。文穆曰:"若一知其姓名,则终身不复能忘,固不如弗知也。"时人服其量。

——《宋稗类钞》

【注释】

①吕文穆公蒙正:吕蒙正,北宋名臣,三入相位。卒后赠中书令,谥文穆。

【译文】

文穆公吕蒙正,不记别人的过失。他刚入朝参与政事时,有次进入朝堂,听到有个朝臣在帘子后面指着他说:"这个小子也能参政么?"吕蒙正假装没有听见,走过去了。他的同僚让他查询一下那个说话者到底是谁,吕蒙正连忙制止了他。罢朝以后,吕的那位同僚还替他愤愤不平,后悔没有追问下去。吕蒙正说:"如果一旦知道了那个人是谁,就会耿耿于怀,总也忘不了他。这样还不如不知道的好。"当时的人们都很佩服吕蒙正的德行雅量。

【品读】

水太清了鱼不能活。人如果太过于计较别人,一点小事就寻根问底,穷追不舍,这样只能小事化大,反倒不好收拾。吕蒙正不计较别人对他的讥讽,他并没有失去任何东西,反而赢得了人们的赞誉。

杀犬偿鹿　潘永因(清)

安晚郑清之居青田①,府鹿食民稻,犬噬杀之。府嘱守黥犬主②,幕官拟曰:"鹿虽带牌,犬不识字。杀某氏之犬,偿郑府之鹿足矣。"守从之。

——《宋稗类钞》

【注释】

①安晚郑清之:郑清之,字德源,别号安晚。宋人,官至右丞相。卒谥忠定。

②黥(qíng):在脸上刺成记号或文字并涂上墨,古代用做刑罚。此处意为处罚。

【译文】

郑清之居住在青田的时候,郑府的一只鹿因为吃老百姓的稻子,被一只狗咬死了。郑府要求太守处罚那只狗的主人。太守手下的一个幕官草拟了一份公文,上面写遭:"郑府的鹿虽然带了牌子,但狗不认识字,就咬杀了鹿。现在把某人的那只狗杀了,偿还郑府的鹿也就够了。"太守听从了幕官的意见。

【品读】

鹿吃了别人的稻子,又让别人的狗咬死了,这是一报还一报,应说没什么皮扯。但鹿的主人是权贵人家,狗的主人是寻常百姓,后者就有受惩罚的可能了。这则颇有趣味的小品,让我们看到了当时社会世相的某些侧影。

"烧车御史" 易宗夔(近)

谢香泉任台谏时①,以直声著。权相和珅有宠奴②,常乘珅车出入,人避之,莫敢诘。公巡城,遇诸途,命卒曳下笞之。奴曰:"汝敢笞我,我乘我主车,汝敢笞我?"公益怒,痛笞奴,遂烧其车,曰:"此车岂复堪相国坐耶?"京师咸呼为"烧车御史"。和恨之,假他事削其籍以归。

——《新世说》

【注释】

①台谏:官名,御史的通称。

②和珅:人名,姓钮祜禄氏,宁致斋,清代满洲正红旗人。曾任

户部侍郎兼军机大臣、文华殿大学士,深得清高宗宠信,弄权行奸。清仁宗即位后,削职下狱,赐死。

【译文】

谢香泉任御史时,以刚直享有名誉。当时,专权的军机大臣和坤有一个受宠的奴仆,经常坐着和珅的车子进出,人们都回避他,不敢过问。谢香泉巡城,在路上遇到了他,命令士兵把他拉下来抽打。那奴仆说:"你敢打我!我坐我主人的车子,你敢打我?"谢香泉更愤怒,把那奴仆痛打了一顿,把车子烧了,说道:"这车子难道还能让相国坐吗?"京城人闻讯,都喊他为"烧车御史"。和珅恨他,借其他事撤了他的官职,让他回乡去了。

【品读】

狐假虎威,遇上不怕虎的人,那借虎威的狐狸就该遭殃。历史是面镜子,谢香泉刚直不阿的形象依靠这则小品得以久传。

借钱赔偿 易宗夔(近)

汤敦甫在京师[①],乘车过宣武门大街,有卖菜翁弛担坐,御者误触之,菜倾于地。翁抨其御者,詈且殴[②],索偿菜值。公启帘问曰:"值几何?我偿汝。"翁言钱一贯,公揣囊中已空,命同来家中取钱。翁不肯曰:"偿则此地偿耳。"公为之窘。适南城兵马司指挥至,起居已,曰:"此小人,由某携回重惩可也。"翁始惶恐,叩首乞哀。公谓指挥曰:"无庸,假贯钱足矣[③]。"指挥如数与之。翁叩谢去。公仍停辔,与指挥言良久,意翁行已远,乃别指挥,叱驭去。

——《新世说》

【注释】

①汤敦甫:汤金钊,字敦甫,杭州人,清道光年间曾任协办大学士、吏部尚书等职。

②詈(lì):责骂。

③假:借。

【译文】

汤敦甫在京城的时候,一天乘车经过宣武门大街,有一个卖菜的老人放下担子坐在街边。汤敦甫的驾车人失误撞了菜担,把菜撞翻在地。老人跳起来一把抓住驾车人,边骂边打,要他赔偿菜钱。汤敦甫打开车帘问道:"值多少钱,我赔你。"老人说一贯钱。汤敦甫摸了摸口袋,口袋里没有钱,就要老人一起到家里去拿。老人不肯道:"就在这个地方赔。"汤敦甫弄得很难堪。恰好南城兵马司指挥来了,问安后说道:"这个小人,可以让我带回去严惩。"老人害怕了,磕头请求怜悯。汤敦甫对南城兵马司指挥说:"不用,你借给我一贯钱就够了。"指挥如数给了他,汤敦甫把钱给老人,老人磕头道谢后离去。汤敦甫仍然停着车子,和指挥谈了很久,估计老人已经走远,才和他告别,驾车而去。

【品读】

汤敦甫没有官架子,不摆官谱,更没有以势压人。像这样平等待人,需要能够容人、容事的度量。汤敦甫的为人、为官,从这里可见一斑。

世　情

人間掌故

杨生之狗　陶　潜（晋）

　　晋太和中，广陵人杨生，养一狗，甚爱怜之，行止与俱。后，生饮酒醉，行大泽草中^①，眠不能动。时方冬月燎原^②，风势极盛。狗乃周章号唤^③，生醉不觉。前有一坑水，狗便走往水中，还，以身洒生左右草上。如此数次，周旋跬步^④，草皆沾湿，火至，免焚。生醒，方见之。

　　尔后，生因暗行，堕于空井中。狗呻吟彻晓。有人经过，怪此狗向井号，往视，见生。生曰："君可出我，当有厚报。"人曰："以此狗见与，便当相出。"生曰："此狗曾活我已死，不得相与。余即无惜。"人曰："若尔，便不相出。"狗因下头目井。生知其意，乃语路人云："以狗相与。"人即出之，系之而去。却后五日，狗夜走归。

　　　　　　　　　　　　——《搜神后记》

【注释】

　　①泽：低洼的水草之地。

　　②冬月燎原：冬天野火旺盛。

　　③周章：急得转圈子。

　　④跬步：古人把左右脚各迈一步作步，跬是半步，相当于现在说的一步。

【译文】

　　晋太和年间，广陵人杨生养了一条狗。他非常喜欢、爱护这条狗，无论到哪儿都是人狗不离。后来有一次，杨生因为喝醉了酒，走到一片低洼的水草地时，摔倒在地睡着了，一动也不动。这时，正值冬天野火旺盛，风势很猛。狗就在杨生旁边，不停地绕着圈子叫唤。杨生醉得厉害，仍旧没醒。前面有个水坑，那狗便跑到水中，把自己身上打湿，然后跑回来，把身上的水洒在杨生周围的草上。这样来来回回许多次，杨生身体周围半步以内的草都沾湿了。火到了，杨生没有被烧着。后来杨生醒了，才知道这情况。

此后，杨生因为夜间行走，不小心落到一口空井里。狗在井边叫了整整一个夜晚，直到天亮。有个人经过这里，见狗老是向井里号叫，觉得很奇怪，便走过去看，看见了井底的杨生。杨生对那人说："您可以救我出来，我一定好好报答您。"那人说："把这条狗送我，我便救你出来。"杨生说："这条狗曾把我从死亡中拯救过来，不能给您。其他东西，我都可以答应。"那人说："如果是这样，我就不救你了。"狗把头对着井，看着杨生。杨生明白了狗的意思，就对那人说："好吧，就把狗送您。"那人随即救出了杨生，拴上狗走了。过了五天，那狗在夜晚又跑回到杨生家来了。

【品读】

这则小品写的就是一个士人和爱犬的故事，表现了人狗之间的深厚情谊。杨生与爱犬患难与共的深厚感情，实在令人感叹。

石崇之厕　裴　启（晋）

刘实诣石崇①，如厕②。见有绛纱帐大床，茵蓐甚丽，两婢持锦香囊。实遽反走，即谓崇曰："向误入卿室内。"崇曰："是厕耳。"实更往，向乃守厕婢，所进锦囊，实筹。良久不得，便行出。谓崇曰："贫士不得如此厕。"乃如他厕。

——《语林》

【注释】

①刘实：人名，生平不详。石崇：字季伦，西晋巨富。元康初任荆州刺史，尝劫远使商客，致富不赀。后被赵王伦诛杀。

②如：往，到。

【译文】

刘实拜见石崇时，在石家上厕所。他见里面有绛纱帐大床，上面的席子非常华丽，两个婢女手持锦香囊侍立在旁。刘实赶紧往外跑，随即对石崇说："刚才我误入您的内室了。"石崇说："这是厕所。"刘实再去。先前见的两个婢女是守厕婢，所进锦囊，实际是拭秽用的"筹"。刘实过了好久，厕不出屎，便又出来。他对石崇说："贫寒之士无福消受这样的厕所。"于是到别的厕所去。

【品读】

石崇是西晋巨富。他到底怎样富有、怎样奢华呢？这则小品选取了一个独特的点（厕所）、从一个独特的视角（刘实入厕）来表现石崇的豪华富贵、穷奢极欲，具有极好的艺术效果。

管华绝交　刘义庆（南朝·宋）

管宁、华歆共园中锄菜①。见地有片金，管挥锄与瓦石不异，华捉而掷去之②。

又尝同席读书，有乘轩冕过门者③，宁读如故，歆废书出观。宁割席分坐，曰："子非吾友也。"

——《世说新语》

【注释】

①管宁：字幼安，汉末人，隐居不仕。华歆：字子鱼，汉献帝时任尚书令，曹魏时官至太尉。

②捉：握。

③乘轩冕者：坐着有围盖的车，穿戴礼服礼帽的贵官。

【译文】

管宁和华歆一同在园子里锄地种菜。看见地上有一块碎金片，管宁视黄金如同瓦石，依旧挥锄挖地；华歆拣起那金片看看后才又抛掉。

又有一次,两人坐在一起读书,门外有一辆华贵的车子载着一位高官从这里经过,管宁就像没看见似的,依旧埋头读书,而毕歆则赶紧丢下书本,跑出门去观看。管宁把两人一同坐的席子分开,对华歆说:"你不是我志同道合的朋友。"

【品读】

人的理想、志向常常是通过他的言论尤其是行动表现出来的。人们常说:于细微处见精神。这则笔记就是通过两个具体的细节,来表现管宁和华歆这两个同窗好友对金钱富贵的不同态度。这细节典型、生动而又传神。

阮光禄焚车 刘义庆(南朝·宋)

阮光禄在剡①,曾有好车,借者无不皆给。有人葬母,意欲借而不敢言。阮后闻之,叹曰:"吾有车而使人不敢借,何以车为②?"遂焚之。

——《世说新语》

【注释】

①阮光禄:即阮裕,字思旷,晋至侍中,后曾被征为金紫光禄大夫,辞而不就。剡(shàn):地名,在今浙江嵊(shèng)县。

②何以车为:要这车子有什么用?

【译文】

阮裕在剡这个地方居住的时候,曾有一辆好车子。只要有人来借,他没有不应允的。一次,有个人要安葬自己的母亲,想找阮裕借车但没敢开口。阮裕后来听说了这件事,感叹道:"我有好车子但让别人不敢借,要这车子有什么用呢?"于是就把车子一把火烧掉了。

【品读】

阮光禄曾经因病在会稽郡剡山上筑屋居住,这则小品写的就是这期间的事。阮光禄在当时是以德业知名的。他一向主张礼让为先。本文从一个特殊的角度，把他助人为乐的精神充分表现出来了。

牛屋贵客　刘义庆（南朝·宋）

褚公于章安令迁太尉记室参军①，名字已显而位微，人多未识。公东出，乘估客船，送故吏数人，投钱塘亭住。尔时吴兴沈充为县令，当送客过浙江；客出，亭吏驱公移牛屋下。潮水至，沈令起彷徨，问牛屋下是何物？吏云："昨有一伧父来寄亭中②，有尊贵客，权移之。"令有酒色，因遥问："伧父欲食饼不？姓何等，可共语。"褚因举手答道："河南褚季野。"远近久承公名，令于是大遽。不敢移公，便于牛屋下修刺诣公③，更宰杀为馔具。于公前鞭挞亭吏，欲以谢惭。公与之酌宴，言色无异状，如不觉。令送公至界。

——《世说新语》

【注释】

①褚公：即褚裒。字季野，晋阳翟人。曾任参军、都督、征讨大都督等职，卒谥元穆。

②伧父：鄙贱之夫。南北朝时，南人讥骂北人的话。

③修刺：置备名片，作通报姓名之用。

【译文】

褚公由章安县令升迁为太尉记室参军的时候，虽然已很有名，但地位还不高，人们大多还不认识他。褚公向东而行，搭乘行商的贩货船，送别以前的几位同僚、部下，随后在钱塘亭投宿。

这时，吴兴沈充担任县令，正好也送客经过浙江。因客人太多，亭吏便把褚公驱赶到牛屋下住宿。潮水涨上来的时候，沈充不能安睡，便起床出门来踱步。他见牛屋下有什么东西，就问亭吏。亭吏说："昨天有一个鄙贱之人来亭中投宿，因有您这样尊贵的客人来了，我们暂且把他移到牛屋下。"沈充此时脸上还有些酒色，于是远远地向牛屋那边喊道："伧父想不想吃饼子？你姓什么？我们可以一起聊聊。"褚公听见喊话，便举手答道："我是河南褚季野。"褚公早已是远近闻名，沈充一听说是他，不禁吃了一大惊。沈充不敢让褚公移动地方，就通报了自己的姓名，随即在牛屋下拜见褚公；又杀鸡宰鹅，款待褚公。沈充还在褚公跟前鞭打亭吏，想以此来谢对褚公的不恭之罪。褚公与沈充喝酒吃菜，淡然自若，脸色、言谈毫无异状，就像没事一样。后来，沈充一直把褚公送到本地边界。

【品读】

　　宠辱不惊是人生的一种境界，达到这种境界的人并不多。本文的褚季野，被有眼不识泰山的小小亭吏赶到牛屋下住宿，但他全不以为意，淡然处之，这正是能伸能屈的大丈夫行为。这种人生态度，在今天也可取。

华王优劣　刘义庆（南朝·宋）

　　华歆、王朗俱乘船避难①。有一人欲依附，歆辄难之。朗曰："幸尚宽，何为不可？"后贼追至，王欲舍所携人，歆曰："本所以疑，正为此耳。既以纳其自托，宁可以急相弃邪？"遂携拯如初。世以此定华王之优劣。

——《世说新语》

【注释】

　　①华歆：字子鱼，三国魏高唐人，魏文帝时官拜相国。王朗：字景兴，三国魏郯人，魏文帝时累官司空。

【译文】

　　华歆、王朗两人一同乘船避难。有一个人想搭他们的船，华歆不愿意。王朗说："好在船上位置还宽敞，带上他有什么不行呢？"于是，他们便让那人上了船。后来，坏人追来了，王朗就想把那人扔下,这时华歆却说:"起初我不同意让他上船,正是由于心里有些疑惑。现在既然答应了别人的请求,怎么能事情紧急了就扔下他不管呢?"于是,仍然像先前一样帮助那人,让他呆在船上。当时的人们就拿这件小事来评定华歆、王朗的优劣。

【品读】

常言说:烈火见真金,患难见知己。本文通过写华歆、王朗二人对一位搭船者前后不同的态度,来表现两人不同的品性,字短意长,颇有余味。

祖财阮屐　刘义庆(南朝·宋)

祖士少好财①,阮遥集好屐②,并恒自经营。同是一累,而未判其得失③。人有诣祖,见料视财物④,客至,屏当未尽⑤,余两小麓箸背后,倾身障之,意未能平⑥。或有诣阮,见自吹火蜡屐;因叹曰:"未知一生当箸几量屐⑦?"神色闲畅。于是胜负始分。

——《世说新语》

【注释】

①祖士少:祖约,字士少,晋人,曾任豫州刺史。

②阮遥集:阮孚,字遥集,晋人,元帝朝为安东参军。

③得失:高下。

④料视:检点,料理。

⑤屏当:料理,收拾。

⑥意未能平:有点慌张。

⑦几量:他处引作"几两"。古人屐履之属称"两",犹后世的称"双"。

【译文】

祖士少喜欢财物,阮遥集爱好鞋子。两人长期各自经营自己喜好的东西。这两种不同嗜好,同样都是一累,但两人的高下还没分出来。有人去拜访祖士少,见他正在收拾财物;客到的时候,还没有料理停当,剩下两麓东西在背后,他赶忙侧身挡住它,显得有些慌张。有人去探望阮遥集,见他正自己亲自吹火,给鞋子涂蜡;他感叹道:"也不知这一辈子能穿几双鞋子?"神情自若,安闲和畅。人们便从这两人的神态中,区分出他们的高下。

【品读】

魏晋时期的人崇尚率真任性,旷达爽朗,不为外物所累,不为世誉所牵。其实你有什么嗜好无关紧要,关键是你在这种嗜好中所表现出来的人生态度和人生境界是什么样的。

陶母拒鱼　刘义庆(南朝·宋)

陶公少时作鱼梁吏①,尝以坩鲊饷母②。母封鲊付使,反书责侃曰:"汝为吏,以官物见饷,非唯不益,乃增吾忧也。"

——《世说新语》

【注释】

①陶公:陶侃,晋朝浔阳人,官至征西大将军,后任荆、江二州刺史,都督八州诸军事。鱼梁吏:管理鱼梁的小官。

②坩(gān):坛瓮之类的陶器。鲊(zhǎ):同"鲝",腌制的鱼。

【译文】

陶公年轻时,做管理鱼梁的小官。一次,他曾派人把一罐腌鱼送到家里孝敬母亲。他母亲打开罐子,见是腌鱼,就仍旧把罐封好,交给送来的人带回。同时,还回信批评儿子说:"你当了官,拿公家的东西送给我吃,这不但对我没有好处,反而增加了我对你的忧虑。"

【品读】

严是爱,宽是害。对子女的真正爱护,是从严要求。这则小故事对今日的父母也不无教益。

依树建庙　刘敬叔（南朝·宋）

会稽石亭埭有大枫树①，其中空朽，每雨，水辄满溢。有估客载生鳣至此②，聊放一头于枯树中，以为狡狯。村民见之，以鱼鳣非树中之物，或谓是神，乃依树起屋，宰牲祭祀，未尝虚日，因遂名鳣父庙。人有祈请及秽慢，则祸福立至。后估客返，见其如此，即取作臛③，于是遂绝。

——《异苑》

【注释】

①会稽：郡名，治所在山阴（今绍兴）。石亭埭（dài）：地名。

②估客：商人。鳣（shàn）：通"鳝"。

③臛（huò）：肉羹。

【译文】

会稽郡的石亭埭这个地方有棵大枫树，树干里面朽坏了，是个空洞。每逢下雨，那树洞里就灌满了水。

有个商人运载着活鳝鱼路过此地。他很随意地捉了一条放进枯树洞里，以此来闹着玩。他走后，村民发现了树洞里的鳝鱼。因为鳝鱼不是生长于树里面的东西，有人便说这是神物，于是靠近那棵树建起房子，宰杀畜生，祭祀这个所谓神物，从没间断。人们还将那屋子取名为鳝父庙。据说，人们如果虔诚地祈求，很快得福；如果有所不敬或怠慢，立即灾祸临头。

后来那个商人返回时，又经过此地，见到树前的这番景象，就把那条鳝鱼捉起来，煮汤喝了。从此，祭祀活动才没再出现。

【品读】

所谓"无巧不成书"。这则小品，也是通过一个偶发事件，来对鬼神迷信活动的荒唐可笑进行了无情的嘲讽。

嗜痂成癖 刘敬叔（南朝）

东莞刘邕[①]，性嗜食疮痂，以为味似鳆鱼。尝诣孟灵休[②]。灵休先患炙，疮痂落在床，邕取食之。灵休大惊，痂未落者，悉褫取贻邕[③]。南康国吏二百许人[④]，不问有罪无罪，递与鞭，疮痂常以给膳。

——《异苑》

【注释】

①东莞：郡名，治所莒（今山东莒县）。刘邕：东晋权臣刘穆之之孙。

②孟灵休：东晋丹阳尹孟昶之子，封临汝公，官至秘书监。

③褫（chǐ）：剥下。

④南康：郡名，治所在赣县（今江西赣州市）。刘邕袭封拥有此郡。

【译文】

东莞刘邕，生性喜欢吃疮痂，认为痂的味道像鳆鱼。他曾经去拜访孟灵休。灵休先前不久刚患过病，疮痂落在床上，刘邕见了抓起来吃了。灵休大为吃惊，身上的痂还没有落的，也都剥下来送给刘邕。南康国吏两百多人，不管有罪无罪，都要轮流遭鞭打，这样疮痂才能经常供给刘邕用膳。

【品读】

人间万象，千奇百怪。各色人等，嗜好各异。但像刘邕那样，以食疮痂为癖的人真还罕见。这当然是一种病态，让人恶心，这不仅是生理上的病态，而且是精神上的凶残了。

啮镞法 张　鷟（唐）

隋末有昝君谟善射。闭目而射，应口而中。云志其目则中目,志其口则中口。有王灵智学射于谟,以为曲尽其妙,欲射杀谟,独擅其美。谟执一短刀,箭来辄截之。唯有一矢,谟张口承之,遂啮其镝①,笑曰:"学射三年,未教汝啮镞法②。"

——《朝野佥载》③

【注释】

①啮(niè):咬。镝(dí):箭头。

②镞(zú):箭头。

③朝野佥载:此书原本二十卷,今本六卷,无此篇。本篇摘录于《酉阳杂俎·贬误》。

【译文】

隋朝末年,有个名叫昝(zǎn)君谟的人擅长射箭。他闭上眼睛射击,说射哪儿就能射中哪儿。说要射眼睛就会射中眼睛,想要射嘴巴就可以射中嘴巴。

有个叫王灵智的人跟昝君谟学习射箭。经过一段时间,他自以为已经把射箭的本领完全学到手了,便企图射死昝君谟,自己成为天下无敌的射手。

有一天,王灵智突然向昝君谟接连射去一支支利箭,不料都被已有提防的昝君谟用一把短刀挡住了。只剩下最后一支射来的箭,昝君谟张口接住,并咬着箭头,笑着对王灵智说:"学习射箭三年了,我还没有教你这种啮镞法呢。"

【品读】

世界之大,无奇不有。忘恩负义、恩将仇报的小人总是有的。看来,害人之心不可有,这防人之心还不可无呢!

徐勣为姊煮粥　　刘　悚(唐)

英公虽贵为仆射①,其姊病必亲为粥。釜燃,辄焚其须。

姊曰:"仆妾多矣,何为自苦如此!"勣曰:"岂为无人耶?顾今姊年老,勣亦年老,虽欲久为姊粥,复可得乎?"

——《隋唐嘉话》

【注释】

①英公:即徐勣,字懋功,唐曹州人。太宗赐姓李;以功封英国公。仆射:唐时仆射为宰相之任,掌佐天子议大政者。

【译文】

英国公徐勣虽然贵为仆射,但他姐姐病了总是一定要亲自动手为她煮粥。锅下的柴烧燃时,老是烧到徐勣的胡子。他姐姐说:"家里仆人侍妾那么多,你为什么非要自己动手,这样自己苦自己呢?"徐勣回答说:"难道是因为没有人煮粥吗?我看到姐姐如今年岁已高,我自己也老了,以后就是想长时间为姐姐煮粥,恐怕也不行啰!"

【品读】

人伦亲情总是让人觉得那么温暖,那么真纯,那么宝贵。尤其是人之老矣,其言也善,其间又还带有几分感伤。

"不孝"案 刘　𫗧(唐)

李大夫杰之为河南尹①,有妇人诉子不孝。其子涕泣不自辩明,但言:"得罪于母,死甘分。"察其状非不孝子,再三喻其母,母固请杀之。李曰:"审然,可买棺来取儿尸。"因使人尾其后。妇既出,谓一道士曰:"事了矣。"俄而棺至,李尚冀其悔②,喻之如初。妇执意弥坚。时道士方在门外,密令擒之,既出其不意,一问便曰:"某与彼妇有私,常为儿所制,故欲除之。"乃杖母及道士杀③,便以向棺载母丧以归。

——《隋唐嘉话》

【注释】

①李大夫杰:李杰,唐滏阳人,玄宗先天年间任河南尹,官终御

史大夫。

②冀：希望。

③杖母及道士杀：将那位母亲和道士杖杀了。杖杀：古代的一种刑罚。

【译文】

李杰担任河南尹的时候，有个妇女上诉，说她儿子不孝顺自己。她儿子只是哭泣，并不自我辩解，只说："我得罪了母亲，死我认了。"李杰看那个儿子的样子，不像是不孝之子，就再三劝导他母亲，母亲坚持要官府把儿子处死。不久，李杰又召来那个妇女，对她说："案子已经审好了，你可以买棺材来取儿子的尸体。"随即李杰又让人暗中尾随那个妇女。只见妇女出去以后，对一个道士说："事情了结了。"不久，妇女便把棺材弄来了，李杰此时还是希望她能悔悟，仍像起初一样劝导她。妇女执意要杀儿子，态度更为坚决。当时，道士就在门外；李杰密令人捉住他，由于出其不意，一审问他便招供说："我与那个妇女私通，常常受到她儿子的干涉，因此想除掉他。"李杰便让人将那妇女和道士杖杀了。那个儿子就用刚运来的棺材，载着母亲的尸体回去了。

【品读】

常言说：虎毒不食子。这位妇女最后的死也是罪有应得。而她与人私通，在那个时代也可说是对个人幸福的一种追求，也是对社会的一种畸形反抗。

县令妇　封　演（唐）

阳伯博任山南一县丞①，其妻陆氏，名家女也。县令妇姓伍也。他日，会诸官之妇，既相见，县令妇问赞府夫人何姓，答曰："姓陆②。"次问主簿夫人何姓③，答曰："姓漆。"县令妇勃然入内；诸夫人不知所以，欲却回。县令闻之，遂入问其妇，妇曰："赞府妇云'姓陆'，主簿妇云'姓漆'，以吾姓伍,故相弄耳。余官妇赖吾不问,必曰'姓八'、'姓九'!"县令大笑曰:"人各有姓,何如此!"复令其妇出。

——《封氏闻见记》

【注释】

①阳伯博:人名,生平不详。山南:唐代设山南道。县丞:又称赞府,县令的佐官。

②陆:古时"陆"(lǜ)与"六"都是入声字,发音相似。

③主簿:唐宋时为县令佐官,主管文书等事。

【译文】

阳伯博曾在山南道担任一个县的县丞,他的妻子陆氏,是位名门之女。这个县县令的夫人姓伍。有一天,县令夫人与县府各位官员的夫人相会。等到见了面,县令夫人便问县丞夫人姓什么,县丞夫人回答说:"姓陆。"随后,又问主簿夫人姓什么,回答说是姓漆。县令夫人非常生气地进里屋去了。几位夫人都不知道县令夫人为什么突然生气了,打算离开这儿回家。县令知道这事后,赶紧进里屋问夫人怎么回事,夫人说:"县丞夫人说她'姓陆',主簿夫人说她'姓漆',因为我姓伍,所以她们有意戏弄我。其他官员夫人幸亏我还没问,若问,她们肯定会说'姓八'、'姓九'了。"县令听后,大笑着说:"人各有各的姓,何必这样呢!"他就让夫人赶紧出去。

【品读】

这则幽默小故事中,有巧合,有偶然,但这巧合中有真实,偶然中又有必然,县令夫人争强好胜的背后,正是平庸而无聊的官太太生活积淀。

出奇登第　孙光宪(宋)

唐咸通中,前进士李昌符有诗名,久不登第。常岁卷轴,怠于装修。因出一奇,乃作婢仆诗五十首,于公卿间行之。有诗云："春娘爱上酒家楼，不怕归迟总不留。推道那家娘子卧，且留教住待梳头。"又云："不论秋菊与春花，个个能噇空腹茶①。无事莫教频入库，一名闲物要岁岁②。"诸篇皆中婢仆之讳。浃旬③，京城盛传其诗篇。为妳妪辈怪骂腾沸，尽要捆其面。是年登第。与夫桃杖虎靴，事虽不同，用奇即无异也。

——《北梦琐言》

【注释】

①噇（chuáng）：吃喝无度。

②岁岁（sā）：同"些些"，少的意思。

③浃（jiá）：周匝。

【译文】

唐代咸通年间，李昌符在中进士前已有诗名，但考了多次都没考中。平常对书籍、字画之类，也懒得去装修。于是想出一个奇招，他写作了婢仆诗五十首，在公卿们中间流传。有诗写道："春娘爱上酒家楼，不怕归迟总不留。推道那家娘子卧，且留教住待梳头。"又说："不论秋菊与春花，个个能噇空腹茶。无事莫教频入库，一名闲物**要岁岁**。"这些诗篇都写的是婢仆最忌讳的短处。过了没多久，京城里到处流传着这些诗篇。那些婢仆老妈子们怪骂腾沸，都要扇李昌符的耳光。这一年，李昌符进士及第。这事与桃杖虎靴比，事情虽然不同，用奇却是完全一样的。

【品读】

唐朝考进士，如果没有名人举荐，自己还是默默无闻，即便有才也常常会名落孙山。因此人们想出种种办法，让自己出名。这则小品，有助于我们了解唐代的科举考试。

刘沈处世　苏　轼（宋）

《南史》①：刘凝之为人认所着履，即与之。此人后得所失履,送还,不肯复取。又沈驎士亦为邻人认所着履,驎士笑曰:"是卿履耶?"即与之。邻人得所失履,送还,驎士曰:"非卿履耶?"笑而受之。此虽小事,然处世当如驎士,不当如凝之也。

——《志林》

【注释】

①《南史》:唐代李延寿撰。本文所记之事见于《南史·隐逸传》。刘凝之、沈驎(lín)士都是南北朝时宋、齐间人。

【译文】

《南史》记载:刘凝之穿的鞋被别人认作是他丢失的,凝之就把鞋给了他。那人后来找到了自己丢的鞋,把错认的鞋送还给凝之,凝之不肯再要。又有一人叫沈驎士,他穿的鞋也被邻居认作是自己丢失的,驎士笑着说:"这果真是您的鞋吗?"随即就把鞋给了邻居。后来邻居找到了自己丢失的鞋,把错要的鞋还给沈驎士,驎士说:"这不是您的鞋吗?"他笑着把鞋收下了。这虽然是小事,但处世待人应当像驎士那样,而不应像凝之。

【品读】

古人讲,"和以处众,宽以接下,恕以待人",这是君子风范。一句话,做人要宽厚大度,待人要宽容和善。同样的事情,人们的态度往往不一样,处理方式也不相同。那深奥的人生哲学其实正蕴藏在生活的琐细之中呢!

于令仪济盗成良 王辟之(宋)

曹州于令仪者①市井人也,长厚不忤物②,晚年家颇丰富。一夕,盗入其家,诸子擒之,乃邻舍子也。令仪曰:"汝素寡悔③,何苦而为盗邪?"曰:"迫于贫耳。"问其所欲,曰:"得十千足以衣食。"如其欲与之。既去,复呼之,盗大恐。

谓曰："汝贫甚,夜负十千以归,恐为人所诘。"留之,至明使去。盗大感愧,卒为良民。乡里称君为善士。君择子侄之秀者,起学室,延名儒以掖之。子伋,侄杰、仿举进士第,今为曹南令族。

——《渑水燕谈录》

【注释】

①曹州:宋州名,治所在今山东曹县西北。

②忤物:与人不和,得罪人。

③寡悔:意谓为人谨慎小心,很少为自己的行为而悔恨。

【译文】

曹州人于令仪,是个以贩卖货物为业的小商人。他为人宽厚,从不得罪人,晚年时家道殷实富足。有一天晚上,一个小偷进到于令仪家里行窃,被他几个儿子抓住了。原来小偷是邻居家的儿子。于令仪问他:"你一向为人本分谨慎,何苦要当小偷呢?"小偷回答道:"不过是被贫穷逼得罢了。"于令仪问他想要什么东西,他说:"得十千钱就足够穿衣吃饭了。"于令仪就按他说的付给了他钱。小偷已出去了,于令仪又叫住他。那小偷不知是否有变,非常害怕。于令仪说:"你如此贫困,夜里带着十千钱回家,恐怕要被人怀疑盘问。"于是留下小偷,到天亮后才让他回去。小偷大为惭愧,后来终于成了一个良民。乡里人都称于令仪是善士。于令仪挑选子侄辈中优秀的,建起学堂,聘请有名的儒士来教育他们。于令仪的儿子伋,侄子杰、仿都考中了进士。于家现在是曹南一带有声望的家族。

【品读】

俗话说:饥寒起盗心。十千钱让一个小偷变成良民,岂不比一顿恶打让一个小偷破罐子破摔,更有益于社会么?

元方卖宅　王　谠(宋)

陆少保①,字元方,曾于东都卖一小宅。家人将受直矣^②，买者求见，元方因告其人曰："此宅子甚好，但无出水处耳。"买者闻之，遽辞不买。子侄以为言，元方曰："不尔，是欺之也。"

——《唐语林》

【注释】

①陆少保：即陆元方，武则天时官同平章事。

②直：同"值"。

【译文】

陆少保，字元方，曾经在东都卖一处小宅子。价钱已谈妥，家里人都准备拿钱了。买房子的人请求见见元方，元方便告诉那人说："这宅子很好，只是没有排水的地方。"买房人听了，立即推辞不买了。子侄们议起这事，元方对他们说："不这样，就是欺骗别人呢。"

【品读】

说话办事，诚实无欺，这是十分可贵的。陆元方宁愿宅子卖不掉，也绝不去欺骗别人，实属难得。这个陆元方就是电视剧中"元方，你怎么看？"的那个元方呢！

铜　臭　佚　名（宋）

将钱买官谓之"铜臭"。后汉崔烈有重名^①，灵帝时，入钱五百万拜司徒，名誉遂灭。乃问其子钧曰："外人议我以为如何？"钧对曰："人尽嫌大人铜臭。"烈怒，举杖击之。钧服武弁而走^②，烈曰："挝不受而走^③，岂为孝乎？"钧曰："舜事瞽叟^④，小杖则受，大杖则走。"烈惭而止。今以富者亦曰铜臭也。

——《释常谈》

【注释】

①崔烈：后汉大臣，有重名于北州，历位郡守九卿，后为乱兵

所杀。

②服武弁：穿武弁衣服。

③挝（zhuā）：击、打。

④瞽叟：舜的父亲。一作瞽瞍。

【译文】

　　人们把用钱买官叫作"铜臭"。东汉时的崔烈曾名重一时；汉灵帝时，他花钱五百万当上了司徒，结果是很快名誉扫地。崔烈问他儿子崔钧说："外面的人议论纷纷，认为我怎么样？"崔钧如实回答道："人们都嫌您铜臭。"崔烈听后火冒三丈，举起棍子就打儿子。崔钧穿着武弁衣服，赶紧跑开了。崔烈说："父亲打儿子，儿子不老老实实承受，反而逃开，这难道能算是孝顺吗？"崔钧说："先前舜侍奉他的父亲瞽叟时，他父亲用小棍子打他时他就受着，用大棍打他时他就跑开。"崔烈听后觉得很惭愧，就不再追打儿子了。现今人们把富人也称为"铜臭"。

【品读】

　　崔烈用钱买官的事，《后汉书·崔寔传》上也有记载，可见此事是有真凭实据的。在当时，人们便用"铜臭"一词来讥讽用钱买官或富豪者。唐代诗人皮日休《吴中苦雨寄鲁望》中就有这样的诗句："吴中铜臭户，七万沸如膻。"时隔千秋，老式的铜臭之人早已灰飞烟灭，但新的铜臭者还屡屡可见，这倒是值得令人十分注意的。

妙手救生　洪　迈（宋）

　　朱新仲租居桐城时①，亲识间一妇人妊娠将产②，七日而子不下，药饵符水无所不用③，待死而已。名医李几道偶在朱公舍，朱邀视之，李曰："此百药无可施，惟有针法。然吾艺未至此，不敢措手也。"遂还。而几道之师庞安常适过门，遂同谒朱。朱告之故，曰："其家不敢屈先生，然人命至重,能不惜一行救之否?"安常许诺,相与同往。才见孕者,即连呼曰:"不死!"令家人以汤温其腰腹间,安常以手上下扪摩之。孕者觉肠胃微痛,呻吟间,生一男子,母子皆无恙。其家惊喜拜谢,敬之如神,而不知其所以然。安常曰:"儿已出胞,而一手误执母肠胃,不复能脱,故虽投药而无益。适吾隔腹扪儿手所在④,针其虎口,儿既痛,即缩手,所以遽生,无他术也。"令取儿视之,右手虎口,针痕存焉,其妙至此。

——《夷坚志》

【注释】

①朱新则:北宋人,曾任中书舍人。桐城:地名,今安徽桐城。

②亲识:亲戚朋友。

③药饵(ěr):药物。符水:道家用来治病的所谓神水,即把符箓烧成灰溶于水中而成。

④适:刚才。扪(mén):摸。

【译文】

朱新仲寄住在安徽桐城时,他的亲戚朋友中有一个妇女怀了孩子将要生产,生了七天孩子生不下来,药物、符水无所不用,都不奏效,只好等死。名医李几道偶然到朱新仲的住所,朱新仲请他去看一看。李几道看了以后说:"这用什么药都没有用,只有用针刺疗法,但我的技术还没有到这一步,不敢下手。"于是,他回家去了。

恰好李几道的师傅庞安常到了李家,李几道跟师傅说起这事,两人一同去见朱新仲。朱新仲把情况告诉庞安常,并说:"她家不敢委屈先生诊治,但人命关天,不知道先生能不能不惜一行去救救她?"庞安常答应了,一同前往。

庞安常一见那孕妇,就连声喊道:"不会死,不会死!"就要她家里人用热水暖她的腹部、腰部,安常用手上下抚摸。那孕妇觉得肠胃略略有点痛,正在呻吟时,生下了一个男孩,母子都安然无恙。她家里的人惊喜拜谢,像敬神一样敬他,而不知道他用的什么法子。安常说:"孩子已经出了胞胎,但有只手错拿了他母亲的肠胃,不能解脱,所以,即使吃药也没有效。刚才,我隔着孕妇的肚皮摸到胎儿的手在什么地方,用针刺了他的虎口。他一疼痛就缩了手,所以很快就生下来了,没有用其他法子。"说完,要人把孩子抱过来看,孩子右手的虎口上还有针刺的印子。庞安常的医术精妙到了这种程度。

【品读】

庞安常的医术高超,真不同于一般,一见那孕妇就知道症结所在,手到病除,母子安然无恙。同时,他又有良好的医德,无愧于一代名医。

鞭打之德 朱国祯(明)

新昌吕光洵之父①,豪于乡,县令曹祥挞之②,卒为善士。曹祥,太仓州人也③。光洵为御史,按太仓,谒祥。祥已忘前事,光洵语其故,祥不自得。光洵曰:"微翁,吾父安得改行善?其后,盖戴恩十余年如一日也。"留竟夕谭④,乃去,且厚赠之。

——《涌幢小品》

【注释】

①新昌:地名,今浙江新昌县。吕光洵:人名,字信卿,明代新昌人。曾任御史、工部尚书等职。

②挞(chì):鞭打。

③太仓:地名,今江苏太仓。

④谭:通"谈"。

【译文】

新昌吕光洵的父亲,在乡里称王称霸,县令曹祥把他抓来抽打了一顿,他最后成为一个有德行的人。曹祥,是太仓人。吕光洵做了御史,巡视太仓,去拜见曹祥。曹祥已经忘记了以前的事。吕光洵谈起那件事,曹祥显得很不自在。吕光洵说:"没有您老人家,我父亲怎么能够改恶行善呢,他后来感恩戴德十几年如一日。"吕光洵待在他家里谈了一晚上才离去,并赠送给他一大笔钱财。

【品读】

对人的教训有多种方式,鞭打是其一。曹祥痛打了吕光洵的父亲一顿,没有埋下怨恨的种子,反使他弃恶从善,感恩戴德,连及已做高官的吕光洵还感激不尽。他不能忘怀而报曹祥之德,有饮水不忘挖井人的余韵。

不辨"饧""锡" 陆 深(明)

金华戴元礼①,国初名医。尝被召至南京。见一医家,迎求溢户②,酬应不闲。元礼意必深于术者,注目焉。按方发剂,皆无他异。退而怪之,日往观焉。偶一人求药者,既去,追而告之曰:"临煎时下锡一块。"麾之去③。元礼始大异之。念无以锡入煎剂法,特扣之④。答曰:"是古方尔。"元礼求得其书,乃"饧"字耳⑤。元礼急为正之。呜呼!不辨"饧"、"锡"而医者,世胡可以弗谨哉!

——《金台纪闻》

【注释】

①金华:地名,今浙江金华。戴元礼:即戴原礼,原名戴思恭。明初名医,曾任御医,著有《证治要诀》等医书。

②溢户:塞满家门。

③麾:通"挥"。

④扣:询问,请教。

⑤饧(táng):古"糖"字,一般指软糖。

【译文】

金华的戴元礼,是明朝初年的名医。他曾被召到南京。在南京,一次他看到一户医生家被前来求医的人塞得满满的,主人应酬不暇。元礼猜测那医生一定是医术高明,只盯着眼睛看,只见那医生按方子发药,都没有奇特的地方。他回家后感到奇怪,就每天前去观看。偶然见到一个求药的人已经离开医生家,那医生追上来告诉他说:"临煎时,在里面加一块锡。"说完,挥手让他走了。元礼这才大奇,心里想:没有把锡放在药里煎的方子,特地向那医生请教。那医生回答说:"是古方子。"元礼请求看看那本医书,一看,那医生说的"锡"原来是"饧"字。元礼急忙为他纠正。唉,不分清"饧""锡"而为人治病,社会上的人怎么能够不谨慎呢?

【品读】

某医生没有看清或者说没有读懂古医书,而以"锡"入药,不免荒唐,本为治病,治了旧病可能会添新病。这事虽小,但足以作为世人的教训,读书学艺都是马虎不得的。如今的江湖"神医",与古代比有过之而不及,不可放任了。

焚券了债　郑瑄(明)

隋李士谦有粟数千石①,以贷乡人②。值年谷不登,债家无以偿。士谦悉召债家为设酒食。对之焚券,曰:"债了矣。"明年大熟,债家争来偿,拒之一不受。或曰:"子多阴德矣。"士谦曰:"人所不知,谓之阴德。今吾所为,皆子所知,何为阴德?"

——《昨非庵日纂》

【注释】

①李士谦:人名,字子约。北魏时曾为广平王参军,入北齐、隋,不再做官。待人慈爱,善谈玄理,死时,闻讯者流泪。

②贷:借出,借入。

【译文】

隋朝李士谦把几千石粮食借给了同乡的人。刚巧这年粮食没有丰收,借粮的人家无法偿还。李士谦把所有的借粮人请来,摆下酒食招待他们,并当着他们的面把债券都烧了,说:"债务了结了。"第二年粮食大丰收,借了粮食的人都争着来还债,李士谦一概拒绝不受。有人对他说:"你积了很多阴德。"李士谦说:"做了人们不知道的好事才叫阴德。而我现在的行为,都是你们知道的。怎么算阴德呢?"

【品读】

焚烧债券,把所欠债务一笔勾销的事战国时齐国的冯谖就做过。那时,他是为主人孟尝君"市义",即收买人心,使孟尝君根基稳固。李士谦有恩于人又不居恩,自然得到人们的爱戴。据说他死时,闻讯者悲伤痛哭就是明证。

养生之道　张　瀚(明)

湖州刘南坦年七十余矣①,饮食步履,无异壮年。喜诵读,善文词,人爱敬之。日对宾客,清谭剧饮②,极欢恣谑,夜悬木桶于卧室梁间,使童子设梯,攀入即命去梯,跌坐于中③。遇冬日,畜一白猫温足。如此休息,不就床榻久矣。人谓刘得秘传,深悟养生之理。

——《松窗梦语》

【注释】

①湖州:地名,今浙江吴兴一带。

②谭:通"谈",谈论,言说。

③跌(fū)坐:双脚交叠而坐。

【译文】

湖州的刘南坦七十多岁了,吃饭、走路和年轻时没有什么区别。他喜欢读书,又能言善辩,受人尊敬爱戴。他每天接待宾客,清谈畅饮,任意开着玩笑,极尽欢乐。夜里,在卧室的屋梁上悬挂一个木桶,要童仆架着梯子,他从梯子爬入桶内,随后要童仆把梯子搬走,自己盘腿坐在木桶中。遇上冬天,就喂养一只白猫暖脚。他像这样休息,长期不睡床上。人们认为刘南坦得了秘传,深深懂得养生的道理。

【品读】

刘南坦的养生之道表现在两个方面,一是白天自由散淡的生活,二是夜晚的休息方式。前者不仅是生活本身,而且贯穿了性格的豁达开朗。后者有些奇特,却自有他的道理,觉得舒适、惬意也就是养生。人们养生的具体方式不论,养生倒是不能忽略养养性格。养生重在养心、养性。

张允怀虚夸送命 王 锜(明)

金陵张允怀以画梅游苏、杭间,其为人好修饰,虽行装,必器物皆具。一夕,泛江而下,月明风静,舣舟金山之足①,出酒器独酌。将醉,吹洞箫自娱,为盗者所窥。夜深,盗杀允怀于江,尽取其酒器以去,视之,则皆铜而涂金者也,此亦可为虚夸者之戒。

——《窝圃杂记》

【注释】

①舣(yǐ):附船靠岸。

【译文】

金陵的张允怀以画梅花在苏州、杭州一带游学。他为人喜欢装扮以显气派,即使是外出,一定是日用器物齐备。一天晚上,他顺江而下,天空皓月高悬,江面风平浪静,他把船停泊在金山脚下,拿出酒壶、酒杯自饮自酌,喝得略有醉意的时候,又吹起洞箫自我娱乐,被强盗看见了。夜深,强盗在江上杀了张允怀,把他的酒器全弄走了,后来一看,这些酒器都是铜做的,不过是外面涂了一层金。这可以作为虚夸者的警戒。

【品读】

　　人的脸面有的是本色,有的是装出来的,张允怀把铜酒器涂上金色,就是装脸面。这应得上俗话说的"打肿脸充胖子"。这则小品,给爱慕虚荣者敲了警钟。

丁贞女　王士禛(清)

　　丁贞女,聊城之沙镇人,靖难功臣某裔也。贞女幼孤,无兄弟,依母以居。及笄,母欲议婚。贞女曰:"母老矣,又鲜兄弟,不愿适人,愿终身养母。"母不能强。及母卒,从兄某为议婚,贞女又不许。独处三十余年,年五十矣,闺范严肃,里中人咸称曰"贞女堂"。

　　邑黄中丞(安图)七十丧偶,闻贞女之名,遣聘焉。贞女先一日,召其从兄语曰:"明日当议婚者至,吾将许之。"兄及娣侄辈谩应①,弗之信也。诘旦,黄氏蹇修已及门②。先是,贞女缟衣数十年,是日乃易色服。既许字③,卜吉葬母。始于归黄氏,犹处子也。中外子孙多人,待之皆有恩礼。东昌人传为美谈。

　　　　　　　　　　　　　　　　——《池北偶谈》

【注释】

　　①娣(dì)姪:从嫁的妹妹和侄女。
　　②蹇(jiǎn)修:媒人。
　　③字:女子许嫁。

【译文】

　　丁贞女,山东聊城沙镇人,平乱某功臣的后代。她小的时候父亲就死了,又没有兄弟,和母亲生活在一起。到她成人时,母亲想为

人間掌故

她找个婆家，丁贞女说："母亲年迈了，家里又少兄弟，我不愿嫁人，只愿终身供养母亲。"母亲不能勉强她。她母亲死了后，堂兄某提起她的婚事，丁贞女又不答应。她一个人独自生活了三十多年，五十岁了，还严守闺中的规矩，同乡的人都说她像是"贞女堂"。

县里的黄安图中丞七十岁，妻子死了，听说了丁贞女的名声，派人去下聘礼。贞女在头一天把她堂兄喊来说道："明天会有提亲的人来，我将答应他。"堂兄、妹妹和侄女们随便应承，不相信她的话。第二天早晨，黄氏的媒人上了她家门。在这以前，丁贞女穿了几十年白色的衣服，这一天就换上花衣服。丁贞女既答应出嫁，就选了一个黄道吉日安葬母亲，然后才嫁到黄家，她还是一个处女。里里外外的子孙很多，她对子孙们都有恩惠。东昌的人们到现在还把她的故事传为佳话。

【品读】

丁贞女为侍奉母亲不愿嫁人可以理解，母亲死后，三十多年坚持不嫁，至五十岁，欣然许嫁给七十岁的黄中丞，也是人间奇事。不过，这种人生在今人看来是颇有争议的。

醒　悟　潘永因（清）

常州苏掖仕至监司^①，家富而性啬。每置产，吝不与直。争一分，至失色。尤喜乘人窘急时以微资取奇货。尝置别墅，与售者反复甚苦。其子在旁曰："大人可增少金，我辈他日卖之，亦得善价也。"父愕然，自是少悟^②。士大夫竞传其语。

——《宋稗类钞》

【注释】

　①监司：宋代诸路转运使司、提点刑狱司、提举常平司等，有监察各州官吏之责，总称监司。

②少:稍微,略微。

【译文】

　　常州人苏掖官至监司,他家道富有但生性吝啬。每次置办田产,都斤斤计较,不给足钱。为了一分一厘,竟至争得面红耳赤。他还特别喜欢趁别人困窘、急迫的时候,出小价钱购得好东西。有一次,苏掖购置一处别墅,与卖方反复讨价还价,争得不可开交。他儿子在一边说:"大人您可以多出一点钱,我们以后若卖它,也好得个好价钱。"苏掖听了儿子这话,不觉吃了一惊,从此稍稍有所醒悟。士大夫中竟相传诵着他儿子那句话。

【品读】

　　儿子的话让苏掖震惊,也让他有所觉悟。人啊,在什么时候都还是大方一点好、厚道一点好、正直一点好,尤忌趁人之危满足一己之私欲。

笑里藏刀　　潘永因(清)

　　蔡元度对客①,嬉笑溢于颜面。虽见所甚憎者,亦加亲厚无间。人莫能测,谓之笑面夜叉。盛章尹京典藩②,以惨毒闻,杀人如刈草菅。然妇态雌声,欲语先笑,未尝正视。或置人死地时,亦不异平日。

——《宋稗类钞》

【注释】

　　①蔡元度:即蔡卞,字元度,宋兴化军仙游人。权奸蔡京的弟弟。曾任起居舍人、侍御史、尚书左丞等职。

　　②盛章尹京:盛京,宋余杭人,官终工部侍郎。本则笔记对他的评介与史书出入较大,不知是不是同一个人。存疑。典藩:掌管属国。

【译文】

蔡元度对客人，总是满面笑容。即便是遇见他最憎恨的人，他也是非常和善，一副亲密无间的样子。人们都弄不清他的真假虚实，称他为笑面夜叉。盛京镇守属国的时候，是以凶狠、歹毒闻名的。他杀人就像割草一样。但这个人长得一副女人模样，说话也细声细气，还没开口就先笑，都不敢正面看人。他就是在置人于死地时，也和平时的神态没什么差别。

【品读】

好人并不总是慈眉善目，坏人也不都长得青面獠牙。对于那些口蜜腹剑、面善心狠的人，要格外当心才是。

一将功成万骨枯　　陈尚古（清）

顺治壬辰，漳州被围日久，城中百姓裁余一二百人①。第舍万间，率洞门不闭，室中虚无人。其一二百人者，指沟中白骨，历数其生前姓氏里居语人，不爽铢黍②。及危急之时，有士子率妻子阖户一恸而绝，邻舍儿窃煮食之，视肠中累累然皆纸絮不化，邻舍儿亦废箸自绝。古人云："一将功成万骨枯。"帝王不勤兵远略，其德可谓至矣。

——《簪云楼杂记》

【注释】

①裁：通"才"。

②铢黍：古代衡制单位，一两的二十四分之一为一铢。一铢的百分之一为一黍。

【译文】

清世祖顺治九年，漳州被围困的时间很长，城里的百姓只剩一二百人。万间房屋都敞开着，房里空无一人。那一二百人，指着沟里的白骨，一一向人诉说他们生前的姓名、家住什么地方，没有一点差错。到漳州危急的时候，有个读书人带着妻子、儿女关上门悲号一声就死了。邻居的儿子就把他的尸体偷去煮着吃，一看死者肠子里一团团不消化的东西都是纸絮，这邻居的儿子不禁放下筷子自杀了。古人说："一将功成万骨枯。"帝王不劳苦军队远征近伐，他的德行可以说是最高尚的了。

【品读】

这则小品勾勒了经历战乱的漳州惨状，危急之际无以充饥的人吃人，战后的万家灭绝、白骨累累，实在叫人耳不忍闻、目不忍睹。

捐产助学　陈康祺（清）

台州府太平县李氏女[①]，许嫁于林，未嫁而夫死，女奔其丧，奉舅姑以终。林故贫族，女以针黹营生[②]，节衣缩食，有余即置田产，积十余年，有田六十亩。因无后可立，以其田呈请学使，每岁按试，取第一人者主之，计所入息分为四，以其三助文生之贫不能应省试者，而以其一助武生。知县事某，书其事入志乘[③]，乾、嘉间事也。

——《郎潜纪闻》

【注释】

①台州：地名，辖境相当于现在浙江的临海、黄岩、温岭、天台、象山等县。

②针黹(zhǐ)：缝纫、刺绣等针线活。

③志乘：记载地方疆域沿革、人物、山川、物产、风俗等内容的书。俗称"地方志"。

【译文】

台州太平县李泉的女儿，许配给林家，还没有出嫁丈夫就死了，李家女为他送葬，侍奉公公婆婆直到他们去世。林家本来很穷，李家女以做针线活谋生，节衣缩食，有多余的钱就买田地，积累了十几年，有田地六十亩。因为林家没有后代可以继承，她就把自己的田地呈报给学使，请求帮助求学的人。每年县试，取第一名做主，把田地的利息分成四份，以其中的三份帮助不能参加省试的穷文生，以其中的一份帮助不能参加省试的穷武生。太平县的知县某某，把这件事载入了县志，这是清朝乾隆间的事情。

【品读】

李家女受封建礼教的影响很深，没有出嫁就死了丈夫，仍然尽妻子、媳妇的责任，送死养生。不过，她捐产助学的善行是很难得的。

扬州姚老人　　陈康祺（清）

扬州北湖姚老人仁和，乾隆丙午夏六月，乘肩舆于市，一老人负囊从之，囊中皆钱。童子数十人绕其舆，不能前。仁和怒，责负囊老人，负囊老人唯唯。已而入市肆饮，尽肉半斤，曰："吾不耐舆矣。"步行去。负囊老人随之不及，汗浃背。

盖是日即仁和百岁诞日，谒沿湖诸神庙，负舆者其两孙，负囊老人其子也，年八十矣。仁和发尚黑，望之止六十许人。于是里人将为之举于有司，而商人某更欲张其事。仁和叩头谢曰："我农人，生平未敢上人，故活至今日。一旦自肆，非农行所宜，天且促我岁。"遂中止。

——《郎潜纪闻》

【译文】

扬州北湖姚仁和老人，在清乾隆五十一年六月，坐着轿子到集市上去，一个老人背着一袋子钱跟着。半道上，几十个小孩围着轿子，轿子不能前行。仁和发脾气，责备背钱袋的老人，那老人连连应承。不久进了集市,在酒店喝酒,仁和老人吃了半斤肉,说道:"我不能坐轿子了。"说完,迈步就走。背钱袋的老人跟还跟不上,累得汗流浃背。

原来这一天是仁和老人百岁生日,要到绕北湖的各座神庙祭神,抬轿子的是他的两个孙子,背钱袋的是他儿子,年纪八十岁了,仁和头发还是黑的,看上去只有六十岁左右。于是,乡里人想把他报告给官府,某商人更想张扬这件事。仁和磕头感谢道:"我是农夫,一生不敢居在人上,所以活到今天。一旦把自己卖出去,就不是农夫该做的事了。况且,苍天会催我快死。"于是,人们不再提这事了。

【品读】

百岁老人身体健壮,饮食、行动自如,是人间的奇事。仁和自述长寿秘诀,是"生平未敢上人",大概是说一生淡泊处世,不与人争名夺利,平平静静地生活。这是否也告诉当代人长寿的秘诀是"修心"呢?

因祸得福　徐　珂(清)

京师有陈某者,设书肆于琉璃厂①。光绪庚子②,避难他徙。比归,则家产荡然,懊丧欲死。

一日,访友于乡,友言:"乱离中,不知何人遗书籍两箱于吾室。君固业此,趣视之,或可货耳。"陈检视其书,乃精楷钞本《红楼梦》全部③。每页十三行,三十字。钞之者各注姓名于中缝,则陆润庠等数十人也。乃知为禁中物,急携之归,而不敢示人。

阅半载,由同业某介绍,售于某国公使馆秘书某,陈遂获巨资,不复忧衣食矣。

——《清稗类钞》

【注释】

　①琉璃厂：北京街市名称，主要开设书籍、古玩、字画、碑帖、文具等店。

　②光绪庚子：清光绪二十六年（1900年）。这年英、法等八国联军攻陷北京，烧杀掳掠，慈禧太后带着清德宗逃到西安。后李鸿章奉命到北京和各国议和，道歉赔款才得平息。史称庚子之难。

　③钞：通"抄"。

【译文】

　京城有个姓陈的人，在琉璃厂开了一家书店。清光绪庚子之难，陈某为避难迁到外地去了。等他回到京城的时候，家里的财产已经一无所有了，懊恼丧气得要命。

　一天，他到乡里去看望朋友，朋友说："社会动乱、人们流离失所的时候，不知什么人放了两箱书我房里。你本来是干这个行当的，赶快看看，也许可以卖几个钱。"陈某翻看那书，见是小楷抄写的《红楼梦》全本。每页十三行，三十个字。抄写的人各自把姓名注在书的中缝，原来是陆润庠等几十人。这才知道是皇宫里的东西，急忙带回家，但不敢给人看。

　过了半年，经同行的某人介绍，陈某把书卖给了某国公使馆的某秘书，得了一大笔钱，不再为衣食担忧了。

【品读】

　祸福相倚，自古而然。世事这样变幻，是人料所不及。虽然说人遭祸或得福都会加快心跳，不易坦然，但不妨淡泊处之，安稳前行。

艺 苑

王嫱不赂画工　葛　洪（晋）

　　元帝后宫既多，不得常见，乃使画工图形，案图召幸之。诸宫人皆赂画工，多者十万，少者亦不减五万。独王嫱不肯①，遂不得见。后匈奴入朝，求美人为阏氏②。于是上案图，以昭君行。及去，召见，貌为后宫第一，善应对，举止娴雅。帝悔之，而名籍已定。帝重信于外国，故不复更人。

　　乃穷案其事，画工皆弃市③，籍其家资皆巨万④。画工有杜陵毛延寿，为人形，丑好老少，必得其真；安陵陈敞，新丰刘白，龚宽，并工为牛马飞鸟众势，人形好丑，不逮延寿；下杜阳望亦善画，尤善布色，樊育亦善布色：同日弃市。京师画工，于是差稀⑤。

——《西京杂记》

【注释】

　　①王嫱：字昭君，西汉秭归人，元帝时被选入宫。竟宁元年，匈奴呼韩邪单于入朝求和亲，她自请嫁匈奴。

　　②阏（yān）氏（zhī）：匈奴君长的正妻称作阏氏，相当于皇后。

　　③弃市：在闹市执行死刑，将死者暴尸于众。

　　④籍：登记，指抄没家产的造册统计。

　　⑤差稀：较少。差，较。

【译文】

　　汉元帝后宫的美人很多，不能经常见她们，就让画工描绘美人的形貌，元帝就根据画像，挑选中意的召幸。后宫美人为了有机会得到皇帝的宠爱亲近，都给画工行贿，多的达十万文铜钱，少的也都不少于五万文。只有王嫱不肯贿赂画工,于是一直无缘见皇帝。后来匈奴来汉朝宫廷朝见,求汉宫给一个美人做他们的皇后。元帝便审察美人的画像,定下王昭君远嫁匈奴。等到要离京出发时,元帝召见王昭君,见她美貌绝伦,言语上很会酬答,举止沉静文雅。元帝后悔了,但送往匈奴的美人的名册已经确定,又已通知了匈奴;元帝对外国很注重信义,因此不再换人。

汉元帝派人彻底查究画工丑化王嫱的事,画工们都被处以极刑,暴尸于众;抄没家产时造册统计,画工的家里都是钱财累万。画工有杜陵人毛延寿,画人像,美丑老少,都画得非常逼真;安陵人陈敞,新丰人刘白、龚宽,都擅长画牛马飞鸟的各种形态,但画人的容貌美丑,不及毛延寿;下杜人阳望也擅长绘画,尤其长于着色,还有樊育也长于着色。这些画工都于同一天被处死在闹市。京城里的画工,从此以后就较少了。

【品读】

关于昭君入塞的原因始末,《西京杂记》与《汉书·匈奴传》和《琴操》等书的记载说法不同。本小品突出的是王昭君傲然不媚的高洁品性。但在客观的叙述中,却让人们看到了古代帝王的荒淫无耻,宫廷的暗无天日。难怪后世不断有文人墨客为毛延寿们叫屈呢!

左太冲作《三都赋》 刘义庆(南朝·宋)

左太冲作《三都赋》初成①,时人互有讥訾②,思意不惬。后示张公③,张曰:"此《二京》可三④,然君文未重于世,宜以经高名之士。"思乃询求于皇甫谧⑤。谧见之嗟叹,遂为作叙。于是先相非贰者⑥,莫不敛衽赞述焉⑦。

——《世说新语》

【注释】

①左太冲：左思，字太冲，西晋著名文学家。

②讥訾(zǐ)：讥刺诋毁。

③张公：即张华，字茂先，西晋著名文学家。

④此《二京》可三：意为《三都赋》可以与班固的《两都赋》、张衡的《二京赋》并列。

⑤皇甫谧：幼名静，字士安，西晋文学家。

⑥相非贰者：非难左思的人。贰：持有异议。

⑦敛衽：整理衣襟，表示肃敬。

【译文】

左太冲创作了一篇《三都赋》，刚写成时就受到了当时一些人的讥刺诋毁。为此，左太冲心里很不快活。他后来把《三都赋》送给张公茂先看，张公说："你这篇作品写得不错，完全可以和班固的《两都赋》、张衡的《二京赋》并列，但你现在还是一个无名小卒，在文坛没有什么声望，这样就应该请名士推荐推荐。"左太冲便去找当时已很有名的文学家皇甫谧。皇甫谧读罢左太冲的《三都赋》，赞叹不已，就给这篇赋作写了序。这一来，原先非难左太冲的人，也都一个个对他肃然起敬，交口称赞《三都赋》。

【品读】

是重名，还是重实，这是自古以来就存在的问题。一篇《三都赋》，在有无名人推荐的情况下，境遇迥然不同。这种现象又岂止晋代有！

张旭草书　李　肇（唐）

张旭草书得笔法①，后传崔邈、颜真卿②。旭言："始吾闻公主与担夫争路，而得笔法之意；后见公孙氏舞剑器而得其神。"饮醉则草书，挥笔大叫，以头揾水墨中而书之，天下呼为"张颠"。醒后视以为神异，不可复得。后辈言笔札者，欧虞褚薛③，或有异论，至长史无间言④。

——《国史补》

【注释】

①张旭：字伯高，唐吴人，善草书。

②崔邈、颜真卿：二人都是唐代书法家。

③欧虞褚薛：指唐初四大书家欧阳询、虞世南、褚遂良、薛稷。

④长史：指张旭。张旭官至金吾长史，故称之。

【译文】

张旭的草书深得运笔的方法，后来传给了崔邈、颜真卿。张旭曾经说："开始，我听说公主和脚夫争道路，而得到了笔法之意；后来，看见公孙娘子舞剑而得到了笔法之神。"他喝醉了酒就写草书，挥笔大叫，把头浸在水墨里写着，天下人喊他"张疯子"。他酒醒后看写的字，认为是神来之笔，再也写不出来。后生谈书法，对欧阳询、虞世南、褚遂良、薛稷四人，有的有不同意见，对张旭没有二话可说。

【品读】

张旭的狂草享有盛名，字狂，写字的行为也狂，难怪世人称他为"张疯子"。很有意味的是，张旭从人们一般的行为中悟出笔法之意、笔法之神，使他的书法臻于佳境。张旭论笔法，给了人们很大的启示。

王积薪闻棋 　李　肇（唐）

王积薪棋术功成①，自谓天下无敌。将游京师，宿于逆旅②。既灭烛，闻主人妪隔壁呼其妇曰："良宵难遣，可棋一局乎？"妇曰："诺。"妪曰："第几道下子矣。"③妇曰："第几道下子矣。"各言数十。妪曰："尔败矣。"妇曰："伏局。"④积薪暗记，明日复其势⑤，意思皆所不及也。

——《国史补》

【注释】

①王积薪：唐玄宗朝人，以善弈名世。

②逆旅：客店。

③"第几"句：唐代围棋棋盘纵横各十九道线，双方均在横竖线交叉点布子。这里，婆媳分居两室，都是心中虚设一盘，攻战过程全凭记忆。

④伏局：意思是认输。

⑤复其势：即所谓"复盘"。复验那盘棋的局势，意思是按自己暗中记的，把那盘棋重新布子走一遍。

【译文】

王积薪棋术高明，已是功成名就。他自认为天下没人是自己的对手。一次，他要去京城长安游览，走到半路时在一家客店住宿。等到灭了蜡烛，他听到店主家的老妇人叫隔壁的媳妇，说："晚上这么好的时光难以打发，我们下一盘棋好吗？"媳妇回答说："行啊。"老妇人说："我第几道下子了。"媳妇说："我在第几道下子了。"两人各说了几十次。老妇人说："你败了。"媳妇说："我认输。"婆媳俩说棋时，王积薪把每一着都记下了；第二天复验那盘棋的局势，见布局攻防都十分奇妙，是自己的棋艺所不及的。

【品读】

王积薪是唐玄宗时的围棋高手，自认为天下无敌。殊不知，山外有山，天外有天。看来，世界之广，不可孤芳自赏；学海无涯，切记夜郎自大。

张籍推赞朱庆余　范　摅(唐)

朱庆余①，遇水部郎中张籍知音②，索庆余新旧篇什数通吟改，只留二十六章，籍置于怀抱而推赞之。时人以籍重名，无不缮录讽咏，遂登科第。

初，庆余尚为谦退，作《闺意》一篇以献张曰③："洞房昨夜停红烛,待晓堂前拜舅姑。妆罢低声问夫婿:'画眉深浅入时无?'"籍酬之曰:"越女新妆出镜心④,自知明艳更沉吟。齐纨未是人间贵⑤,一曲菱歌敌万金⑥。"由是朱之诗名流于四海内矣。

——《云溪友议》

【注释】

①朱庆余:唐诗人。名可久,字庆余,以字行,越州(今浙江绍兴)人。宝历二年进士,官秘书省校书郎。有《朱庆余诗集》。

②水部郎中:官名。水部为工部四司之一。张籍:中唐著名诗人。

③《闺意》:又名《闺意献张水部》,是朱庆余考进士前写给张籍的。诗中写一个闺中新妇询问丈夫:"眉毛描画得是否合乎时尚?"其实是借此求教张籍:我的诗文能否中考官的心意?

④越女:指代美女,因越地女子以貌美著称。同时,这也是暗喻朱之诗,朱是越州人。

⑤"齐纨"句:她的美丽不在于衣服鲜丽贵于人间。齐纨:齐地出产的绢。

⑥菱歌:采菱者所唱的歌。此处隐喻朱诗如出水芙蓉,清新可爱。

【译文】

朱庆余遇上了水部郎中张籍这位知音。张籍把朱的新旧作品都要来,反复吟诵,并帮助修改。他还把朱的诗作留下多篇在身边,向人们推荐、赞誉。因为张籍有盛名,所以当时的人无不传抄吟诵他所喜爱的朱庆余的诗作。朱庆余因此顺利地考中了进士。

起初,庆余是相当谦逊谨慎的。他写了一首《闺意》诗送给张籍,诗句是:"洞房昨夜停红烛,待晓堂前拜舅姑。妆罢低声问夫婿:'画眉深浅入时无?'"张籍也给他答谢了一首诗,写道:"越女新妆出镜心,自知明艳更沉吟。齐纨未是人间贵,一曲菱歌敌万金。"朱庆余因此而诗名流布于四海之内。

【品读】

本文所记叙的两人的诗歌唱和，是广为流传的文坛佳话。两诗借此喻彼，隐喻巧妙，富有情趣，一直受到人们的喜爱。

居之难易 张 固（唐）

尚书白居易应举①，初至京，以诗谒著作顾况②。况睹姓名，熟视白公曰："米价方贵，居亦弗易。"乃披卷③，首篇曰："离离原上草，一岁一枯荣。野火烧不尽，春风吹又生……"却嗟赏曰："道得个语，居即易矣!"因为之延誉，声名大振。

——《幽闲鼓吹》

【注释】

①尚书：官名，白居易官至刑部尚书，故称"尚书白居易"。

②顾况：字逋翁，苏州人，唐肃宗时曾任著作郎。按：顾任著作郎时，白居易尚未出生；后来白居易到长安时，顾又早被贬到地方上去了。因此白以诗谒顾只是传闻。

③披卷：揭卷，指揭开诗册。

【译文】

尚书白居易为参加进士考试，初次来到京城。一天，他带上自己的诗作，去拜见著作郎顾况。顾况听说他名叫白居易，端详了他好一会儿，开玩笑说："京城米价正贵，在这里居住也很不容易啊!"顾况揭开白居易的诗册，见第一篇上写道："离离原上草，一岁一枯荣。野火烧不尽，春风吹又生……"读到这里，顾况转而赞叹道："写得这样的好诗句，居住在这里就很容易了!"于是顾况极力提携和引荐白居易，使他一下子名声大振。

【品读】

这个小故事虽系传闻，却流传很广。这里一方面写出了白居易的文学才华,另一方面也表现出顾况的诙谐幽默,爱才重才。

书法优劣 李绰(唐)

王僧虔①,右军之孙也②。齐高帝尝问曰:"卿书与我书孰优?"对曰:"臣书人臣第一,陛下书帝王第一。"帝不悦。后尝以秃笔书,恐为帝所忌故也。

——《尚书故实》

【注释】

①王僧虔:南北朝时向齐临沂人,善隶书。

②右军:即王羲之。

【译文】

王僧虔是著名书法家王羲之的孙子,也擅长书法。齐高帝曾问他:"你的书法与我的书法,哪个更好?"王僧虔回答说:"我的书法是臣子中最好的,陛下的书法是帝王中的第一名。"高帝听了很不高兴。王僧虔后来曾用残破的笔,故意不把字写得太好,正是怕高帝嫉恨的缘故。

【品读】

书法艺术的天地也并非一方净土,在帝王与臣子之间哪有公平的竞争。不过历史是公平的。提起书法,人们都知道王僧虔,有谁还记得那个齐高帝呢! 此可为当今官场赢者通吃者戒。

王勃展才 王定保(五代)

王勃著《滕王阁序》①,时年十四。都督阎公不之信②,勃虽在座,而阎公意属子婿孟学士者为之,已宿构矣。及以纸笔巡让宾客,勃不辞让,公大怒,拂衣而起;专令人伺其下笔。第一报云:"南昌故郡,洪都新府。"③公曰:"亦是老先生常谈!"又报云:"星分翼轸,地接衡庐。"④公闻之,沉吟不言。又云:"落霞与孤鹜齐飞,秋水共长天一色。"⑤公矍然而起曰⑥:"此真天才,当垂不朽矣。"遂亟请宴所,极欢而罢。

——《唐摭言》

【注释】

①王勃:字子安,唐初著名文学家。

②不之信:不信之。

③"南昌"二句:意思是说,南昌是汉代豫章郡的治所,后为洪州的首府。

④"星分"二句:洪州(古代属楚)是天上翼、轸两个星宿的分野,它的地域连着衡山和庐山。

⑤"落霞"二句:天边的几片晚霞和湖上的孤鹜相并而飞,秋水和蓝天交相辉映,浑然一色。鹜,野鸭。

⑥矍(jué)然:惊异地注视的样子。

【译文】

　　王勃写《滕王阁序》时,年仅十四岁。当时,洪州都督阎公不相信他的文才。王勃虽然在座,但阎公希望让自己的女婿孟学士来写这篇序,并且已预先叫他作好了一篇。等到拿纸笔轮番请宾客当场写诗作文时,王勃一点也没有推辞。阎公大为恼火,衣服一掀就站起来走开了。但他还是特地让人站在王勃身边,等待王勃下笔。王每写几句,旁边就唱报出来。第一报说:"南昌故郡,洪都新府。"阎公听后说:"也不过是老先生常谈!"又报唱道:"星分翼轸,地接衡庐。"阎公听了,咀嚼品味着,没有吭声。后来又报唱说:"落霞与孤鹜齐飞,秋水共长天一色。"阎公惊异地站起来,说:"真是天才,这样优秀的诗句,是会永远流传后世的。"他连忙把王勃请到宴饮的地方,极尽欢娱,然后才分别。

【品读】

　　小品记叙的就是王勃写作《滕王阁序》的经过。作者主要是通过阎公的情绪反映,来表现王勃的卓越才华。直接写阎公对王勃态度的变化，间接写少年王勃的才华不凡。这种描述，比起那种平铺直叙来，更生动活泼，引人入胜。

牧童评画 苏 轼（宋）

蜀中有杜处士，好书画，所宝以百数①。有戴嵩《牛》一轴②，尤所爱，锦囊玉轴，常以自随。一日，曝书画，有一牧童见之，拊掌大笑，曰："此画斗牛也。牛斗力在角，尾搐入两股间③；今乃掉尾而斗④，谬矣！"处士笑而然之。

古语有云："耕当问奴，织当问婢。"不可改也。

——《东坡题跋》

【注释】

①所宝：所珍藏的。

②戴嵩：唐代著名画家，生平事迹不详。

③搐（chù）：抽。这里指用力夹（或收）的意思。

④掉尾：举尾。

【译文】

四川有位隐居的杜处士，喜爱书法和绘画。他所珍藏的字画佳作数以百计。其中有一轴唐代画家戴嵩画的斗牛，杜处士最喜爱。他用彩锦作套，玉石作轴，经常随身携带着它。有一天，杜处士正在翻晒书画时，有个放牛娃看见了戴嵩画的牛，拍手大笑。他对杜处士说："这幅画是画牛斗架的，可是牛斗架时，劲应都集中在角上，尾巴夹在大腿股中间。如今这幅画，却让牛掀起尾巴斗架，完全错了。"处士笑着点点头，让为这放牛娃说得有道理。

古语说："耕当问奴，织当问婢。"这话是确实无疑的。

【品读】

真实，是艺术的生命。要做到真实，就必须深入实际，注意观察，体验；否则，即使像戴嵩那样的名画家，也会闹出笑话。

阎立本观画　王　谠（宋）

阎立本善画①。至荆州，视张僧繇旧迹②，曰："定虚得
名耳。"明日又往，曰："犹是近代佳手耳。"明日又往，曰："名
下无虚士。"坐卧观之，留宿其下，一日不能去。

——《唐语林》

【注释】

①阎立本：唐万年人，著名画家。

②张僧繇：吴人，一作吴兴人。南朝梁画家。善画山水、人物
肖像。

【译文】

阎立本擅长绘画。一次，他来到荆州，在一个地方看到了南朝
时候名画家张僧繇的亲笔画。初看时印象不怎么样，阎立本说："他
一定是虚有其名。"第二天又去看，印象已有所不同，看过他又说：
"张僧繇还称得上是近代绘画好手。"次日再去观赏，阎立本观点完
全变了，说道："盛名不虚，的确是画中高手。"他在那里坐卧观赏，流
连忘返，以至在那里住了一个晚上，看了一天都还嫌没看够。

【品读】

读一首诗，看一篇散文，欣赏一幅字画，如果只是走马观花，
匆匆而过，是难以把握其精髓的。真正的艺术鉴赏，需要细细品
味，反复咀嚼，就像吃橄榄，越嚼越有味。

吴道子访僧　王　谠（宋）

吴道子访僧①，不见礼，遂于壁上画一驴。其僧房器用
无不踏践。僧知道子所为，谢之②，乃涂去。

——《唐语林》

人間掌故

【注释】

①吴道子：名道玄，唐阳翟人，著名画家。其画笔法超妙，有画圣之称。

②谢：谢罪。

【译文】

吴道子去拜访一个和尚，没有受到礼遇；他就在僧房的墙壁上画了一头驴子，结果僧房里的东西被驴子践踏得乱七八糟。和尚知道这事肯定是吴道子干的，赶紧去给他赔不是。这样，吴道子才把墙上的画抹去。

【品读】

从这则奇闻轶趣中，我们可以想见吴道子绘画技术的高超。说画的东西能跑下来自然不可能，但给人以"呼之欲出"的感觉那倒一点不假。

李白谒宰相　　王　谠（宋）

李白开元中谒宰相，封一板，上题曰："海上钓鳌客李白。"宰相问曰："先生临沧海，钓巨鳌，以何物为钩线？"白曰："风波逸其情，乾坤纵其志。以虹蜺为线①，明月为钩。"又曰："何物为饵？"白曰："以天下无义气丈夫为饵。"宰相悚然②。

——《唐语林》

【注释】

①虹蜺（ní）：相传虹有雌雄之别，色鲜胜者为雄，色暗淡为者为雌；雄曰虹，雌曰蜺，亦作"霓"，合称虹蜺。

②悚（sǒng）然：肃敬的样子。

【译文】

李白在玄宗开元年间拜见宰相，封一板，上面题写着"海上钓鳌客李白。"宰相问李白："先生您临沧海，钓巨鳌，用什么东西当钩和线呢？"李白回答道："大海里的风波使我豪情纵逸，天地乾坤鼓荡着我的壮志。我用天上的彩虹作线，用银河的明月当钩。"宰相又问："那先生用什么东西作鱼饵呢？"李白答道："我就用天底下那些没有义气的男人当鱼饵。"宰相听到这话，不禁肃然起敬。

【品读】

李白的诗飘逸无羁，豪迈奔放，气势磅礴，古人讲"言为心声"，"文如其人"，本小品正是他诗文风格的最好注脚。那种豪情、那种气魄、那种风神，都是李白所独有的。

腹 稿 王 谠（宋）

王勃凡欲作文，先令磨墨数升，饮酒数杯，以被覆面而寝。即寤，援笔而成，文不加点，时人谓为腹稿也。

——《唐语林》

【译文】

王勃每次要写文章时，必定先让人磨好几升墨，自己则喝上几杯酒，然后蒙头大睡。等到醒了，提起笔就写，一气呵成，文不加点。当时的人们称王勃写文章是预先打好了"腹稿"的。

【品读】

关于王勃写文章先打腹稿的事，早在《唐语林》以前就有记载。唐代段成式《酉阳杂俎》和《新唐书·王勃传》中的说法与本文内容大同小异。后因称预先想好而没有写出的文稿为"腹稿"。清代赵翼就有"老来无寐夜景清，聊营腹稿待天明"的诗句。事先深思熟虑，胸有成竹，然后挥笔作文，一气呵成，这的确是写作的一条好经验。

人间掌故

近水楼台　俞文豹（宋）

范文正镇钱塘①，兵官皆被荐，独巡检苏麟不与②，乃献诗曰："近水楼台先得月，向阳花木易为春。"即荐之。

——《清夜录》

【注释】

①范文正：范仲淹，字希文，北宋政治家、文学家，卒谥文正。镇钱塘：镇守钱塘（今杭州），即在钱塘做地方官。

②巡检：武官名，掌管训练兵卒，维护州县治安。

【译文】

范文正镇守钱塘，城中的兵官大都被推荐提拔。只有苏麟因为在外县担任巡检，所以没有得到推荐。于是，苏麟写了一首诗献给范文正，其中两句是："近水楼台先得月，向阳花木易为春。"范文正看后，心中会意，随即也推荐提拔了他。

【品读】

"近水楼台"两句诗言在此而意在彼，范仲淹自然心领神会了。今天，人们用"近水楼台先得月"来比喻因便利而获得优先的位置，或利用职权的方便而谋取私利。

推　敲　计有功（宋）

贾岛赴举至京①，骑驴赋诗，得"僧推月下门"之句。欲改"推"作"敲"，引手作推敲之势，未决。不觉冲大尹韩愈②，乃具言。愈曰："'敲'字佳矣。"遂并辔论诗。

——《唐诗纪事》

【注释】

①贾岛：唐代诗人，以苦吟著称。

②大尹:这里指京兆尹,即都城行政长官。韩愈:字退之,唐代著名文学家。

【译文】

一天,贾岛应试来到京城。他骑着驴边走边作诗,忽然得到了"僧推月下门"这句诗,又想到其中的"推"改为"敲"字,就伸手作推和敲的姿势;斟酌了好半天,到底用哪个字,还没有定下来。他沉浸在吟诗之中,边走边低头沉思,没想到竟一下子撞到了京兆尹韩愈,就把选字未决的事详细给他说了。韩愈想了想,说:"用'敲'字更好。"于是,他俩就并骑同行,边走边谈起诗来。

【品读】

"推敲"一词,今天人们常常要用到它。字斟句酌,反复推敲,写作上这种严谨谦虚、精益求精的态度,无论在什么时候都是很重要的。

苏东坡画扇　何　薳(宋)

先生临钱塘日①,行陈诉负绫绢钱二万不偿者。公呼至询之,云:"某家以制扇为业,适父死,而又自今春以来,连雨天寒,所制不售,非故负之也。"公熟视久之,曰:"姑取汝所制扇来,吾当为汝发市也。"须臾扇至,公取白团夹绢二十扇,就判笔作行书草圣及枯木竹石,顷刻而尽。即以付之曰:"出外速偿所负也。"其人抱扇泣谢而出。始逾府门,而好事者争以千钱取一扇,所持立尽,后至而不得者,至懊恨不胜而去。遂尽偿所逋②,一郡称嗟,至有泣下者。

——《春渚纪闻》

【注释】

①钱塘:今杭州市。
②逋(bū):欠交,拖欠。

人間掌故

【译文】

东坡先生在钱塘做官的时候,有人来告状,说某人欠了他二万丝绸钱不还。东坡把某人喊来,询问是怎么回亭,某人说:"我家以制作扇子为业,刚好父亲死了,而且从今年春天以来,阴雨连绵,天气寒冷,制作的扇子卖不出去,不是有意欠他家的钱。"东坡仔细看了他很久,然后说:"暂且把你做的扇子拿来,我为你开个张吧。"一会儿扇子拿来了,东坡从里面拿出二十把白团夹绢扇,随手用判笔在扇子上写行书、草书,画上枯木竹石,眨眼工夫就弄完了。随即交给某人说:"出门赶快去还你的欠债。"某人抱着扇子,流着眼泪道谢走了。刚跨出府门,就有多事的人争着用一千钱买一把扇子,某人拿的扇子一下就卖光了,来迟一步没买到扇子的人,甚至懊悔、遗憾得不得了。某人就还清了他的欠款,一郡的人称颂、赞叹,还有人感动得流下泪来。

【品读】

"东坡画扇"这则轶事,不仅让我们了解苏东坡书画在当时的影响,而且也使我们从中看到他为政的宽简、为人的仁厚。

读书风气　陆　游(宋)

国初尚《文选》①,当时文人专意此书,故草必称"王孙"②,梅必称"驿使"③,月必称"望舒"④,山水必称"清晖"⑤。至庆历后,恶其陈腐,诸作者始一洗之。方其盛时,士子至为之语曰:"文选烂,秀才半。"建炎以来,尚苏氏文章,学者翕然从之,而蜀士尤盛。亦有语曰:"苏文熟,吃羊肉;苏文生,吃菜羹。"

——《老学庵笔记》

【注释】

①《文选》:即《昭明文选》,诗文辞赋选集,南朝梁代昭明太子萧

统组织选编。

②草必称"王孙"：典出《楚辞·招隐士》，"王孙游兮不归，春草生兮萋萋。"

③梅必称"驿使"：典出南朝宋代陆凯《赠范晔诗》"折花逢驿使，寄与陇头人。江南无所有，聊赠一枝春。"诗中的花为梅花。

④月必称"望舒"：典出屈原《离骚》"前望舒使先驱兮，后飞廉使奔属。"

⑤山水必称"清晖"：典出南朝宋代谢灵运《石壁精舍在湖中》："昏旦变气候，山水含清晖。"

【译文】

宋朝初年崇尚《文选》，当时的文人一心扑在这部书上，所以，青草一定称为"王孙"，梅花一定称为"驿使"，月亮一定称为"望舒"，山水一定称为"清晖"。到宋仁宗庆历年以后，讨厌它的陈腐，凡是写文章的人才把这些典雅的文辞清洗掉。当学习《文选》的风气很盛的时候，读书人甚至说："《文选》读得烂熟，就成了半个秀才。"南宋高宗建炎年以来，社会崇尚苏洵、苏轼、苏辙父子的文章，文人们又是一拥而上，尤其是四川的读书人。也有俗语说："苏文熟，吃羊肉；苏文生，吃菜羹。"

【品读】

文人跟风，自古而然。跟风，有利于文体风格的深入发展，并壮大该文体的声势，却有因循模拟的弊端，以致风气过盛之后，常常有人奋起呼吁文体、文风的革新，像《文选》之风，久而久之被人视为陈腐就是很好的例子。

东坡说文　费　衮（宋）

葛延之在儋耳①，从东坡游，甚熟。坡尝教之作文字云："譬如市上店肆，诸物无种不有，却有一物可以摄得，曰钱而已。莫易得者是物，莫难得者是钱。今文章、词藻、事实，乃市诸物也；意者，钱也。为文若能立意，则古今所有，翕然并起②，皆赴吾用。汝若晓得此，便会做文字也。"

——《梁溪漫志》

【注释】

①儋（dān）耳：今海南儋州。

②翕（xì）然：众多的样子。

【译文】

葛延之在儋耳，跟苏东坡交往，关系十分亲密。东坡曾经教他写文章说："譬如集市上的店铺，各种东西都有，但有一样东西可以把它们都取来，这就是钱。世上不易得的是物，不难得的是钱。文章的词藻、事实就像集市上的东西，而意就像是钱。写文章如果能立意，那古往今来的所有事物都纷纷涌出，为我所用。你懂得了这一点，就会写文章了。"

【品读】

作文，立意是关键。苏东坡形象地把文章比拟为购物的钱，钱能取各种东西，文意能统领各种素材。不过，作文立意不像随随便便说那样轻松，丰富的人生经历、渊博的学识是基础，然后是以意运材，腾思于天上天下，聚万物于笔端。

动人春色不须多　　俞文豹（宋）

徽庙试画工以"万绿枝头红一点，动人春色不须多"为意①，众皆妆点花卉，唯一工于屋楼缥缈、绿杨隐映中②，画一妇人凭栏立③，众工遂服。

——《吹剑录》

【注释】

①徽庙：这里指宋徽宗赵佶。庙号，皇帝死后，在太庙立室奉祀时专门起的名号。

②缥缈：隐隐约约的样子。

③凭栏：靠着栏杆。

【译文】

赵徽宗时，以"万绿枝头红一点，动人春色不须多"为意考画工。许多画工都描花绘草，只有一个画工在隐隐约约的楼房和青翠的杨柳的相互映衬中，画了一个妇人靠栏杆站着，众人都佩服他。

【品读】

以描花绘草表现"万绿枝头红一点，动人春色不须多"，不算全错，但缺少创意，使春色落入俗套。某画工画出缥缈的楼房和青翠的杨柳隐映，扣了画题，关键是以妇人凭栏望春点"睛"，画意凸现，全幅画面就活了起来。

三分诗七分读　　周　密（宋）

昔有以诗投东坡者，朗诵之而请曰："此诗有分数否？"坡曰："十分。"其人大喜。坡徐曰："三分诗，七分读耳。"此虽一时戏语，然涪翁所谓"南窗读书吾伊声"①，盖读书者其声正自可听耳。

——《齐东野语》

【注释】

①涪（fú）翁：北宋诗人黄庭坚的号。吾伊：读书声。

【译文】

从前，有个人把自己写的诗拿去请教苏东坡，他把诗朗诵了一遍，问道："这首诗可打多少分？"苏东坡说："十分。"那人大喜。苏东坡又慢慢说："诗本身占三分，朗读占七分。"这虽然是一时的玩笑话，但黄庭坚所说的"南窗读书吾伊声"，大概读书人的读书声是动听的。

【品读】

所谓"三分诗，七分读耳"，其实是用俏皮之语讽刺投诗者诗作水平一般。东坡以幽默闻名，其个性由此亦可见一斑。

抄　书　陈　鹄（宋）

朱司农载上尝分教黄冈①。时东坡谪居黄，未识司农公。客有诵公之诗云："官闲无一事，蝴蝶飞上阶。"东坡愕然，曰："何人所作？"客以公对，东坡称赏再三，以为深得幽雅之趣。

异日，公往见，遂为知己。自此，时获登门。偶一日谒至，典谒已通名②，而东坡移时不出。欲留，则伺候颇倦；欲去，则业已通名。如是者久之，东坡始出，愧谢久候之意。且云："适了些日课，失于探知。"坐定，他语毕，公请曰："适来先生所谓'日课'者何？"对云："钞《汉书》③。"公曰："以先生天才，开卷一览可终身不忘，何用手钞邪？"东坡曰："不然。某读《汉书》到此凡三经手钞矣。初则一段事钞三字为题，次则两字，今则一字。"公离席。复请曰："不知先生所钞之书肯幸教否？"东坡乃命老兵就书几上取一册至。公视之，皆不解其义。东坡云："足下试举题一字。"公如其言，东坡应声辄诵数百言，无一字差缺。凡数挑，皆然。公降叹良久，曰："先生真谪仙才也④！"

他日，以语其子新仲曰："东坡尚如此，中性之人岂可不勤读书邪？"新仲尝以是诲其子辂。

——《耆旧续闻》

【注释】

①朱司农载上:即朱载上,在北宋中期曾任司农寺卿。

②典谒:主管迎接宾客、主人会见宾客的人。

③钞:同"抄"。

④谪仙:被贬到人间的神仙。本是唐代贺知章对李白的称赞,这里以苏轼比拟李白。

【译文】

朱载上曾经在黄冈担任学官,当时,苏东坡被贬在黄冈做团练副使,不认识朱载上。一天,有位客人朗诵朱载上的诗道:"官闲无一事,蝴蝶飞上阶。"东坡吃惊地问:"这是什么人写的诗?"客人回答是朱载上,东坡再三称赞,认为这诗深得幽深、雅致的情趣。

某一天,朱载上去拜见苏东坡,于是两人成为知心朋友。从此以后,朱载上经常获准到苏东坡府上去。一天,他突然去见苏东坡,掌管会见宾客的人已经通报了姓名,但东坡很长时间没有出来。朱载上想留下,等候得很疲倦;想离去,又已经通报了姓名。他像这样犹豫了很久,东坡才出来,对他等了很久表示歉意。并且说:"我才做完每天的功课,对你的探访失礼了。"两人坐定,说完了其他的话,朱载上请问道:"刚才先生说的'每天的功课'是什么?"东坡说:"抄《汉书》。"朱载上说:"凭你的天才,看一遍就可以终身不忘,为什么还要用手抄呢?"东坡说:"不是这样的。我读《汉书》到现在一共用手抄了三次。开始是一段事抄三个字为题,后来抄两个字,现在是一个字。"朱载上离开座位,又请求说:"不知道能不能把你抄的书给我看一看。"东坡就要身边的老兵从书案上拿过一册。朱载上一看,一点都不明白他的意思。东坡说:"请你试着说标题上的一个字。"朱载上就说了一个字,东坡应声就朗诵了几百个字,没有一点差错。朱载上又挑了几处,都是这样。随后,他感叹了很久,说道:"先生真有李白那样的才学。"

另一天,朱载上把这件事告诉了儿子朱新仲,说道:"苏东坡尚且是这样,天资一般的人难道能够不勤奋读书吗?"朱新仲曾经以这来教育儿子朱辂。

【品读】

　　读书有法,苏东坡的所谓"抄书"就是其一。苏东坡这样的功夫,说到底来源于勤奋,仅此而论,就足以作为后世文人学子的楷模。

读书佐酒　　陆友仁(元)

　　苏子美豪放不羁①,好饮酒。在外舅杜祁公家,每夕读书,以一斗为率。公深以为疑,使广弟密觇之。闻子美读《汉书·张良传》,至良与客狙击秦皇帝,误中副本,遽抚掌曰:"惜乎! 击之不中。"遂满饮一大白②。又读至良曰:"始臣起下邳③,与上会于留④,此天以授陛下。"又抚案曰:"君臣相遇,其难如此。"复举一大白。公闻之,大笑曰:"有如此下酒物,一斗不为多也。"

——《砚北杂志》

【注释】

　　①苏子美:苏舜钦,梓州铜山(今四川中江南人)人。北宋诗人。曾任大理评事,集贤校理等职,批评过范仲淹的政治革新不力,主张进一步改良。

　　②白:酒杯或罚酒的杯子。

　　③下邳:古县名,在今江苏睢宁西北。

　　④留:古县名,在今江苏沛县东南。

【译文】

　　苏子美生性豪放,行为无所约束,喜欢喝酒。他在外舅杜祁公家里,每天晚上读书,以饮一斗为标准。杜祁公十分怀疑,派子弟暗暗察看。听到苏子美在读《汉书·张良传》,读到张良与刺客狙击秦始皇，失误打中了他侍从的车子，苏子美突然拍着巴掌说："可惜啊！没有击中。"于是满饮一大杯。又读到张良对刘邦说："开始我起于下邳，与陛下相遇于留县，这是苍天把我交给陛下。"苏子美又拍着桌子说："君臣相遇，像这样困难。"又举起一大杯酒。杜祁公听说了，大笑说："有这样下酒的东西，喝一斗不算多啊！"

【品读】

饮酒必有下酒之物，以读书佐酒，只有文人才有这样的豪举。苏子美读书兴起，心生感慨，必饮一杯，既在酒有味，更在书有味，相互推进，斗酒不为多，也许并非虚言。然而，他一饮一叹，时时都显好恶，性情的疏放跃然纸上。

宋景濂记诵　焦　竑（明）

宋景濂年十五六，里人张继之闻先生善记诵，问以四书经传若干日可背诵，先生以一月为答。继之不之信，抽架上杂书，俾即记五百言。先生以指爪逐行按之，按毕辄背，一字不遗。继之告先生之爷尚书公曰："是子天分非凡，当令从名师，即有成尔。"

——《玉堂丛语》

【译文】

宋景濂十五六岁时，同乡张继之听说他善于背诵，问他《论语》、《孟子》、《大学》、《中庸》四书的原文和注释多少天可以背诵，宋景濂回答一个月。张继之不相信，抽出书架上的杂书，要他马上记下五百字。宋景濂用手指逐行按，按完五百字就背，一字不漏。张继之告诉宋景濂的父亲宋尚书说："这孩子有非凡的天分，应该要他拜名师，就会有成就。"

【品读】

人的天分固有优劣，过目就能背诵确实是非凡的天分。然而,天分不等于成就,有天分还要能用、善用,切实地辅以勤奋和毅力,才能抵达成功的彼岸。宋景濂最终功业有成,就有赖于后者。

文征明辞受 何良俊（明）

衡山先生于辞受界限极严①,人但见其有里巷小人持饼饵一箬来索书者②,欣然纳之,遂以为可浼③。尝闻唐王曾以黄金数笏,遣一承奉赍捧来苏④,求衡山作画,先生坚拒不纳,竟不见其使,书不肯启封,此承奉逡巡数日而去。

——《四友斋丛说》

【注释】

①衡山先生:文征明,名璧,字征明,号衡山居士,长洲（今江苏吴县）人,明代著名书画家。

②箬(ruò):竹制的小篮子。

③浼(měi):请托,央求。

④承奉:官署中的差役。

【译文】

衡山先生在推辞与接受上的界限很严格,人们只是看到小巷子里的普通百姓拿着一小竹篮饼子来找他写字,他很高兴地接受了,就以为他这个人可以随便请求,其实不的。曾经听说唐王备了几锭黄金,派一个差役拿到苏州,请衡山先生画画,衡山先生坚决拒绝,居然不见使者,信也不开封。这差役在他门外徘徊了好几天才离去。

【品读】

做人总有做人的原则,文征明善画,求画易得而又不易得,只看求画的是谁,并不管礼物的厚薄。他亲百姓而疏官吏,宁为普通百姓画画而不为达官贵人画画,不单是画画的趣味,还蕴含了做人的趣味,映射出他处世的淡泊。

逸马杀犬于道^①　冯梦龙(明)

　　欧阳公在翰林时^②,常与同院出游。有奔马毙犬,公曰:
"试书其一事。"一曰:"有犬卧于通衢^③,逸马蹄而杀之。"一
曰:"有马逸街衢,卧犬遭之而毙。"公曰:"使子修史,万卷未
已也。"曰:"内翰云何^④?"公曰:"逸马杀犬于道。"相与一笑。

——《古今谭概》

【注释】

　　①逸马:脱缰奔跑的马。

　　②欧阳公:欧阳修,字永叔,号醉翁、六一居士,吉水(今属江西)
人。北宋文学家、史学家。曾任枢密副使,参知政事等职。谥文忠。

　　③通衢(qú):四通八达的道路。

　　④内翰:翰林。这里指欧阳修。

【译文】

　　欧阳修在翰林院供职时,经常和同事到外面游玩。一次,有一
匹脱缰的奔马踩死了一只狗子,欧阳修说:"大家不妨试着把这件事
记载下来。"一人说:"有只狗躺在四通八达的道路上,脱缰的奔马用
蹄子踏死了它。"另一个人说:"有马在街道上狂奔,躺着的狗遇上它
而死。"欧阳修说:"要你们撰写史书,恐怕一万卷也写不完。"一人问
他:"你怎么记这件事呢?"欧阳修说:"脱缰的奔马在大道上踩死了
一只狗。"说完,大家共同一笑。

【品读】

　　这段戏文记欧阳修等三人分别记述"奔马毙犬"一事,欧阳修
对前二人拟记的文字不以为然,认为失在烦琐,而他拟记的文字
简洁。应该说,三人拟记表现了各自的风格,无所不可,但从修史
来看仍有高下之分。

曾文正公教后学　徐　珂（清）

　　曾文正尝教后学云：六经以外[①]，有不可不熟读者，凡七部书，曰：《史记》、《汉书》、《庄子》、《说文》、《文选》、《通鉴》、《韩文》也。盖《史记》、《汉书》，史学之权舆[②]。《庄子》，诸子之英华也。《说文》，小学之津梁也[③]。《文选》，辞章之渊薮也[④]。史汉时代所限，恐史事尚未全，故以《通鉴》广之。《文选》骈偶较多，恐真气或渐漓，故以《韩文》振之。

——《清稗类钞》

【注释】

　　①六经：六部儒家学派经典，即：《诗》、《书》、《礼》、《乐》、《易》、《春秋》。

　　②权舆：开端。

　　③小学：训诂、文字、音韵学。

　　④渊薮：事物会集的地方。

【译文】

　　曾文正（曾国藩）曾经教育弟子说：六经以外不能不熟读的一共有七部书，即：司马迁《史记》、班固《汉书》、庄周《庄子》、许慎《说文解字》、昭明太子《文选》、司马光《资治通鉴》、韩愈《韩文》。因为《史记》、《汉书》是史学的开端，《庄子》是诸子散文的精华，《说文解字》是训诂、文字、音韵的桥梁，《文选》是文辞、章法的集中地。《史记》、《汉书》受时代的局限，记叙的历史还不完备，所以用《资治通鉴》来扩大它。《文选》的骈文、对偶比较多，担心自然的生气或许会渐渐消散，所以用《韩文》来振作它。

【品读】

　　西汉以后，读书人皓首穷一经的事常有，曾国藩是饱学之士，主张读书广博，他对必读书的选择、确定，涉及经、史、子、集，表现了不凡的读书识见。

老鼠的勉励　徐　珂（清）

顾亭林居家恒服布衣①,附身者无寸缕之丝。当著《音学五书》时,《诗本音》卷二稿再为鼠啮,再为誊录,略无愠色。有劝其翻瓦倒壁一尽其类者,顾曰:"鼠啮我稿,实勉我也。不然,好好搁置,焉能五易其稿耶?"

【注释】

①顾亭林:顾炎武,初名绛,字宁人,号亭林,江苏昆山人。明末曾任兵部职方郎中。入清,拒不为官,潜心学问之途,开清代朴学风气,著述丰厚。

②啮(niè):咬。

【译文】

顾炎武在家里,总是穿着布衣服,贴身的没有一点丝绸。他撰写《音学五书》的时候,《诗本音》卷二的稿子被老鼠咬坏了两次,他口抄了两次,脸上没有一点怨愤的颜色。有人劝他翻瓦倒壁,把老鼠统统消灭,顾炎武说:"老鼠咬我的书稿,实际上是勉励我。不然,我的书稿好好放着,怎么能够五次改动呢?"

【品读】

文人素来珍视自己的文稿,顾炎武倒有些奇特。顾炎武这样好的雅量不是不爱惜自己的劳动成果,而是正视现实,积极进取,表现出一种可贵的人生精神。

怪　癖　徐　珂（清）

永嘉项维仁善画。嗜酒,性孤僻,不乐与人交。人属以画辄大怒,或且申申詈不已①。其画无师法。每当大风雨,辄饮酒极醉。破笠赤脚，登屋后山绝顶，蹲踞而遗。观其冈峦之冥蒙②，云树之迷互③，鼓掌狂叫。疾走归，据案伸纸，奋笔直追，濡染淋漓，烟气弥漫。画已，张壁间，复取斗酒赏之，且饮且注视。良久，忽大哭，立毁之，弃炉火中。他日风雨复然，卒不知其故也。

——《清稗类钞》

【注释】

①申申：重复，再三。

②冥蒙：昏暗不明的样子。

③迷互：交错而迷茫。

【译文】

浙江永嘉的项维仁善画画，特别好酒，性格孤僻，不喜欢和人交往。别人托他画画，他就大发脾气，或者不停地骂人。他的画不讲究师法。每当大风大雨的时候，他喝得烂醉，戴着破笠帽、光着脚，登上房屋后的山顶，蹲在那里大便，观看昏暗不明的山峰、交错而迷茫的乌云、树木，拍着巴掌发狂地大声喊叫。然后，快步回家，伏案打开纸，奋笔疾画，酣畅运笔，烟气弥漫。画完，把画挂在墙壁上，又拿出一斗酒、边喝酒、边欣赏。过了很久，他忽然大哭起来，马上把画毁了，扔在炉火里。另一天刮风下雨的时候他又是这样，始终不知道是什么缘故。

【品读】

艺术家总有些怪癖，项维仁怪得奇特，不过从他作画的过程看，项维仁是很放任性情的人，既取材于风雨中的自然，又以性情入画，深得作画三昧。

卖书画要现银　徐　珂（清）

兴化郑板桥大令燮①，学鬻书画以自给②。其润格云③：

"大幅六两,中幅四两,小幅二两,书条对联一两,扇子斗方五钱④。凡送礼物食物,不如白银为妙。盖公之所送,未必即弟之所好也。若送现银,则中心喜悦,书画皆佳。礼物既属纠缠,赊欠尤恐赖帐。年老神倦,不能陪诸君子作无益语言也。"又诗云:"画竹多于卖竹钱,纸高六尺价三千。任渠话旧论交接⑤,只当春风过耳边。"

——《清稗类钞》

【注释】

①郑板桥:郑燮,字克柔,号板桥,江苏兴化人,清代书画家、文学家。曾任范县、潍县知县,罢官后以卖字画为生。

②鬻(yù):卖。

③润格:润笔价格,即字画售价标准。

④斗方:一尺见方。

⑤渠:他。

【译文】

兴化郑板桥大名郑燮,曾经卖书画维持自己的生活。他卖字画的价格标准是:"大幅六两银子、中幅四两银子、小幅二两银子,书写长条对联一两银子、一尺见方的扇子五钱银子。凡是送礼物、食物的,不如送白银为好。因为你所送的,不一定是我喜欢的。如果送上现银,我心里就很高兴,写的字、画的画都好。送礼物就是纠缠,赊欠我特别担心会赖账。我年纪大了,精神疲倦,不能陪各位说些没有用的话。"他又写了一首诗:"画竹多于卖竹钱,纸高六尺价三千。任他话旧论交情,只当春风过耳边。"

【品读】

卖字、画收取现钱无可非议,但在艺术家中,能够像郑板桥把话说得这样透彻明了的并不多见。显然,这表现出的不是他的艺术风格,而是待人处世的风格,其间也蕴含着生活的无奈和为人的坦荡。

乔山人善琴　　徐　珂（清）

国初，有乔山人者善弹琴。精于指法，尝得异人传授。每天断林荒楚间①，一再鼓之，凄禽寒鹘②，相和悲鸣。后游郢楚③，于旅中独奏洞庭之曲。邻媪闻之，咨嗟愤叹。既阕④，曰："吾抱此半生，不谓遇知音于此地。"款扉扣之⑤。媪曰："吾夫存日，以弹絮为业。今客鼓此，酷类其声耳。"

——《清稗类钞》

【注释】

①楚：矮小丛生的木本植物，也称"荆"。

②鹘（gǔ）：一种凶猛的鸟。

③郢楚：即楚郢，古地名，春秋战国时楚国的都城，今湖北江陵。

④阕（què）：止息，终了。

⑤款：扣，敲。

【译文】

清朝初年，有个乔山人很会弹琴，曾经得到奇人传授，指法精湛。他常常在残毁的树林、荒凉的荆棘丛中弹奏，一弹再弹，那凄切、孤独的鸟，相和悲鸣。后来，他在南方的古楚国都城江陵游学，旅行途中弹奏洞庭曲，邻居老太婆听了，哀惋叹息。乔山人弹完了，自言自语地说："我弹了半辈子琴，没有想到在这里遇到了知音。"就敲门问她。老太婆说："我丈夫活着的时候，以弹棉絮为职业。现在你弹的琴声，特别像他弹棉絮的声音。"

【品读】

弹琴遇知音总是人间的佳话，乔山人心盼知音，惹出一个误认为听他弹琴而感叹的老太婆是知音的笑话。这则小品有一种含而不露的幽默，令人捧腹。

以弈终身 徐 珂（清）

周懒予，嘉兴人也。少好弈，家故贫。大父母、父母督之使读，又督之使贾，皆弗愿也。辄窃出，与人弈，禁之不可。与人赌彩，屡获胜，夜则累累负金钱归，乃不之禁。后遂以弈遨游郡邑。时过百龄方负第一手之誉，懒予不为下，数与对局，懒予多胜之。一日，弃家去，莫知所之。若传其在海外以技为某国王师。既而归，以弈终其身。

——《清稗类钞》

【译文】

周懒予是浙江嘉兴人，从小喜欢下棋，而家里一向很穷。他的祖父母、父母亲督促他读书，又要他做生意，但他都不愿意，总是偷偷溜出去和别人下棋，父母禁也禁不了。他以下棋与人赌彩，多次获胜，晚上就背了许多金钱回家，父母就不再禁止他下棋。后来，周懒予就以下棋在郡县游玩。当时，过百龄正享有第一棋手的声誉，懒予的棋艺不在他下。他多次和过百龄下棋，常常战胜他。一天，周懒予抛弃家庭走了，没有人知道他去了哪里。有人说他在海外以棋艺做某国国王的师傅。不久，他回来了，以下棋度过了自己的一生。

【品读】

下棋，古来视为末技，但人生在世，各有趣味，一辈子下棋，自是一种人生。况且行行出状元，棋艺天下一流，以棋终身也还是很值得的。

蒲松龄路旁搜奇 易宗夔（近）

蒲留仙居乡里①，落拓无偶②，性尤怪诞，为村中童子师

人間掌故

以自给，不求于人。其作《聊斋志异》时，每临晨，携一大瓷罂③，中贮苦茗，又具淡巴菰一包，置行人大道旁。下陈芦席，坐于上，烟茗置身畔。见行者过，必强执与语，搜奇说异，随人所知。渴则饮以茗，或奉以烟，必令畅谈乃已。偶闻一事，归而润色之。如是二十余年，此书方告成，故笔法超绝。

——《新世说》

【注释】

①蒲留仙：蒲松龄（1640—1715 年），字留仙，一字剑臣，别号柳泉居士，人称聊斋先生，山东淄川（今山东淄博）人。清代文学家。以《聊斋志异》名世。

②落拓：落泊，穷困失意。

③罂（yīng）：小口大腹的盛酒器。

【译文】

蒲松龄住在乡里时，穷困无友，性情古里古怪，在村子里教孩子们念书维持生活，不求外人施舍。他写《聊斋志异》的时候，每天清晨，带着一个大瓷坛子，里面装着苦茶，又准备了一包淡巴菰，放在行人来往的大路旁边。下面垫着芦席，自己坐在上面，把烟、茶放在身边。他见到路过的人，就硬拉着说话，搜集别人知道的奇异故事，口渴了请喝茶，或者是献上烟，一定要别人开怀畅谈才算完。偶尔听到一个故事，回家后就进行加工。像这样搞了二十几年，这本书才写成，所以笔法超群脱俗，不同一般。

【品读】

非凡的作品有作家非凡的辛苦，耐清贫，守寂寞，持之以恒在所难免。《聊斋志异》之所以为人称道，和这些息息相关。当今讲作家要深入生活，深入民间，蒲松龄所为当给今人以启示。

名 士

匡衡穿壁引光　　葛　洪(晋)

匡衡①,字稚圭,勤学而无烛。邻舍有烛而不逮。衡乃穿壁引其光,以书映光而读之。邑人大姓文不识②,家富多书,衡乃与其佣作而不求偿。主人怪问衡,衡曰:"愿得主人书遍读之。"主人感叹,资给以书,遂成大学。

衡能说《诗》③,时人为之语曰:"无说《诗》,匡鼎来;匡说《诗》,解人颐。"鼎,衡小名也。时人畏服之如是,闻者皆解颐欢笑。衡邑人有言《诗》者,衡从之与语,质疑,邑人挫服④,倒屣而去。衡追之曰:"先生留听,更理前论!"邑人曰:"穷矣!"遂去不顾。

——《西京杂记》

【注释】

①匡衡:西汉经学家,元帝时任丞相,封乐安侯。

②文不识:人名,生平不详。

③《诗》:即《诗经》。

④挫服:指因不能答疑而屈服。

【译文】

匡衡,字稚圭,小时候勤奋好学,家里穷得连蜡烛都买不起。隔壁邻居家有蜡烛,可惜照不到匡衡这边;匡衡就在墙上凿了一个小孔引过光来,把书拿到小洞旁借着光看。本地一个富贵的大族文不识,家里很富有,且藏书也多,匡衡就给他帮工但不要报酬。主人觉得很奇怪,就问匡衡,匡衡说:"我希望能把主人所有的书都读一读。"主人听后大为感叹,就借给他书看。后来,匡衡终于在学术上达到了很高成就。

匡衡能解说《诗经》，当时的人们曾这样说："不要随便解释《诗经》，免得在匡鼎面前出丑；匡鼎解说《诗经》，能解除人们的疑惑，使人开颜而笑。"鼎，是匡衡的小名。从这些话中，足可看出当时人们对匡衡敬畏、佩服的程度。的确，凡听过匡衡说《诗经》的人，都能疑团顿释，开口而笑。匡衡有一个同乡，也能讲《诗经》，匡衡就与他交谈，提出问题，向他求教。那人答不上来，转身离开。匡衡还追着他问："先生先停下听我说，请你再谈谈前边的观点！"那人说："没得可说了。"说罢便径直离去，头也不回。

【品读】

小品写的"穿壁引光"（也作"凿壁偷光"）的故事后来广为流传，成为尽人皆知的佳话。后因用为刻苦好学的典故，唐代独孤铉还曾专门写了一篇《凿壁偷光赋》。

卓文君卖酒　葛　洪（晋）

司马相如初与卓文君还成都①，居贫愁懑，以所着鹔鹴裘就市人阳昌贳酒②，与文君为欢。既而文君抱颈而泣曰："我平生富足，今乃以衣裘贳酒！"遂相与谋，于成都卖酒。相如亲着犊鼻裈涤器③，以耻王孙。王孙果以为病，乃厚给文君，文君遂为富人。

文君姣好，眉色如望远山，脸际常若芙蓉，肌肤柔滑如脂。十七而寡，为人放诞风流④，故悦长卿之才而越礼焉⑤。

长卿素有消渴疾⑥，及还成都，悦文君之色，遂以发痼疾。乃作《美人赋》，欲以自刺，而终不能改，卒以此疾至死。文君为诔⑦，传于世。

——《西京杂记》

【注释】

①司马相如:字长卿,成都人,西汉著名辞赋家。卓文君:临邛县富豪卓王孙的女儿,年轻时守寡,后与司马相如私奔。

②鹔(sù)鹴(shuāng)裘:川鹔鹴羽毛织的成衣。鹔鹴,形似雁的绿色水鸟。贳(shì)酒:用物作抵押,换酒来喝。

③犊鼻裈(kūn):齐膝的短裤。

④放诞风流:指言行不拘礼法。

⑤越礼:指卓文君与司马相如私奔。

⑥消渴疾:中医学病名,包括糖尿病、尿崩症等。

⑦诔:与祭文性质相近,是哀悼死者的一种文体。

【译文】

司马相如与卓文君私奔,刚回到成都时,因生活贫困而忧愁。相如把穿的鹔鹴裘拿到买卖人阳昌处抵押,换酒来喝,与文君穷中作乐。过了不久,文君抱着脖子哭泣着说:"我平生富足,没想到如今竟沦落到用所穿的皮衣换酒喝的地步!"两人就一起商量定计,在成都街上开小铺卖酒。相如亲自穿着短裤衩洗刷器皿,故意借此来羞辱卓王孙。卓王孙果然以此为忧,感到丢脸,于是给了文君很多财物,文君才又成为富有的人。

卓文君容颜姣好。她眉样美好,如望远山;脸上白里透红,就像盛开的荷花;肌肤柔嫩细腻,好像凝脂一样。她十七岁时死了丈夫,为人不拘礼法,因倾慕司马相如的才华,未经父母允许,就私自投奔了他。

司马相如一向就有消渴疾的毛病,等到回到成都,因为爱悦、贪恋文君的美色,而使旧病复发,于是他写了《美人赋》,借以讥刺自己的贪色,但最终还是不能控制住自己,终于因老毛病而死。相如去世后,文君写下诔文来哀悼他。那篇诔文一直流传于世。

【品读】

据传,卓文君善鼓琴,丧夫后家居。后司马相如在卓家赴宴,用琴曲挑逗文君,文君在夜间私自逃奔相如,同归成都,当垆卖酒。这个故事浪漫传奇,流行民间,旧小说、戏曲曾取为题材。

智隔卅里　　裴　启（晋）

　　杨修字德祖①，魏初弘农华阴人也。为曹操主簿。曹公至江南②，读《曹娥碑文》，背上别有八字，其辞云："黄绢幼妇外孙蒜臼"。曹公见之不解，而请德祖："卿知之不?"德祖曰："知之。"曹公曰："卿且勿言，待我思之。"行卅里③，曹公始得。令祖先说。祖曰："黄绢，色丝——'绝'字也。幼妇，少女——'妙'字也。外孙，女子——'好'字也。蒜臼，受辛④——'辤'字也⑤。谓'绝妙好辤'。"曹公笑曰："实如孤意。"俗云：有智无智隔卅里，此之谓也。

——《语林》

【注释】

　　①杨修：汉太尉杨彪之子，好学有才俊。曾为丞相曹操的主簿，后因屡次恃才迕操，为操所忌，因故杀之。

　　②曹公至江南：指曹操南征。

　　③卅：三十的省写。

　　④受辛：容受辛辣之物，如蒜、葱之类。

　　⑤辤：辞字古写。

【译文】

　　杨修字德祖，是三国魏初弘农华阴人。他在曹操手下担任主簿之职。曹操南征到江南时，读到《曹娥碑文》，碑的背面另外刻着八个字，是这样的："黄娟幼妇外孙蒜臼"。曹操看后，弄不清这八个字是什么意思，便问杨修："你知道不?"杨修回答说："知道。"曹操又说："你先暂时不要说出来，让我仔细想一想。"走了三十里，曹操才想出来。他让杨修先说。杨修说："黄绢，是色丝（有颜色的丝织物），色丝合起就是个'绝'字。幼妇，就是少女，少女两字相合便是一个'妙'字。外孙，就是女子，女子两字合起来正是一个'好'字。

而蒜臼,是捣蒜的臼,是容受辛辣之物的地方,这'受辛'加在一起,不就是'辤'(辞)吗?八个字合在一块的意思是'绝妙好辤'。"曹操笑笑说:"你说的和我考虑的正好一样。"俗话讲:有智无智隔三十里,说的正是这件事。

【品读】

本小品写的是曹操与杨修猜字谜的游戏,谁更聪明敏捷自然十分清楚。据传,曹操平定汉中后打算撤走,出令叫"鸡肋"。人们都不明白这两字是什么含义。杨修说:"鸡肋,食之无味,弃之可惜,曹公撤走的主意已定。"不久,曹操果然回师。正因为杨修聪明过人,反应敏捷,惹得曹操忌恨在心。后来曹操借别的事由把杨修杀掉了。

王逸少坦腹　刘义庆(南朝·宋)

郗太傅在京口①,遣门生与王丞相书②,求女婿。丞相语郗信:"君往东厢任意选之。"门生归白郗曰:"王家诸郎亦皆可嘉。闻来觅婿,咸自矜持。唯有一郎在床上坦腹卧,如不闻。"郗公云:"此正好。"访之,乃是逸少③,因嫁女与焉。

——《世说新语》

【注释】

①郗太傅:郗鉴,东晋人,曾任安西将军、车骑将军、太尉等职,卒谥文成。京口:今江苏镇江。

②王丞相:即王导,东晋名臣。

③逸少:王羲之,字逸少,王导同族兄弟之子,曾任右军将军,以书法闻名于世。

【译文】

郗太傅在京口的时候,专门派门客送了一封信给王丞相,想在他的子弟中找一个女婿。丞相对郗太傅的使者说:"您到东厢房任意挑选吧。"门客回去禀告郗太傅说:"王家几个儿子也都还可爱。他们听见说有人来挑选女婿,都故作庄重。只有一个人露着肚皮躺在床上,就像什么消息都没听到似的。"郗公说:"这个人正合适。"派人再一寻访,那人原来是王羲之,郗太傅便把女儿嫁给了他。

【品读】

我国古代称女婿为"东床",就是本于这个小故事。人们常说:自自然然最是真。王羲之坦腹而卧,以十分淡然的态度对待择婿,正好表现了他超尘脱俗、无心攀附权贵的高洁品性,这与他那故作矜持状的兄弟们恰恰形成了鲜明对照。

雪夜访戴　刘义庆(南朝·宋)

王子猷居山阴①。夜大雪,眠觉,开室,命酌酒。四望皎然,因起彷徨,咏左思《招隐》诗②。忽忆戴安道③;时戴在剡④,即便夜乘小船就之。经宿方至,造门不前而返。人问其故,王曰:"吾本乘兴而行,兴尽而返,何必见戴?"

——《世说新语》

【注释】

①王子猷(yóu):王徽之,字子猷,王羲之的儿子。山阴:今浙江省绍兴。

②左思:西晋时著名文人。

③戴安道:戴逵,书画家、音乐家,隐居不仕。

④剡(shàn):剡县,即今浙江嵊州市。有剡溪,为曹娥江上游,自山阴可溯流而上。

【译文】

王子猷居住在山阴。有一天夜晚,大雪纷飞,他从睡梦中醒来,打开房门,让人酌酒来喝。往外四下一望,只见白茫茫一片,王子猷于是起身,在屋子里踱起步来,他一边慢慢走,一边吟诵左思那两首歌咏隐士的《招隐》诗。他忽然想起了友人戴安道。这时戴安道远在剡县，王子猷就立即在雪夜里乘小船去造访他。天亮时王子猷才到达戴安道那儿，但已经到了门前，却不进去，而转身乘船回去了。有人问他为什么这样，王子猷说：我本来是趁着一时高兴前来，现在高兴劲儿过了便回去，何必要见戴安道呢？"

【品读】

　　社会动乱，政治昏暗，一些文人士子因愤世嫉俗，崇尚庄老，主张所作所为任其自然，超越礼俗。王子猷雪夜访戴，正是那种任性适情人生观的具体表现。这大概也算是名士风流之一种吧！

温峤娶妇　刘义庆（南朝·宋）

　　温公丧妇①。从姑刘氏②，家值乱离散；唯有一女，甚有姿慧，姑以属公觅婚。公密有自婚意，答云："佳婿难得，但如峤比云何？"姑云："丧败之余，乞粗存活，便足慰吾余年，何敢希汝比。"却后少日，公报姑云："已觅得婚处。门地粗可，婿身名宦，尽不减峤。"因下玉镜台一枚。姑大喜，既婚交礼，女以手披纱扇，抚掌大笑曰："我固疑是老奴，果如所卜。"玉镜台是公为刘越石长史北征刘聪所得③。

——《世说新语》

【注释】

　　①温公：即温峤，晋太原祁县人，字太真。官至骠骑大将军，卒谥忠武。《晋书》有传。

　　②从姑：从祖姑的简称，即父亲的堂姊妹。

　　③刘越石：即刘琨，字越石，晋中山魏昌人，曾任大将军、侍中太尉等职。

【译文】

　　温公的妻子去世了。他的从祖姑刘氏，家庭因战乱而离散。刘氏只有一个女儿，长得非常漂亮，人也挺聪明。刘氏嘱托温公为女儿找个婆家。温公内心里很有意思自己娶从祖姑的女儿，便对刘氏说："如今好女婿很难找，不知像我这样的怎么样?"刘氏说："碰上战乱，如今家庭衰败，只要能过活度日，便足以安慰我这把老骨头了，哪敢奢望找个比得上你的女婿哟!"过了没几天，温公去告诉从祖姑说："我已找到一户人家，门第还不错，女婿是有名的大官，各方面条件都不比我差。"他还给了刘氏一枚玉镜台作为订婚的礼物。刘氏非常高兴，等到完婚行礼，从祖姑的女儿用手揭起纱扇，拍着巴掌大笑说："我本来就猜测是这个老家伙，果然不出我料。"原来，那订婚的玉镜台正是温公本人的，是他为长史刘琨北征刘聪时所得。

【品读】

　　小品写的温峤娶妇，就颇为生动有趣。短文的情节很简单，但作者通过很少的细节和对话，就把温峤的富于心计、优游洒脱，从姑女儿的爽朗诙谐充分表现出来了。全文不足二百字，但故事完整，韵味十足，实属难得。

床头捉刀人　刘义庆（南朝·宋）

　　魏武将见匈奴使①，自以形陋，不足雄远国，使崔季珪代②，帝自捉刀立床头。既毕，令间谍问曰："魏王何如?"匈奴使答曰："魏王雅望非常③，然床头捉刀人④，此乃英雄也。"

　　　　　　　　　　　　　　　　——《世说新语》

【注释】

　　①魏武：即三国时魏王曹操，子曹丕称帝后追尊为魏武帝。

　　②崔季珪：崔琰，字季珪。史书上说他声姿高畅，眉目疏朗，须长四尺，甚有威重。

　　③雅望：高雅的威望。

　　④床头：指坐榻的一端。捉刀：握刀。

【译文】

魏武帝曹操将要会见匈奴的使者。他认为自己相貌丑陋，不能在远方来的外国使臣面前显示出雄壮威武的风度，就让眉清髯长、身材魁梧的崔季珪代替他，装成魏王。曹操自己则握刀站在榻边，扮作侍卫。接见完毕，曹操便派了个侦探，去问匈奴使者："你觉得魏王这人怎么样？"匈奴使者回答说："魏王丰采高雅，令人敬仰，然而床旁那个握刀的人，才真是一位英雄呢！"

【品读】

人不可貌相，海水不可斗量。看一个人是不是英雄，主要不是看他长相如何，身材怎样，而是要看他的风神气度。匈奴使者一眼看出曹操是个英雄，确实目光敏锐，识见不凡。

望梅止渴 刘义庆（南朝·宋）

魏武行役失汲道，军皆渴，乃令曰："前有大梅林，饶子①，甘酸可以解渴。"士卒闻之，口皆出水，乘此得及前源。

——《世说新语》

【注释】

①饶子：很多果子。饶，多，丰富。

【译文】

魏武带领部队行军，途中找不到水源，全体将士都渴极了。这时，魏武就传令说："前边有一片大梅林，满林子都是梅子，又甜又酸，可以用来解渴。"将士们听说了，一个个都馋得流出口水来，精神大振。魏武趁此带领部队快速前进，到达了前面有水源的地方。

【品读】

希望，是黑夜里的一盏灯，是冬天里的一把火。它能给人信心、力量和勇气。只要看到希望，人们就能在艰难困苦中奋勇前行。而人一旦失去了希望，那后果将不堪设想。

二陆优劣　　郭澄之（晋）

卢志于众中问陆士衡①："陆抗是卿何物？"②答曰："如卿于卢毓。"③士龙失色④。既出户，谓兄曰："何止于此！彼或有不知。"士衡正色曰："我祖父名播海内，宁有不知？"识者疑两陆优劣，谢安以此定之。

——《郭子》

【注释】

①卢志：字道子，西晋人，善书法。陆士衡：即陆机，字士衡，西晋文学家，与其弟陆云被世人合称为"二陆"。

②陆抗：字幼节，三国时吴国名将陆逊之子，"二陆"的祖父，也是吴国名将。

③卢毓：字子家，三国时军阀卢植之子，卢志的祖父，魏时官至吏部尚书。

④士龙：即陆云，字士龙，西晋文学家。

【译文】

卢志当着众人问陆机："陆抗是您什么人？"陆机回答说："就像你与卢毓的关系。"陆云听后脸色都变了。等到出了门，陆云对哥哥说："何至于这样，对方或许是真不知情。"陆机板着脸说："我们祖父名扬海内，哪有不知道的？"识者分辨不出陆氏兄弟谁优谁劣，谢安依据这件事来评判二人。

【品读】

这件小事，表面上是写陆氏兄弟的不同个性，实际上反映的是两种不同的待人接物的态度和修养境界。古人客观地记下这件事，不说优劣，其实二人的优劣已一目了然。

郭汾阳轶事　　赵　璘（唐）

郭汾阳在汾州①，尝奏一州县官②，而敕不下。判官张昙言于同列,以令公勋德③,而请一吏致阻,是宰相之不知体甚也④。汾阳王闻之,谓寮属曰⑤:"自艰难以来⑥,朝廷姑息方镇武臣⑦,求无不得。以是方镇跋扈,使朝廷疑之,以致如此。今子仪奏一属官不下,不过是所请不当圣意。上恩亲厚,不以武臣待子仪,诸公可以见贺矣!"闻者服其公忠焉。

王在河中⑧,禁无故走马,犯者死。南阳夫人乳母之子抵禁⑨,都虞侯杖杀。诸子泣告于王,言虞侯纵横之状,王叱而遣之。明日,对宾寮吁叹者数四。众皆不晓,徐问之,王曰:"某之诸子,皆奴材也。"遂告以故曰:"伊不赏父之都虞侯,而惜母之阿奶儿,非奴材而何?"

——《因话录》

【注释】

　①郭汾阳:即郭子仪,唐代名臣,被封为汾阳郡王。汾州:唐州名,辖境在今山西中部。

　②奏:给皇帝上表,此处指弹劾官员。

　③令公:郭子仪官至太尉中书令,世称郭令公。

　④"是宰相"句:这说明宰相太不明事理(郭的奏书要经宰相处理)。体,事情的体统。

　⑤寮:同"僚"。

　⑥艰难以来:此处特指安史之乱以后。

　⑦方镇:针守一方的军事区域或长官。

　⑧河中:唐代方镇名,辖有五个州府,在今山西西南部。

　⑨南阳夫人:郭子仪夫人。

【译文】

　郭于仪在汾州时,曾上表皇帝,弹劾州里的一个县官,而皇帝迟迟不予批复。判官张昙在同僚中说,凭郭令公的功业和品德,而请求处置一个官吏还受到阻挠,这说明当朝宰相太不懂事了。郭子仪听说后，对手下属官说；"自安史之乱以来，朝廷姑息方镇的节度使，有求必应。因此方镇骄横跋扈，致使朝廷对他们不放心，以致到如今这样子。现在我郭子仪弹劾一个属官没有得到答复，不过是所请求的事不合皇上的意思。皇上对我恩德亲厚，不把我当节度使对待（即不是像节度使那样有求必应），诸位应该恭贺我呢！"旁边的人都十分佩服郭令公的忠诚。

郭子仪在河中时，禁止无故跑马，违者处死．南阳夫人乳母的儿子触犯了禁令，军中执法长官将他用棍子打死。郭子仪的几个儿子哭着把这事报告了父亲，指责军中执法长官太放肆，郭子仪把儿子们呵斥一顿后赶走了。第二天，郭子仪对来客、属下长吁短叹了好几次。大家都弄不清是什么事，绕着弯子问他，他说；"我的几个儿子，都是奴才啊！"随即他把缘故讲了，最后说："他们不赞赏父亲手下依法行事的军中执法官，而怜惜母亲乳母的儿子，不是奴才又是什么？"

【品读】

郭子仪是唐代的鼎鼎名臣。平定安史之乱，他功劳第一。肃宗皇帝曾对他说："国家再造，卿力也。"史书上讲，郭子仪事上忠，御下恕，赏罚必信。这里的两则轶事，第一则是表现他对朝廷的"忠"，第二则轶事表现郭子仪不徇私情的执法精神和对事物的深刻判断力。

牵红丝娶妇　　王仁裕（五代）

郭元振①，少时美风姿，有才艺。宰相张嘉贞欲纳为婿②。元振曰："知公门下有女五人，未知孰陋，事不可仓卒，更待忖之。"张曰："吾女各有姿色，即不知谁是匹偶。以子风骨奇秀，非常人也，吾欲令五女各持一丝幔前，使子取便牵之，得者为婿。"元振欣然从命，遂牵一红丝线，得第三女，大有姿色,后果然随夫贵达。

——《开元天宝遗事》

【注释】

　　①郭元振:名震,以字显。唐咸亨四年进士,武后时为凉州都督,睿宗二年罢相,封代国公。

　　②张嘉贞:开元中拜中书令,卒谥恭肃。

【译文】

　　郭元振,年轻的时候英俊潇洒,有才有艺。宰相张嘉贞想招郭为女婿。元振说:"我知道您门下有五个女儿,不知哪个丑,哪个漂亮。这事不可匆匆忙忙,还等我仔细考虑考虑。"张嘉贞说:"我的五个女儿都很不错,各有姿色,只是不知哪位能与你匹配?你风骨奇秀,不是一个平常之人,我想让五个女儿各自拿一根丝线站在帏幔前,你隔着幔子从中挑选一根丝线牵着,那个被牵的就与你相配。"元振欣然从命,后来他牵了一根红丝线,得到了张嘉贞的第三个女儿,一见,长得非常美丽。这三女儿后来果然跟着元振富贵显达。

【品读】

　　人们常有"千里姻缘一线牵"之说。这郭元振还真是牵红线选媳妇呢。婚姻是人生大事,神圣庄重,非同儿戏,但在恋爱、嫁娶的过程中,来点浪漫传奇的插曲,才更值得回味呢。

吕蒙正不为物累　欧阳修（宋）

　　吕文穆公蒙正以宽厚为宰相①,太宗尤所眷遇。有一朝士家藏古鉴②,自言能照二百里,欲因公弟献以求知③。其弟伺间从容言之,公笑曰:"吾面不过碟子大,安用照二百里?"其弟遂不复敢言。闻者叹服,以为贤于李卫公远矣④。

盖寡好而不为物累者，昔贤之所难也。

——《归田录》

【注释】

①吕文穆公蒙正：吕蒙正，字圣功，宋河南人，曾任知制诰、参知政事、中书侍郎、平章事、吏部尚书等职，三度入相，卒谥文穆。

②古鉴：古镜。

③因：依靠。此处意为通过。

④李卫公：李靖，唐初大将，以功封卫国公。

【译文】

文穆公吕蒙正为人宽厚，官至宰相，宋太宗尤其器重他。有一个朝臣家里收藏了一面古镜，自称能照两百里远。朝臣想通过吕蒙正的弟弟把古镜送给吕，以求得到他的重视。吕蒙正的弟弟瞅到机会后，就故作不经意地在哥哥面前提起这事。吕蒙正笑着说："我的脸不过碟子大，哪里用得着能照二百里的镜子？"他弟弟便不敢再往下说了。听说过这件事的人都佩服、赞叹吕蒙正，认为他比唐代的李卫公要贤明得多。没有特别的嗜好（指物欲之类）并不受外物的牵累，这是古代的贤人都很难做到的。

【品读】

本小品通过写吕蒙正拒收宝镜，表现他廉洁自律、不受物累的可贵品质。清人梁绍壬《两般秋雨庵随笔》中又重叙此事，另外还加了一则吕蒙正婉拒古砚的轶事，也很风趣。

刘石对饮　欧阳修（宋）

石曼卿磊落奇才①，知名当世，气貌雄伟，饮酒过人。有刘潜者②，亦志义之士也，常与曼卿为酒敌。闻京帅沙行王氏新开酒楼，遂往造焉。对饮终日，不交一言。王氏怪其所饮过多，非常人之量，以为异人；稍献肴果③，益取好酒，奉之甚谨。二人饮酒自若，傲然不顾。至夕，殊无酒色，相揖而去。明日，都下喧传王氏酒楼有二酒仙来饮。久之，乃知刘石也。

——《归田录》

【注释】

①石曼卿：即石延年，字曼卿，宋代宋城人，真宗时任大理寺丞。

②刘潜：字仲方，宋定陶人，曾任蓬莱知县。

③稍：甚，颇。

【译文】

石曼卿为人坦荡，是个奇才，在当时很有名气.他身材魁梧，气度不凡，酒量过人。还有一个人叫刘潜，也是一个胸有大志、性情豪爽的人，与石曼卿是饮酒上的对手。他们听说京城沙行有个姓王的新开了一家酒楼，就前往探访。两人对饮了一整天，互相间一句话也没说。老板王氏奇怪他们饮了那么多酒，酒量大大超过了普通人，以为他们是神异之人。老板又送上许多好菜好果，更取来好酒，非常恭谨地招待二人。两人喝酒吃菜，神情自若，傲然不顾。到傍晚，两人都没有一点醉意，相互作揖，随后离开了酒楼。第二天，京城里盛传两位酒仙到王氏酒楼饮过酒。过了好久，人们才知道那"酒仙"是石曼卿、刘潜二位。

【品读】

在中国文化中，酒常常是与豪放、激情、侠义等相联系的，与英雄、壮士、诗人等不可分。本小品就是通过写饮酒，来表现石曼卿、刘潜两人的豪宕不羁、卓异不凡。人物一言未发，但那超尘脱俗的形象已跃然纸上。

杨亿戏对寇准　欧阳修（宋）

寇莱公在中书[①]，与同列戏云："水底日为天上日"，未有对,而会杨大年适来白事^②,因请其对,大年应声曰:"眼中人是面前人。"一坐称为的对。

——《归田录》

【注释】

①寇莱公:即寇准,北宋名臣,官至同平章事(宰相),封莱国公。

②杨大年:即杨亿,字大年,宋真宗时任翰林学士,兼史馆修撰判馆事。《宋史》有传。

【译文】

莱国公寇准在中书省时,和同事取乐,他说:"水底日为天上日。"这是上联,没有人对出下联。正巧,这时杨亿来谈事,寇准就请他来对。杨亿顺口就说:"眼中人是面前人。"在座的人都认为他对的下联很工巧。

【品读】

过去的封建官吏大多也是文人墨客,喜欢吟诗作对,怡情悦性。这则小品虽说不上有什么深意,但仍很有情趣。细细品味这副对联,确能让人领会到文中人物的机敏与巧妙。

狄青用兵　　王　铚(宋)

狄青善用兵^①,多智数,为一时所伏。其出师讨侬智高也^②,既行,燕犒士卒于琼林苑中,将士皆列坐。酒既行,青自起巡而问之曰:"儿郎若肯随青者,任其愿同去。若有父母侍养,及家私幼小,畏怯不愿去者,便请于此处自言。若大军一起之后,敢有退避者,惟有剑耳!"于是三军之士感泣自励,至岭外,无一人敢有怠惰者。

——《默记》

【注释】

①狄青:字汉臣,宋汾州西河人。北宋名将,官至枢密使。

②侬智高:宋广源州蛮首领。皇祐四年起兵反宋,自称仁惠皇帝。次年,狄青率兵讨伐他。

【译文】

狄青很会用兵,足智多谋,当时的人都很佩服他。他率兵出师讨伐侬智高,准备出发之前,在琼林苑设宴犒劳士卒,将士们全都在座。行过酒以后,狄青自己起身走了一圈,然后说:"儿郎们如果肯跟随我狄青的,你们就跟我同去。如果有父母要侍养的,或者家私幼小的,或者害怕不愿去的,便请在这里自己说出来。若大军出发之后,敢有退避的,我就只有以剑相待了。"于是三军将士都感泣自励;到了五岭之外,没有一个人敢怠惰的。

【品读】

狄青善兵,更知人。将人情与军法区分以待,先礼后兵。以人性换礼,以军法安心。他短短的几句话,掷地有声,于情、于礼、于法均立于不败,一举三得。狄青真称得上有宋以来第一名将。

诸葛亮择丑妇 习凿齿(宋)

黄承彦高爽开朗①,为沔南名士。谓孔明曰②:"闻君择妇,身有丑女,黄头黑面,才堪相配。"孔明许,即载送之,时人以为笑乐。乡里为之谚曰:"莫作孔明择妇,正得阿承丑女。"

——《襄阳耆旧传》

【注释】

①黄承彦:蜀汉襄阳人,生平事迹不详。

②孔明:诸葛亮,字孔明,三国蜀相。

【译文】

黄承彦性情爽直、开朗,是沔南一带的名士。他对诸葛亮说:"听说您在挑选媳妇,我有个丑女儿,长得黄头黑脸,但很有才华,足以与您相配。"诸葛亮答应就娶黄家女子为妻。黄承彦便用车把女儿送给了诸葛亮，当时的人把这事作为笑话谈论取乐。四周乡村流传着这样两句话："莫作孔明择妇，正得阿承丑女。"

【品读】

聪明绝顶、智谋无双的诸葛亮，却偏偏娶了一个不仅不漂亮反而很丑的女子为妻。这事儿流传了千百年，是真是假，已无从可考。古往今来，仅以色貌取人而自食苦果者实在太多了。看来，在一个人德、才、貌不能兼美时，取哪一点，实在值得慎重考虑呢。

李白之死　洪　迈（宋）

世俗多言李太白在当涂采石①，因醉泛舟于江，见月影，俯而取之，遂溺死，故其地有捉月台。予按：李阳冰作《太白草堂集序》云②："阳冰试弦歌于当涂，公疾亟，草稿万卷，手集未修，枕上授简，俾为序。"又李华作《太白墓志》亦云③："赋临终歌而卒。"乃知俗传良不足信，盖与谓杜子美因食白酒牛炙而死者同也。

——《容斋随笔》

【注释】

①李太白：即李白，字太白，唐代著名诗人。当涂：县名，属安徽省，以江北濠州有涂山而名。

②李阳冰：字少温，唐赵郡人，李白的从叔。曾任过缙云县令、当涂县令。

③李华：唐代文学家。字遐叔，赵州赞皇人。

【译文】

世俗传闻李太白在当涂县采石时，因为喝醉了酒，泛舟江上，见水中有月亮影子，便俯身去捉月亮，结果溺水而死。因此，后人在那里还建造了捉月台。予(指洪迈)按:李阳冰在《太白草堂集序》上写道:"阳冰在当涂弹奏音乐时,李白病势已很危急,有诗文的草稿上万卷,还没能整理;他躺在枕上授简给阳冰,让阳冰作序。"又,李华写的《太白墓志》也说:"(李白)赋临终歌而死。"可知俗传太白捉水中月而死,不足信。这就与世间传说的杜子美因为吃了白酒牛肉而死一样,都是不可信的。

【品读】

本文是对李白之死的考辨,有其学术价值。从艺术审美的角度,我们倒是对被作者否定了的传闻更有兴味。说李白是酒后泛舟,捉水中月而死,这是何等的传奇浪漫。这才是真正的诗仙之死。人们更希望李白真是这么死的。

还 屋 费 衮(宋)

建中靖国元年,东坡自儋①北归,卜居②阳羡。阳羡士大夫犹畏而不敢与之游。独士人邵民瞻,从学于坡,坡亦喜其人,时时相与杖策,过长桥,访山水为乐。

邵为坡买一宅,为钱五百缗,坡倾囊仅能偿之。卜吉入新第,既得日矣。夜与邵步月,偶至一村落,闻妇人哭声极哀,坡徙倚听之③,曰:"异哉,何其悲也!岂有大难割之爱,触于其心欤?吾将问之。"遂与邵推扉而入,则一老妪,见坡,泣自若。坡问妪何为哀伤至是。妪曰:"吾家有一居,相传百年,保守不敢动,以至于我。而吾子不肖,遂举以售诸人。吾今日迁徙来此,百年旧居,一旦诀别,宁不痛心!此吾之所以泣也。"坡亦为怆然。问其故居所在,则坡以五百缗所得者也。坡因再三慰抚,徐谓之曰:"妪之旧居,乃吾所售也。不必深悲,今当以是屋还妪。"即命取屋券,对妪焚之。呼其子,命翌日迎母还旧第,竟不索其直。

坡自是遂还毗陵,不复买宅,而借顾塘桥孙氏居暂憩焉。是岁七月,坡竟殁于借居。

——《梁溪漫志》

【注释】

①儋(dān):儋州,今海南西部。

②卜居:以占卜的方式选择住房。

③徙倚:走过去靠在门边。

【译文】

宋徽宗建中靖国元年,苏东坡被赦免,从儋州北部返回内地,在阳羡选择居室。阳羡的士大夫仍然怕他,不敢和他交往,唯独士人邵民瞻求教于苏东坡,东坡也喜欢他,两人常常一起拄着竹杖,经过长桥,游山玩水为乐。

邵民瞻帮东坡买了一所房子,需钱五百贯。东坡把自己所有的钱掏出来刚够支付。他已经挑定了一个吉利的日子准备搬进新居,这天晚上与邵民瞻在月下散步,来到一个村庄,听到一个妇人很悲伤的哭声。东坡走过去,靠在门外听了听,说道:"奇怪呀!多么悲伤啊!难道有难以割舍的爱恋触动她的心吗?我去问一问。"就和邵民瞻推门进去,原来哭的是一个老妇人。她见了苏东坡,还是照样哭着。东坡问她为什么这样哀伤。老妇人说:"我家有一所房子,传了上百年,祖辈们守护着它不敢损坏,也不敢卖给别人,这样传给了我。可我的儿子不像父辈、祖辈,把它卖给了别人。我今天迁到这里,百年的老房子,一旦诀别,难道不痛心吗!这是我哭泣的原因。"东坡也为她感伤。当问起她的老房子在什么地方,原来是他花五百贯钱买的那所房子。于是,东坡再三安慰她,慢慢对她说:"你的旧房子是我买的。你不必过于悲伤,我现在就把这房子还给你。"当即要人把房契拿来,当着老妇人的面烧了。又把她儿子喊来,要他第二天把母亲接回旧宅,居然不找他要钱。东坡从此回到毗陵,不再买房子,而借顾塘桥孙氏的房子暂时居住。这年七月,他死在这所房子里。

【品读】

东坡仕途坎坷,一生在任用、贬谪之间起伏。但他胸襟开阔,得意不忘形,失志不颓伤,为人坦荡、潇洒。这不,他刚被赦免从荒远的海南回到内地,凑了五百贯钱买了所房子,转眼就送还原来的房主,自己付的钱也不要了。实在令人叹服!

中 举　叶绍翁(宋)

高宗酷嗜翰墨①,于湖张氏孝祥廷对之顷②,宿醒未解③,濡毫答圣问,立就万言,未尝加点。上讶一卷纸高轴大,阅之大加称奖,而又字画遒劲,卓然颜鲁公④。亲擢首选⑤,胪唱赋诗尤隽永⑥。张谒,秦桧语之曰:"上不惟喜状元策,又喜状元诗与字,可谓三绝。"又叩以诗何所本,字何所法,张正色以对曰:"本杜诗,法颜字。"桧笑曰:"天下好事,君家都占断。"盖嫉之也。

——《四朝闻见录》

【注释】

①翰墨:笔墨。指文章、书法。

②张氏孝祥:张孝祥,字安国,号于湖居士,乌江(今安徽和县乌江镇)人。南宋词人。曾任荆南、湖北安抚使。

③宿醒(chéng):醉酒后一夜未醒。

④颜鲁公:颜真卿,字清臣,京兆万年(今陕西西安)人。曾任殿中侍御史、平原太守、吏部尚书、太子太师等职,封鲁郡公,人称"颜鲁公"。并以书法名世。

⑤首选:科举考试名列第一。

⑥胪(lú)唱:科举考试,进士殿试后,按甲第唱名传呼召见。也称"传胪"。

人間掌故

【译文】

　　宋高宗特别喜爱诗文、书法,张孝祥当廷回答高宗策问的时候,头天醉酒还没有清醒。他提笔就写,笔不加点,一下就写了一万字。宋高宗看到他呈上的策问纸高轴大,很惊讶;看完以后,大为称赞。又见他写的字笔画道劲有力,像颜真卿的书法一样高超,亲自选拔他为第一名状元。而传他进殿所赋的诗也很有韵味。张孝祥去拜会秦桧,秦桧对他说:"陛下不光喜欢你的策对,还喜欢你的诗和字,可以称得上是三绝。"又问张孝祥诗以什么为本,字效法的是谁。张孝祥严肃地回答:"以杜甫诗为本,效法颜真卿的字。"秦桧笑着说:"天下的好事,都被你占光了。"因此嫉妒他。

【品读】

　　张孝祥是南宋著名的词人,他的《念奴娇·过洞庭》一词,曾名倾一时。据说,他中举是宋高宗御笔亲点,足见高宗的垂爱和张孝祥才华的不凡。

天下无敌手　罗大经(宋)

　　陆象山年少时[①],常坐临安市肆观棋,如是者累日。棋工曰:"官人日日来看,必是高手,愿求教一局。"象山曰:"未也,三日后却来。"乃买棋局一副,归而悬之,卧而仰视两日,忽悟曰:"此河图数也[②]。"遂往与棋工对,棋工连负三局,乃起谢:"某是临安第一手,凡来者皆饶一先。今官人之棋,反饶得某一先,天下无敌手也。"

——《鹤林玉露》

【注释】

　　①陆象山:即陆九渊,字子静,号存斋,抚州金溪(今属江西)人。南宋哲学家、教育家。曾在象山(今江西贵溪县西南)讲学,人称陆象山,象山先生。

②河图:相传伏羲氏时,龙马背负河图在黄河出现,神龟背负洛书在洛水出现,伏羲根据它们推演成八卦,成为《周易》的本源。

【译文】

陆象山少年时,经常坐在临安集市上看棋,像这样一看就是好多天。棋工说:"你天天来看棋,一定是高手,希望你能教我一局。"陆象山说:"我不是高手,三天后我再来。"就买了一副棋,回家后挂在那里,躺着仰看了两天,忽然明白了,自言自语:"这是河图之术。"于是去和棋工对弈,棋工连输三盘,就起身致谢道:"我是临安下棋的第一名,凡是来下棋的我都让先。现在你的棋反让我先一着,你在天下都没有敌手。"

【品读】

陆象山在古代思想史和教育史上很有声望,但这里讲述的是他下棋的轶事。他本不会下棋,从观棋引发他从"河图"中悟出下棋的道道,三局之后,就被人誉为"天下无敌手"。这不免有夸张的成分,不过,生动地表现了他的聪明和不凡的悟性。

山盟犹在,锦书难托 周 密(宋)

放翁娶唐氏①,于其母夫人为姑侄。伉俪相得②,而弗获于姑。既出而未忍绝之,则为之别馆,时时往焉。其姑知而掩之,虽先知挈去,然事不得隐,竟绝之。唐后改适宋子士程,尝以春日出游,相遇于禹迹寺南之沈氏园。唐以语赵,遣致酒肴。陆怅然久之,为赋《钗头凤》一词题壁间云:"红酥手,黄縢酒③,满城春色宫墙柳。东风恶,欢情薄,一怀愁绪,几年离索④。错,错,错!春如旧,人空瘦,泪痕红浥鲛绡透⑤。桃花落,闲池阁。山盟犹在,锦书难托。莫,莫,莫!"实绍兴乙亥岁也。未久唐氏死。

——《齐东野语》

【注释】

①放翁:陆游,字务观,号放翁,山阴(今浙江绍兴)人。南宋诗人。曾任镇江、隆兴、夔州通判及宝章阁待制等职,力主抗战,收复中原,但终不得志。

②伉俪:配偶,妻子。后通指夫妻。

③黄縢酒:即黄封酒,宋代官酿之酒。因用黄帕或黄纸封口,故名。

④离索:离别而孤处。

⑤浥(yì):湿。鲛绡:指丝绸手帕。

【译文】

陆放翁娶的唐氏是他母亲的侄女,夫妻两人相爱,但他母亲不喜欢。陆游休弃了唐氏,却不忍和她断绝关系,把她安顿在另一处所,常常去和她幽会。他母亲知道时就把唐氏隐藏起来。然而,尽管他有时事先知道母亲查找而把唐氏带走,但这事终究瞒不住,就和唐氏断绝了关系。唐氏后来改嫁给同族的赵士程,曾在春天外出游玩,和陆放翁相遇于禹迹寺南的沈园。唐氏把陆放翁介绍给赵士程,并要他去准备酒菜。陆放翁惆怅了很久,为她在墙壁上题写了一首《钗头凤》词:

红酥手,黄縢酒,满城春色宫墙柳。东风恶,欢情薄,一怀愁绪,几年离索。错,错,错!春如旧,人空瘦,泪痕红浥鲛绡透。桃花落,闲池阁。山盟犹在,锦书难托。莫,莫,莫!

这时是绍兴乙亥年。不久,唐氏就死了。

【品读】

陆放翁和唐氏美满婚姻的被迫破裂,是两人的终生憾事。陆放翁深怀痛苦,几年后不意与唐氏在沈园相遇,而唐氏已是赵士程的妻子,这触动陆游,使他把自己难以言说的感情都倾注在当时写下的那首《钗头凤》上。

妙诗拒婚　蒋子正(元)

元遗山好问裕之①,北方文雄也。其妹为女冠,文而艳。

张平章当揆，欲娶之。使人嘱裕之，辞以可以在妹，妹以为可则可。张喜自往访，觇其所向，至，则方自手补天花板，辍而迎之。张询近日所作，应声答曰："补天手段暂施张，不许纤尘落画堂。寄语新来双燕子，移巢别处觅雕梁。"张悚然而出。

——《山房随笔》

【注释】

①元遗山好问裕之：元好问，字裕之，号遗山。秀容（今山西忻县）人。金代文学家。

②女冠：女道士。

③揆（kuí）：宰相。

④觇（chān）：偷看，侦察。

【译文】

元好问是北方的文豪，他妹妹是女道士，漂亮而有文才。张平章做宰相，想娶她，派人告诉元好问。元好问推辞道："行不行都在我妹妹，她认为行就行。"张平章高兴得亲自前往探访，观察她的意向。他到了道观，元好问的妹妹正用手补天花板，见他来了，就停下手里的活迎接他。张平章问她近日写了诗没有，她随声就朗诵了一首新作："补天手段暂施张，不许纤尘落画堂。寄语新来双燕子，移巢别处见雕梁。"张平章一听，不禁有点害怕地出了门。

【品读】

张平章身为宰相，向元好问的妹妹求婚，这在一般人也许是求之不得的喜事，偏偏他妹妹是女道士，使张平章的求婚有点微妙。元好问的妹妹出口就是诗，不仅以"寄语新来双燕子，移巢别处觅雕梁"委婉拒婚，要张平章别处求偶；而且以"补天手段暂施张，不许纤尘落画堂"表示她不入尘俗，自守冰清玉洁的信念。

鉴水如神　徐应秋（明）

代宗朝，李季翔刺湖州，至维扬①，逢陆处士鸿渐②。李素熟陆名,泊扬子驿③。将食,李曰:"陆君善于烹点④,天下闻之;况杨子南零水又殊绝,今者二妙,千载一时,岂可虚乎?"命军士谨信者⑤,操舟诣南零,陆和器以待之。俄,水至,陆以杓扬其水,曰:"江则江矣,非南零者矣!"使者大骇,伏罪曰:"某自南零至岸,而覆其半,挹岸水增之⑥。处士之鉴神鉴也!"

——《玉芝堂谈荟》

【注释】

①维扬:扬州的别名。

②陆处士鸿渐:陆鸿渐,即陆羽,自号桑苎翁、东冈子,竟陵(今湖北天门)人,好学善文,隐居不仕,嗜茶而创煎茶法,被人称为"茶神"。

③扬子驿:位于今扬州市南、长江北岸的扬子渡口驿站。

④烹点:煮茶。

⑤谨信:谨慎、忠厚。

⑥挹(yì):舀。

【译文】

唐代宗时期,李季翔去湖州担任刺史,中途到扬州,遇上了处士陆鸿渐。李季翔素来熟知陆鸿渐的名声,就把船停泊在扬子驿站。快吃饭的时候,李季翔说:"陆君善于煮茶,名扬天下;何况扬子南零水又特别好,现在二者都在这里,是千年难遇的好机会,怎么能错过呢?"说完就命令谨慎忠实的士兵划船到南零取水,陆鸿渐把煮茶的器具集中在一起静静等待。一会儿,水取来了,陆鸿渐用一个瓢把那水扬了一下,说道:"江水还是江水,但不是南零水。"取水的士兵大惊,趴在地上请罪道:"我从南零取水回到岸边,倾洒了一半,就把岸边的水舀了些加在里面。处士的明察像神的明察一样。"

【品读】

陆鸿渐鉴水是一段趣闻。这则小品对陆鸿渐着墨不多,但以李季翔和取水士兵的铺垫、烘托,陆鸿渐鉴水的画龙点睛,使陆鸿渐的形象栩栩如生。

二苏赴试　潘永因(清)

二苏赴试①,是时同召试者甚多。相国韩公偶与客言曰②:"二苏在此,而诸人亦敢与之较试何也?"于是不试而去者十八九。

——《宋稗类钞》

【注释】

①二苏:指苏轼、苏辙兄弟。两人都是北宋大臣,著名文学家。

②韩公:即韩琦,北宋名臣,官至宰相。

【译文】

苏轼、苏辙兄弟一同到京城参加进士考试,当时一同去参加考试的人很多。相国公韩琦有次偶然对客人说:"苏氏兄弟在这里,而那些应试的人也敢与他们比比高下么?"这话传出去后,应试的举子没有考试就提前自动退出的,十个人中就有八九个。

【品读】

这则小品,写的是因有苏氏兄弟参加考试,应试举子不试而走的情况。这其中不免有夸张的成分,但它客观上也反映了苏氏兄弟的名气之大、影响之大。

巧释"老头子"　徐　珂(清)

纪文达体肥而畏暑①,夏日汗流浃背,衣尽湿。时入值南书房,每出,至值庐,即脱衣纳凉,久之而后出。高宗闻内监言,知其如此,某日欲有以戏之。会纪与同僚数人,方皆赤身谈笑,忽高宗自内出,皆仓皇披衣。纪又短视,高宗至其前,始见之,时已不及着衣,亟伏御座下,喘息不敢动。高宗坐二小时不去,亦不言。纪以酷热不能耐,伸首外窥,问曰:"老头子去耶?"高宗笑,诸人亦笑。高宗曰:"纪昀无礼,何得出此轻薄之语！有说则可,无说则杀。"纪曰:"臣未衣。"高宗乃命内监代衣之,匍匐于地。高宗厉声继问:"'老头子'三字何解?"纪从容免冠,顿首谢曰:"万寿无疆之为'老',顶天立地之为'头',父天母地之为'子'。"高宗乃悦。

——《清稗类钞》

【注释】

①纪文达:纪昀,字晓岚,一字春帆,直隶献县(今属河北)人。清代著名学者、文学家。曾任礼部尚书、协办大学士、四库全书总纂官,编定《四库全书总目提要》。以博学多闻、才思敏捷为人称道。谥文达。

【译文】

纪昀身体肥胖而怕热,夏天汗流浃背,衣服全湿透了。当时,他在南书房值班,每次外出,就到值班房里脱衣乘凉,呆很长时间再出来。清高宗从宦官那儿知道他这种情况,有一天想戏弄一下他,就趁纪昀和几个同事都光着身子说说笑笑的时候,忽然从内房出来,大家都慌慌张张地披上衣服。纪昀眼睛近视,清高宗走到他跟前才看见,这时已经来不及穿衣了,急忙伏在高宗的座位下,喘着气,不敢动弹一下。高宗坐两小时不走,也不说话。纪昀因为天气酷热不能忍受,伸头往外看,问道:"老头子走了吗?"高宗笑了,大家也笑。高宗说:"纪昀无礼,怎么说出这样轻薄的话来了,有理由就算了,没有理由就处死。"纪昀说:"臣还没有穿衣。"高宗就要宦官替他把衣穿上,纪昀仍然匍匐在地上。高宗严厉地继续问道:"'老头子'三个字怎样解释?"纪昀慢慢地脱下帽子,叩头说道:"万寿无疆为'老',顶天立地为'头',父天母地为'子'。"高宗听了就高兴起来。

【品读】

这则趣闻流传广泛,人们不太在意清高宗对纪昀的戏弄,而是纪昀思维敏捷、善辩,巧妙地解释"老头子"。

送 米　　徐　珂（清）

　　闽县林琴南孝廉纾六七岁时①，从师读。师贫甚，炊不得米。林知之，亟归，以袜实米，满之，负以致师。师怒，谓其窃，却弗受。林归以告母，母笑曰："若心固善，然此岂束修之礼②。"即呼备，赍米一石致之塾③，师乃受。

——《清稗类钞》

【注释】

　　①林琴南孝廉纾：林纾，原名群玉，字琴南，号畏庐、冷红生，福建闽县（今福州）人。近代文学家，尤以翻译外国小说名世。晚年守旧，反对"五四"新文化运动。

　　②束修：本指十条干肉，后来通常指学生拜师或亲友之间赠送的礼物。

　　③赍（jī）：携带。

【译文】

　　福州林琴南六七岁时，拜师就读。老师家很穷，没有米煮饭。林琴南知道了，急忙回到家里，装了满满一袜子米，背着送给老师。老师发脾气，说他是偷来的，拒不接受。林琴南回家把这件事告诉母亲，母亲笑道："你的心是很善良，但这难道能够作为送给老师的礼物吗？"随之喊人准备，带了一石米送到私塾，老师方接受。

【品读】

　　这是一件小事，从文中可以看出林琴南是尊师重教、心地善良、知恩图报的人。

狗肉圈套　　易宗夔（近）

　　郑板桥工书，自创一格。醝商某乞书①，愿以百金为寿。

公性傲，固不可以利动者，唾弃不顾。某亦无如何。

公平生嗜狗肉，一日，出城游，薄暮归。忽觉狗肉香，踪其所在，则见竹篱茅舍，柴扉半掩，因径入焉。主人方讶不速之客至，公曰："余板桥郑某是也。适闻狗肉香，不觉信足而入。唐突之罪，自知不免。还乞郑灵之鼎，许我一尝异味②。"主人大喜，曰："久闻鸿名，邀恐不至，今乃赐光，幸已。"揖让入室。公据案大嚼，抚腹呼饱而止。主人导入书斋茗话，四壁悬名人书面，案上琳琅满轴，纸墨横陈。知主人亦精于书者，谓曰："饫君佳馔，请酬以书。"主人笑颔之。公援笔狂书，腕颓始去。

一日，公偶至某商处，见所悬条幅，皆曩在城外某处书者，大惊质商。商具以告，并出一仆曰："先生识此人乎？"公视之愕然，盖即当日狗肉主人也。

——《新世说》

【注释】

①醝（cuó）：盐。

②还乞郑灵之鼎，许我一尝异味：语出《左传》，鲁宣公四年，楚人献鼋给郑灵公。郑公子子公和子家去见郑灵公的路上，子公的食指不由自主地动了一下，他给子家看，并说："某一天我像这样的话，一定会品尝到异味。"入宫，见厨师正在宰鼋，两人相视而笑。郑灵公知道了其中的缘故，以鼋招待大夫，唯独不给子公吃。子公发怒，染指于鼎，尝之而出。这里意为让我来吃一点狗肉。

【译文】

郑板桥擅长书法，自创一体。有个盐商愿意用一百两银子为他祝寿，请他写一幅字，但性情孤傲的郑板桥不是用金钱可以打动的，他唾弃不予理睬，那盐商也没有怎么样。

郑板桥生来喜欢吃狗肉，一天，他出城游玩，傍晚回家时，忽然闻到了狗肉的香味，就顺着香味飘来的地方走去，只见一所茅草房子,四周围着竹篱笆,用柴草扎成的门半开着,就直接走了进去。主人正在惊讶不速之客的来临,郑板桥说:"我是郑板桥,刚才闻到狗肉的香味,不禁信步走来。我自己知道有冒昧的过失,还是请求让我吃一点狗肉。"主人大喜,说道:"久闻大名,请您还怕请不来,现在您肯赏光,是我的幸事。"于是,给郑板桥施礼,把他请进房。郑板桥伏在桌子上大吃大嚼了一通,摸着肚子喊吃饱了才停下来。随后,主人把他引进书房喝茶、叙话,郑板桥见书房四壁挂着名人书画,桌案上也摆满了书画,纸墨也随便放着。他知道主人也是精通书法的,就对他说:"吃了你的美味佳肴,让我写几幅字来报答你。"主人笑着点头。郑板桥拿起笔来一阵狂书,手腕写累了才离去。

一天,郑板桥偶然到那盐商的住所,见他房里挂的条幅,都是从前自己在城外吃狗肉的地方写的,大吃一惊,询问盐商是怎么回事。盐商把情况一一告诉他,并叫出一个仆人道:"先生认得这个人吗?"郑板桥一看呆住了,原来就是当日的狗肉主人。

【品读】

郑板桥是极聪明的人,曾以诗、书、画名闻一时,号为"三绝"。他还题过"难得糊涂"一联,至今被许多世人奉为座右铭,悬于堂中。但他自己终有糊涂的时候,被人摸透了好吃狗肉的习惯,上了盐商的当。

食而去稗　易宗夔（近）

曾涤生驻军安庆①,有戚某自田间来。行李萧然②,衣服敝素,对人沉默不能言。曾颇爱之,将任以事。一日会食,值饭有稗粒,某捡出之而后食。曾默然,旋备资遣之行。某请其故,曾规之曰:"子食而去其稗。平时既非豪富,又未曾作客于外,辍耕来营不过月余,而既有此举动。吾乡人宁复如是耶？吾恐子之见异思迁，而反以自累也。"

——《新世说》

【注释】

①曾涤生：曾国藩，字涤生，湖南湘乡人，清末湘军首领，曾任吏部侍郎、两江总督，镇压太平天国。谥文正。故后世又称他"曾文正"。

②萧然：稀少而破旧的样子。

【译文】

曾涤生驻军安庆，某亲戚从乡村来投奔他，行李少而破旧，穿的衣服也很破烂、朴素，对人沉默不语。曾涤生很喜欢他，打算给他一份差事。一天，他们在一起吃饭，刚巧饭里面有稗子，某亲戚把稗子挑出来以后才吃。曾涤生一句话没说，马上为他准备路费送他回家。某亲戚恭敬地问他是什么缘故，曾涤生规劝他说："你吃饭的时候去掉稗子。你平时生活并不富裕，又没有在外面作过客，放弃种田到我军营里来不过一个多月，就有这样的行为。我的亲戚难道是像这样的吗？我担心你见异思迁，反而使自己受了拖累。"

【品读】

生活环境变了，人的本色不能变。曾国藩见微知著，防患于未然，其眼神之毒、思虑之深，常人莫及。

禅 道

僧 道 张 鷟（唐）

孝和帝令内道场僧与道士各述所能，久而不决。元都观叶法善取胡桃二升①，并壳食之，并尽。僧仍不伏。法善烧一铁钵，赫赤两手，欲合老僧头上。僧喝："贼！"袈裟掩头而走，孝和帝抚掌大笑。

——《朝野金载》

【注释】

①胡桃：即核桃。

【译文】

孝和帝下令，让内道场僧人与道士各自说说自己的本领，僧道两家争论了半天，仍没决出个高下来。元都观的道士叶法善拿来两升核桃，连着壳子一起吃完了。僧人还是不承认道士更有本事。这时，法善又把一个铁钵烧得红烫烫的，光着两手抓起滚烫的铁钵，想要盖到一个老和尚头上。那老和尚叫道："贼！"赶紧用袈裟掩住头逃走了。孝和帝见状，抚掌大笑。

【品读】

佛教是从印度传过来的宗教，道教是中国土生土长的宗教。这两家长期有矛盾，相互较量，都想争个正宗地位。最后是和尚狼狈逃窜，让人捧腹。

杀 却 张 鷟（唐）

梁有磕头师者①，极精进②。梁武帝甚敬爱之。后敕使

163

唤磕头师,帝亦与人碁③,欲杀一段④,应声曰:"杀却!"使遽出而斩之。帝碁罢,曰:"唤师。"使答曰:"向者陛下令人杀却,臣已杀讫。"帝叹曰:"师临死之时有何言?"使曰:"师云:'贫道无罪,前劫为沙弥时⑤,以锹划地⑥,误断一曲蟮,帝时为蟮,今此极也!'"帝流泪悔恨,亦无及焉。

——《朝野金载》

【注释】

①梁:指南北朝之梁朝(502—557)。磕头师:梁武帝时一个和尚的号。

②精进:佛教语,意思是精纯无恶,升进不懈。

③亦:《太平广记》卷一百二十五作"方"。碁:同"棋"。

④欲杀一段:杀一段棋子,即杀一个棋子。

⑤前劫:指前生。沙弥:指刚出家的小和尚。皆为佛教语。

⑥划:同"铲"。

【译文】

梁朝时有个法号叫磕头师的和尚,精纯无恶,升进不懈,很受梁武帝的敬重。后来有一次派一使者叫来磕头师;磕头师来时,梁武帝正在与人下棋,刚好准备杀一棋子,应声说道:"杀掉!"使者赶紧出去把磕头师杀了。武帝下完棋,说道:"叫磕头师来见。"使者回答说;"刚才陛下让人杀掉他,我已把他杀了。"武帝叹息一声说:"磕头师临死时说了什么话?"使者回答:"磕头师说:'贫道无罪,前生当小和尚时,用锹铲地,曾误断一条曲蟮,那曲蟮就是武帝,如今才有此报应!'"武帝非常悔恨,以至泪水盈盈,但已无可挽回了。

【品读】

和尚死时自己也糊里糊涂弄不清死因,只好用因果报应来解释,这当然是无稽之谈了;不过这种解释倒也符合当时的情况和磕头师的身份。

僧荐重元阁　李　肇(唐)

苏州重元寺阁一角忽垫①。计其扶荐之功②。当用钱数千贯。有游僧曰:"不足劳人。请一人斫木为楔,可以正也。"寺主从之。僧每食毕,辄持楔数十,执柯登阁,敲椓其间。未逾月,阁柱悉正。

——《国史补》

【注释】

①垫:下陷。

②扶荐:扶屋使正。

【译文】

苏州重元寺一座殿阁的一角忽然下陷。人们计算了一下,要把这殿阁扶正,需要用钱好几千贯。这时,有个云游四方的僧人说:"不须花费许多人力。只用让一个人用木头砍些楔子,就可以把那殿阁扶正了。"寺院的住持听从了他的意见。那个游僧每次吃过饭,就拿上几十个木楔子,带上斧头登上殿阁,把楔子敲到里面。不到一个月,那殿阁的柱子都正了。

【品读】

这则小品记述了一个智慧的僧人巧修寺院阁楼的事迹。全文仅数十字,引人入胜,清简耐读。

舍　利　李　绰(唐)

洛中顷年有僧得数粒所谓舍利者①,贮于琉璃器中,昼夜香灯,檀施之利②,日无虚焉。有士子迫于寒馁,因请僧,愿得舍利,掌而观瞻。僧遂出瓶授与,遽即吞之。僧惶骇如狂，复虑闻之于外。士子曰："与吾儿钱，当服药出之。"僧喜，遂赠二百缗，乃服巴豆，俄顷泄痢，以盆盎盛贮，濯而收之。

——《尚书故实》

【注释】

①顷年：近年。舍利：佛骨。梵语设利罗，亦称舍利、舍利子。

②檀施：布施，施主。

【译文】

洛中一带近年有个和尚弄到几粒所谓舍利，便把它们存放在琉璃器皿中。装舍利的器皿前，日夜香火不断，每天都有施主来布施。有个穷书生受饥寒所迫，于是找到那位和尚，希望能把那几粒舍利，放到自己手掌上仔细瞧瞧。和尚同意了，就从瓶子里取出舍利交给书生；书生接过去，一转眼便把几粒舍利全吞下肚子里去了。那和尚惊恐如狂，想要到外面去给人说这件事。穷书生说："你给我几个钱，我就服药把舍利排出来。"和尚听他这样说，很高兴，就赠送他二百缗。书生就服下巴豆，不一会儿拉痢。他们用盆子把秽物装着，果然找到了舍利。和尚把它们洗净以后又收了起来。

【品读】

几粒"佛骨"映照出社会世相，嘲讽与讥刺已在不言之中。

从晦头耳薄　　裴庭裕（唐）

僧从晦住安国寺，道行高洁，兼工诗，以文章应制①。宣宗每择剧韵令赋②，晦亦多称旨。累年供奉，望紫方袍之赐，以耀法门。上两召至殿上，谓之曰："朕不惜一副紫袈裟，但师头耳稍薄，恐不胜耳！"竟不赐。悒悒而卒。

——《东观奏记》

【注释】

①应制:唐宋人诗文有以应制为标题的,皆为应皇帝之命而作,内容多半是歌功颂德,蹈袭陈言。

②剧韵:很难的韵。剧:艰难。

【译文】

从晦和尚住在安国寺。他道行高洁,并擅长作诗,常应皇帝之命写作文章。宣宗皇帝每次都挑选很难的韵让从晦赋诗,从晦也大多能让宣宗满意。累年供奉,从晦实指望皇上赐套紫方袍,好以此来光耀法门。宣宗两次把从晦召到殿上,对他说:"我并不是舍不得一副紫袈裟,只是大师你头耳稍薄,恐怕你受不住呢!"最终也没有赏赐。从晦悒悒而死。

【品读】

佛门讲四大皆空,佛教徒要看破红尘,万念俱灰。其实,佛门人物自己也未必能做到这些。

捉佛光　　孙　颀(唐)

高燕公镇蜀日,大慈寺僧申报禅堂佛光见①。燕公判曰:"付马步,使捉佛光。"过所司密察之②,诱其僮子,具云:"僧辈以镜承隙日中影,闪于佛上。"由此乖露,擒而罪之。

——《幻异志》

【注释】

①见:同"现"。

②所司:指主管部门或主管官吏。

【译文】

高燕公镇守四川的时候,大慈寺的和尚申报,说是禅堂里有佛光出现。燕公写下批示,说:"交付马步,使捉佛光。"后来,主管官吏派人秘密察访,把寺院里的僮仆哄出来,僮仆一下子就把真相都说了。他说:"没有什么佛光,那是和尚们在空隙中用太阳照射镜子,把光悄悄闪在佛像上的。"因此那些和尚们的阴谋暴露了，官府把这些骗人的和尚捉起来治了罪。

【品读】

人们常听说"佛光"，但很少有人能看到。有些所谓"佛光"，是一种自然现象，可以得到科学解释。至于本文这种"佛光"，恐怕就是一些人心中的污浊之光了。

以父为子 王仁裕（五代）

长安完盛之时①，有一道术人②，称得丹砂之妙，颜如弱冠，自言三百余岁。京都人甚慕之，至于输货求丹，横经请益者，门如市肆。时有朝士数人③，造其第。饮啜方酣，有阍者报曰④："郎君从庄上来，欲参觐。"道士作色叱之。坐客闻之，或曰："贤郎远来，何妨一见。"道士顰蹙移时，乃曰："但令入来。"俄见一老叟，鬓发如银，昏耄伛偻，趋前而拜。拜讫，叱入中门，徐谓坐客曰："小儿愚骏⑤，不肯服食丹砂，以至于是。都未及百岁，枯槁如斯，常已斥于村墅间耳。"坐客愈更神之。后有人私诘道者亲知，乃云："伛偻者即其父也。"好道术者受其诳惑，如斯婴孩矣。

——《玉堂闲话》

【注释】

①完盛之时：指唐末动乱之前。
②道术人：即信奉道教的道士，研习神仙、祈禳一类的法术者。
③朝士：在朝为官的人。
④阍（hūn）者：守门人。
⑤愚骏（ái）：愚痴。

【译文】

唐末动乱之前的长安有一个道术人，自称善于炼丹，服食之后大见神效，长生不老，返老还童，并说自己已有三百多岁了。京城长安里的人都很仰慕他，以至于奉献财物去向他求仙丹，手持道教经典请求指教，一时间门庭若市。时常还有几位在朝为官的人，也到道人的宅第访问。

有一天，道人与来客饮茶议论，兴味正浓，守门人进来报告说："您儿子从庄上来，想觐见您。"道人脸一虎，呵斥了一顿。客人听到了，其中有一位说："您儿子远道而来，何妨一见。"道人攒眉皱鼻，一副不耐烦的样子，过了片刻，才说："只好让他进来了。"随即见进来一个老翁，一头白发，年岁甚老，腰背弯曲，快步上前来行礼。拜毕，道人将老翁喝到中门去了，然后他又慢慢地对来客说："我这小儿愚痴，不肯服食丹砂，以至于这样。还不到一百岁，就衰老枯槁成这副样子。我已经把他斥逐到荒僻的农舍去了。"来客更是将道人视若神仙一般。

后来，有人私下里打听那个道人的亲戚朋友，才听他们说："那弯腰驼背的是他父亲呢。"那些信奉道术的人受道人欺骗迷惑，如同被愚弄的小孩子那样。

【品读】

这则小品曲折有致，波澜起伏，而又颇具喜剧味道。道术灵不灵？道士神不神？作者不点破，作品结尾处，笔锋陡然一转，让读者在出乎意料中失声大笑。

庐山道士　郑文宝（宋）

庐山九天使者庙有道士，忘其姓名，体貌魁伟，饮啖酒肉，有兼人之量。晚节服饵丹砂，躁于冲举①。

魏于之镇浔阳也②，郡斋有双鹤因风所飘，憩于道馆，回翔嘹唳，若自天降。道士且惊且喜，焚香端简，前瞻云霓，自谓当赴上天之召。命山童控而乘之③。羽仪清弱，莫胜其载，毛伤背折，血洒庭除，仰按久之，是夕皆毙。翌日，驯养者诘知其状,诉于公府④。王不之罪。

处士陈沕闻之⑤,为绝句以讽云:"啖肉先生欲上升,黄云踏破紫云崩。龙腰鹤背无多力,传语麻姑借大鹏⑥。"

——《南唐近事》

【注释】

①躁于冲举:急于成仙升天。

②魏王:即徐知证,南唐第一个皇帝李昇(biàn)从父徐温之子。浔阳:即浔阳郡,南唐时属洪州,旧址在今江西九江市。

③控:捉。

④公府:此处指魏王官署。

⑤陈沕:南唐庐阜(即庐山)处士,生平不详。

⑥麻姑:古代神话故事中的仙女。

【译文】

庐山九天使者庙里有位道士,现已记不起他的姓名了。这道士体貌高大魁梧,吃肉喝酒,有过人之量。晚年服用丹砂,急于成仙升天。

魏王徐知证镇守浔阳时,郡斋里有一对鹤随风所飘,飞落在道馆休息。那一对鹤在道馆回翔鸣叫,就像是从天而降的一样。道士又惊又喜,赶忙焚香端简,又往屋外观看天相,自认为这正是赴上天召唤的好时机。于是,他命令山童捉住鹤,自己骑了上去。鹤鸟羽仪清弱,哪里载得起膀阔腰圆的道士,可怜的鹤毛伤背折,鲜血洒落在庭院里。道士还把鹤不停地往上提,往下按,这样折腾了好久,这天傍晚两只鹤都死了。第二天,鹤的主人问清了事由,便到官府去上告道士,魏王没有追究道士。

处士陈沕听说这事后,写了一首七言绝句讽刺道士:"啖肉先生欲上升,黄云踏破紫云崩。龙腰鹤背无多力,传语麻姑借大鹏。"

【品读】

本文写得妙趣横生,令人捧腹,又让人深思。道士本无仙风道骨,人间百姓也不可能得道成仙。即便心诚也无法升天,更何况是彻头彻尾的俗骨凡心！

佛　汗　王　说（宋）

　　汴州相国寺^①，言佛像有流汗。刘元佐遽命驾^②，自持金帛以施。日中，其妻亦至。明日复起斋场。由是将吏商贾，奔走道路，如恐不及。因令官为簿书，以籍所入。十日，乃闭寺门曰："汗止矣。"所得盖巨万计，以赡军^③。

——《唐语林》

【注释】

　　①汴州：即今河南省开封市。

　　②刘元佐：人名。生平事迹不详。待考。命驾：命令卸者驾驶车马。

　　③赡军：供给军队。

【译文】

　　汴州相国寺，传言有佛像流汗。刘元佐立即命令御者驾车马，自己亲自带上金帛前去布施。当天，他的妻子也赶去寺院。第二天又专门设立斋场，供人们祈祷、施舍。于是，一时间将帅、官吏、商人等等，都争先恐后地去相国寺，生怕轮不到自己布施了。刘元佐便下令让官员专设了一个登记册，用来记载斋场的收入。过了十天，才关闭寺门说："佛像上的汗没有了。"这次因布施所得钱物累万，刘元佐都用来作了军队的供给。

【品读】

　　这实际上是假借佛像流汗进行的一次募捐活动，有预谋，有计划，有组织。倘若佛祖真的有灵，不知作何感想。

慈悲与解脱　王　说（宋）

　　兴元中^①，有僧曰法钦。以其道高，居径山^②，时人谓之

171

径山长者。房孺复之为杭州也③，方欲决重狱，因诣钦，以理求之，曰："今有犯禁，且狱成，于至人活之与杀之孰是？"钦曰："活之则慈悲，杀之则解脱。"

——《唐语林》

【注释】

①兴元：唐德宗年号。

②径山：山名，在浙江市西北，为天目山的东北峰，因有路径通天目山，故名。

③房孺复：唐人，官终容州刺史。

【译文】

唐德宗兴元年间，有个名叫法钦的僧人，因其佛德高尚，居住在径山，当时的人们便称他径山长者。房孺复担任杭州地方官时，打算处决重刑犯，便到径山拜访法钦和尚，想再征求一下他的看法。房孺复说："现在有人违犯了禁令，并且已被送进了大狱，那犯人是杀了好，还是不杀好呢？"法钦和尚说："给他留条性命，是仁慈之举；让他归西天，则使他彻底解脱了。"

【品读】

佛教的戒律中重要的一条是"不杀生"，即便对有罪的人也要宽恕。同时，佛教徒们又认为，人生是痛苦的，活着就是受罪，只有死了才能彻底解脱痛苦，进入极乐世界。这和尚也真够圆滑的。不过从佛教的观点看，他说的还是蛮有道理的。

小僧妙答　庞元英（宋）

隋吏部侍郎薛道衡①，尝游钟山开善寺，谓小僧曰："金刚何为怒目②？菩萨何为低眉③？"小僧答曰："金刚怒目，所以降伏四魔④；菩萨低眉，所以慈悲六道⑤。"道衡怃然不能对。

——《谈薮》

【注释】

①薛道衡:字玄卿,隋河东汾阴人,隋炀帝时,官至秘书监,拜司隶大夫。后因事触怒炀帝被杀。

②金刚:"金刚力士"的略称,即执金刚杵(杵为古印度全兵器),守护佛法的天神。

③菩萨:意谓修持大乘之度,求无上菩提(觉悟),利益众生,于未来成就佛果的修行者。

④四魔:四方妖魔。

⑤六道:佛教所说众生根据生前善恶行为有五种轮回转生的趋向,即:地狱、饿鬼、畜生、人、天,称五道(亦称五趣),再加上阿修罗则称六通(或六趣)。这里六道,是指各色人等。

【译文】

隋朝的吏部侍郎薛道衡,有一次曾到钟山开善寺游览。他问寺里的一个小和尚:"金刚为什么都是怒目圆睁?菩萨为什么都是低眉善目?"小和尚回答说:"金刚怒目圆睁,是要降伏四方妖魔,菩萨低眉善目,所以它慈悲为怀,普济众生。"道衡听了茫然自失,一时不知说什么好。

【品读】

我们都见过金刚,也见过菩萨,却没有思量这同在佛门的塑像为何如此面目迥异。小和尚妙语一言,虽非定论,倒也说得俏皮有趣。

辉　僧　张端义(宋)

孝宗幸天竺及灵隐,有辉僧相随①。见飞来峰②,问辉曰:"既是飞来,如何不飞去?"对曰:"一动不如一静③。"又看

173

观音像,手持数珠,问曰:"何用?"曰:"念观音菩萨。"问:"自念则甚?"曰:"求人不如求己。"孝宗大喜。

——《贵耳集》

【注释】

①辉僧:名叫辉的和尚。

②飞来峰:山峰名,在杭州市西湖西北灵隐寺前。

③"一动"句:佛教主静,辉僧故有此答。

【译文】

南宋孝宗皇帝到杭州附近的天竺寺和灵隐寺游览,有个名叫辉的僧人陪伴着。孝宗看见飞来峰,便问辉僧说:"既然这山峰是飞来的,怎么不飞去呢?"辉僧说:"一动不如一静嘛。"在寺院里,孝宗见到观音菩萨像,手里拿着一串珠子,问道:"这观音菩萨拿念珠干什么?"辉僧说:"念观音菩萨。"孝宗又问:"念自己干什么?"辉僧说:"求人不如求己呀!"见辉僧答得这么妙,孝宗大为高兴。

【品读】

这"求人不如求己"可是地道的凡俗之语。佛俗相混,阴差阳错,而且混杂得恰到好处,这便有了趣味。

修寺焚僧　范正敏(宋)

太平兴国①,江东有僧,诣阙请修天台寺②。且言寺成,愿焚身以报。太宗命入内高品卫绍钦督事③。绍钦日与僧笑语无间。及营缮毕,乃积薪于庭,呼僧从愿。僧言愿见至尊面谢④,绍钦不许。僧大怖,泣告,绍钦促令登薪。火盛欲下,绍钦遣左右以杖抑按,焚之而退。

——《遯斋闲览》

【注释】

①太平兴国:宋太宗年号。

②诣阙：赴皇帝的殿庭。

③入内高品卫：宋代设有入内内侍省，简称"后省"。宋初有内中高品班院，与内侍省同为宦官机构，后改内侍省为入内内侍班院，入内高卫品是其中的宦官。绍钦，人名。

④至尊：指皇帝。

【译文】

宋太宗太平兴国年间，江东有个和尚，到皇帝的宫殿请求修缮天台寺，并说等寺院修好了，愿意自己焚身来报答朝廷。宋太宗就下令让入内高卫品绍钦去督办这件事。在修缮寺院期间，绍钦与那个和尚每天说说笑笑，关系很融洽。等到工程结束，绍钦便让人在院子里堆上柴草，喊那个和尚来兑现自己的许诺。那和尚说愿意见皇上当面致谢，绍钦不同意。和尚非常惊恐，哭着乞求绍钦不要烧死他；绍钦不理，催促和尚上到柴堆上去。火烧起来后，火势很猛，和尚受不了想下来，绍钦就下令让身边的人用木棒把和尚按住，待和尚烧死以后他才离开。

【品读】

作品对绍钦这个人物的刻画是很传神的。他起初与那和尚是"笑语无间"，最后凶相毕露，前后判若两人，恰恰表现了他的阴险、狡猾和残忍。而和尚言而无信，似他咎由自取。

置帽僧头　元　怀（宋）

张逸密学知成都①，善诗。僧文鉴大师，蜀中民索所礼重。一日，文鉴谒张公，未及见。时华阳主簿张唐辅同俟于客次。唐辅欲搔发，方脱乌纱②，睥睨文鉴，罩于其首。文鉴大谊怒，张公遽召，才就坐，即白曰："某与此官人，素不相识，适将幞头罩某头上。"张公问其故，唐辅对曰："某方头痒，取下幞头，无处顿放，见师头闲，遂且权置少时，不意其

禅
道

怒也。"张公大笑而已。

——《拊掌录》③

【注释】

①张逸:宋荥阳人,字大隐,凡四至蜀为官,有政绩。

②乌纱:旧时官员的帽子。

③拊掌录:书名,旧本题元人撰,不著姓名。《说郛》载此书题为宋代元怀撰。

【译文】

张逸担任成都的地方官,擅长写诗。和尚文鉴大师很有威望,一向受到蜀中百姓的敬重。有一天,文鉴大师去拜见张逸,因里面有客,暂时还没轮到他进去。当时华阳县主簿张唐辅也一同在这里等候会见。唐辅想搔搔头,刚脱下乌纱帽,瞅了一眼文鉴大师,便把帽子罩在了他头上。文鉴勃然大怒,张逸赶紧召见他们。刚坐下来,文鉴就对张逸说:"我与这位官人素不相识,刚才他平白无故地把帽子罩在了我头上。"张逸问是怎么回事,唐辅回答说:"我刚才头痒,取下帽子,一时没地方搁,看见大师头闲着,就暂时放一下,没想到大师动怒了。"张逸听罢,忍不住大笑起来。

【品读】

这个张唐辅的玩笑开得也够独出心裁了。虽是即兴发挥,倒也是上乘的幽默表演。不过,在实际生活中逗笑取乐,还得把握个分寸尺度,因为不适当的玩笑惹下灾祸的事还不少呢。

散枣击瓦　刘　祁（金）

南京未破时,一二年,市中有一僧,不知所从来,持一布囊贮枣,持以散市人,无穷。所在,儿童从之。又有一僧,手拾街中破瓦子,复用石击碎,所在亦儿童聚焉。人初不知何意,后国亡,方知散枣者,使之早散;击瓦者,国家瓦解矣。

——《归潜志》

【译文】

　　南京没有攻破时,有一二年,集市上有一个不知道从什么地方来的和尚,拿着一个布袋装枣子,散发给集市上的人,没有穷尽。他所在的地方,孩子们跟着。又有一个和尚,用手拾取街上的破瓦片,又用石头把瓦片打碎,所在的地方也是儿童聚集。人们开始不知道是什么意思,后来国家灭亡了,才知道散发枣子,是要人们早散;打碎瓦片,是暗示国家瓦解了。

【品读】

　　洞察世事,有先见之明的人常有,这两个和尚也算得上。或"散枣",或"击瓦",都想给人们暗示前景,显示出世俗外的人不涉世事,又深怀忧虑。

周文襄佛噱 　杨循吉(明)

　　文襄在吴,好徜徉梵刹①。旌节所至②,钟磬交接③。每至佛殿,则膜拜致敬。人或诮之,文襄笑曰:"即以年齿论之,彼长吾二三千岁,岂不直人拜一二拜也?"行之自若。

——《苏谈》

【注释】

　　①梵刹:即寺院。
　　②旌节:古代使者所持之节。
　　②磬:和尚敲的铜铁铸的钵状物。

【译文】

　　周文襄在吴地时,喜欢经常到寺院里去走一走,看一看。旌节

禅
道

所至,钟磬交接。他每到佛殿,都要很虔诚地跪拜致敬。有人讥笑他,文襄笑着说:"就是从年龄上说,佛祖也比我年长两三千岁,难道不值得当今的人拜他一两拜吗?"文襄依然像以前一样,入寺拜佛,恭谨自然。

【品读】

本文中的周文襄举止之虔诚、庄重,与语言之诙谐、滑稽形成鲜明的矛盾和对照,让人觉得十分有趣。

观音也怒 程文宪(明)

鄱阳何梅谷英妻[①],垂老好事佛,自晨至夕,必口念"观音菩萨"千遍,梅谷以儒学闻于时,止之则弗从,弗止恐贻笑士论[②]。一日呼妻至再且三,随夜随呼弗辍。妻怒曰:"何聒噪若是耶?"梅谷徐答曰:"呼仅二三,汝即我怒;观音一日被你呼千遍,安得不汝怒耶?"妻顿悟,遂止。

——《中州野录》

【注释】

①何梅谷英:何英,字积中,号梅谷,明代鄱阳(今江西波阳)人。治经学,终身不仕。

②贻笑士论:在士人的议论中留下笑柄。

【译文】

鄱阳何梅谷的妻子,老年时喜欢信奉佛教,从清晨到傍晚,一天要念"观音菩萨"千遍。当时,梅谷以儒学著名,制止她,她不听;不制止又怕在士人中留下笑柄。有一天,他连着喊了妻子三遍,到晚上又不停地这样喊。妻子发火道:"你怎么这样啰嗦!"梅谷慢慢地说:"我才喊了你两三次,你就生我的气,观音菩萨一天被你喊上千遍,怎么会不生你的气呢?"妻子顿时醒悟,就不念观音菩萨了。

【品读】

佛教救人治心，本无错，但无奈流于歧途者甚众。慈悲的观世音菩萨，在何梅谷妻子那里不过是口水与一个无意义的名号。如此信仰，不过是一种形式，一种累人累己的表演，当为信佛者戒。

孤月大师　冯梦龙（明）

僧孤月擅异术，行桥上，会女妇乘肩舆至，骂僧不避。顷之，舁夫下桥复上，往返数度，犹不能去。旁人曰："必汝犯月大师耳，可拜祈之。"僧曰："吾有何能，尔自行耳。"言讫，舁夫足轻如故。

——《古今谭概》

【译文】

和尚孤月擅长奇异的法术，一次，他在桥上走，遇到一个妇女坐着轿子过来，轿夫骂他不回避。一会儿，只见轿夫抬着轿子下桥又上桥，往返几次，还是不能离去。旁过的人说："一定是你冲撞了孤月大师，应叩拜求他。"孤月和尚说："我有什么能耐，你自己走吧。"说完，轿夫的脚像以前一样轻松。

【品读】

人与人应该以礼相待，轿夫无故骂孤月大师，遭到孤月大师施奇术的惩罚，也是过有应得。羞辱别人的人难免自己会被羞辱，轿夫之遇就是教训。

俺把你们哄也　姚　福（明）

永乐初，尝遣使往天竺迎其僧来京兆①，号大宝法王，居灵谷寺,颇著灵异,谓之"神通",教人念"唵嘛呢叭弥吽",于是信者昼夜念之。时翰林侍读李继鼎笑曰:"若彼既有神通,当通中国语,何为待译者而后知乎?且其所谓'唵嘛呢叭弥吽'云者,乃云'俺把你们哄也',人之不悟耳。"福按:《宋史》元昊擅西夏②,自称"兀卒",宋人亦有"兀卒"近"吾祖"之说。以是而论,继鼎之说,不为过也。

——《清溪暇笔》

【注释】

①天竺:印度的古称。

②元昊:西夏皇帝。

【译文】

明代永乐初年,朝廷曾经派遣使者去天竺,迎接天竺的高僧到明朝都城。天竺来的僧人号大宝法王,住在灵谷寺。此僧非常灵异,人们称他为"神通"。他教人念"唵嘛呢叭弥吽",于是信奉他的人不分白天黑夜地念这句话。当时的翰林侍读李继鼎笑着说:"如果那个天竺和尚真有神通,那他就应该懂中国话,为什么还要人翻译后他才知道是什么意思呢,况且他所教人念的'唵嘛呢叭弥吽',实际上是说'俺把你们哄也',只是人们还没悟出来罢了。"

姚福按:《宋史》元昊称霸西夏,自称"兀卒",宋人也有"兀卒"近"吾祖"的说法。以此而论,李继鼎的话,恐怕不为过呢。

【品读】

李继鼎对那个印度僧人的分析和揭露入情入理,令人信服。僧人教信徒们念的那句话,既是对善男信女们的耍弄,也是对佛教本身的亵渎。不过这个僧人虽不虔诚,却还有点幽默感呢。

佛 钻　王士祯(清)

吕正献公喜释氏之学①。及为相,务简静,士大夫罕接见,惟谈禅者稍得从容。好进之徒②,往往幅巾道袍,日游僧寺,随僧斋粥,觊以自售。时人谓之"禅钻"。此真可一笑也。

【注释】

①吕正献公:吕公著,字晦叔,宋寿州人。北宋大臣,与司马光同掌国柄。死后,谥正献。释氏之学:指佛教。

②好进之徒:指好钻营的小人。

【译文】

吕公著喜好佛教。等他当了宰相,喜欢清简安静,连士大夫都极少接见,唯有那些谈禅说佛的人,他有时还见一见。一些善于投机钻营的人,往往穿戴着幅巾道袍,每天在寺院里出入,还与僧人一道念斋吃素,希望能借此来推销自己。当时,人们把这种行为称为"禅钻"。这真是好笑啊。

【品读】

投其所好,是那些钻营者惯用的伎俩。因宰相崇佛,优待好佛之人,那些本无清静之心的投机分子也热衷于出入佛寺。此乃猫子吃素,原来是为了更好地饱餐荤腥。

参　禅　褚人获(清)

张九成一日访参喜禅师①,师曰:"汝来何故?"张曰:"打死心头火,特来参喜禅。"师以言探之曰:"缘何起得早,妻被别人眠。"九成怒曰:"无明真秃子,焉敢发此言!"师曰:"轻轻扑一扇,炉内便起烟。"九成惭愧不已,遂去发为僧,号无垢子。

——《坚瓠集》

【注释】

①张九成:人名,字子韶,号横浦居士、无垢居士。宋代钱塘(今

浙江杭州)人。曾任礼部侍郎,因与秦桧不和被贬。秦桧死后,重被启用,他一生研习经学,并与佛教徒有些交往,相传曾入佛门。

【译文】

张九成一天去拜访参喜禅师,参喜禅师问道:"你来干什么?"张九成说:"打死心头火,特来参喜禅。"参喜禅师就用话试探他道:"缘何起得早,妻被别人眠。"张九成生气地说:"无明真秃子,焉敢发此言!"参喜禅师说:"轻轻扑一扇,炉内便生烟。"张九成惭愧不已,于是剃光头发做了和尚,号无垢子。

【品读】

据说做和尚要根除常人的七情六欲,否则修不成正果。人生有不同的活法,张九成受禅师点拨放弃世俗人生做了和尚,就是活法之一。

兄弟佞佛　　钮　琇(清)

魏里丁清惠公之后,有伯仲二人,绩学工文,而酷嗜佛法。仲于内室供准提像①,凌晨必焚香诵咒,跪而礼之。一日,偶触妇怒,手裂像掷地。仲不能堪,潜诣伯曰:"弟获大罪过,无复生理,当捐此秽臭以图忏悔,何如?"伯曰:"弟言是也。"于是仲径出门,伯送于后。仲至岸,正衣冠,一踊投河。伯合掌曰:"善战!"遂高唱《往生咒》而还②。适其家人见之,援救得免。

——《觚賸》

【注释】

①准提:佛教的菩萨。

②《往生咒》:《往生论》,佛教经典之一,赞扬西天净土,希望到那里去生活。

【译文】

魏里丁清惠公的后代,有兄弟二人,潜心读书,善于作文,并且特别喜爱佛法。弟弟在内室里供奉菩萨像,每天清晨一定焚香念经,跪着给菩萨施礼。一天,弟弟偶然触怒了妻子,妻子把菩萨像捏破扔在地上,弟弟不能忍受,偷偷地到哥哥那里说:"我犯了大罪过,没有再活的道理,将舍弃我这臭皮囊以示悔过,怎么样?"哥哥说:"你说得对。"于是弟弟直接出了门,哥哥在后面送他。弟弟到了水岸边,整了整衣服、帽子,一跳投进河水里。哥哥合上双掌道:"好啊!"就高声朗诵《往生咒》回家。刚好他们家里的人看见弟弟跳水自尽,把他救起来,弟弟才免了一死。

【品读】

信佛是一种精神寄托,对个人来说,舍弃了生命,精神就随之消亡,佛就不存在了。生命始终是要紧的。

法和尚　昭　梿(清)

乾隆中,有法和尚者,居城东某寺,势甚薰赫①。所结交皆王公贵客,于寺中设赌局,诱富室子弟聚博;又私蓄诸女伎日夜淫纵,其富逾王侯,人莫敢撄②。果毅公阿里衮恶其坏法③,乃令番役阴夜逾垣擒之,尽获其不法诸状。阿恐狱缓,为之缓颊者众④,乃遍集诸寺僧寮⑤,立毙杖下。逾时要津之托始至⑥,已无及矣,人争快之。至于市井间绘图鬻之,久之未已也。

——《啸亭杂录》

【注释】

①薰赫:气焰盛大的样子。

②撄(yīng):碰撞,触犯。

③阿里衮:人名,姓钮祜禄氏,字松崖,满州镶黄旗人。清乾隆时,曾任云贵总督,授副将军,屡建战功。

④缓颊:婉言劝解,代人说情。

⑤僧僚(liáo)：一样住寺的僧人。僚，通"僚"。

⑥要津：要道、渡口，喻有权有势的人。

【译文】

　　清高宗乾隆时期，有一个法和尚居住在城东的某寺庙里，势力非常大，结交的都是王公贵人，并且在寺庙里开设赌场，引诱有钱人家的子弟一起赌博，又私自养了一些妓女日夜淫荡。他的财富超过了王侯，没有谁敢触犯他。果毅公阿里衮恨他坏了法制，就要差役偷偷在夜里翻墙进庙抓住他，完全得到了他违法的各种情况。阿里衮担心案子拖了下来，为他说情的人多，就把各个寺庙的和尚都召集来，当场用棍子把他打死。过了一个时辰，权要之人的说情才到，已经赶不上了。人们奔走相告，十分高兴，以致集市上把这件事画成图画来卖，流传了很长时间。

【品读】

　　法和尚所作所为大大违背佛教精神，如其说他是和尚，不如说他是身着袈裟的土豪劣绅。阿里衮为民除害，深得人心。

金陵诗僧　梁绍壬（清）

　　金陵水月庵僧镜澄，能诗，然每成辄焚其稿。槜李吴澹川录其数首①，呈随园先生②，先生激赏之。吴谓镜澄宜往谒先生。镜澄曰："和尚自作诗，不求先生知也。先生自爱和尚诗，非爱和尚也。"卒不往。

——《两般秋雨盦随笔》

【注释】

　　①槜(zuì)李：地名，今浙江嘉兴县西南。

　　②随园先生：即袁枚，清代文学家，倡导性灵说。

【译文】

　　金陵水月庵的和尚镜澄，会写诗，但他每次写好后就把诗稿焚烧了。槜李的吴澹川抄录了几首，呈送给随园先生看，随园先生看后很赞赏他。吴澹川对镜澄说：你应该前去拜见随园先生。镜澄说："和尚自己写诗，不求先生知道。先生喜欢的是和尚的诗，不是喜欢和尚。"最终没有去拜见。

【品读】

镜澄和尚这样做，源于淡泊名利的胸怀。他写诗不求先生知，也不求世人知，意在与世俗相隔绝，尽佛门之道。

拜　佛　潘永因（清）

太祖幸相同寺①，至佛像前烧香，问当拜与不拜。僧录赞宁奏曰②："不拜。"问其何故？曰："现在佛不拜过去佛。"遂以为定制。议者以为得体。

——《宋稗类钞》

【注释】

①太祖：即宋太祖赵匡胤。

②僧录：僧官名。唐开成中，设左右街僧录，后因置僧录司，专掌佛教事。赞宁：宋僧，咸平中加右街僧录，卒谥圆明大师。

【译文】

宋太祖来到相国寺，到佛像前烧香，问左右的人，这佛拜还是不拜。僧录赞宁上奏道："不拜。"太祖问为什么不拜。赞宁回答说："现在佛不拜过去佛呀！"于是，便以此为定制，皇帝不拜佛。谈论此事的人都认为赞宁的话说得很得体。

【品读】

寻常百姓烧香拜佛，这已是司空见惯的事。而至尊至上每每要接受臣民三跪九拜的万岁天子要不要拜佛，人们还很少想过这个问题呢。当这个问题出现在宋太祖面前时，僧录赞宁一句妙语便解决了。

竹 园　潘永因（清）

浙右有富人舍竹园于邻寺①。其子后贫落，取其笋，僧执为盗，闻于官。守判云："当初舍园，指望福田②。既无福田，还他竹园。"

——《宋稗类钞》

【注释】

①浙右：浙水之右。

②福田：佛家称积菩萨行可得福报，犹如播种田地，秋获其实。

【译文】

浙右一带有个富人，把自家的一片竹园施舍给了旁边的寺院。那富人的儿子后来家道衰落，日渐贫困，他便到那片竹园里去挖竹笋。和尚把他当盗贼抓了起来，上告到官府。审理这案子的太守写了如下判词："当初施舍竹园，是指望得到福报；既然如今没能得到福报，那就把竹园还给他。"

【品读】

佛教讲善有善报，恶有恶报，这家富人做了善事，不仅没得善报，反而由富而贫，这简直是以恶报善了。这则小品，客观上也表现了佛教因果报应说的虚假性。太守颇有智慧，判词别有趣味。

僧有两妻　徐 珂（清）

高宗南巡①，驾次毗陵②。一日，游天宁寺，闻住持某僧有不规名，因询之曰："汝有几妻？"僧以两妻对。帝异其言，又询之，则曰："夏拥竹夫人③，冬怀汤婆子④，宁非两妻乎？"

帝一笑置之。

——《清稗类钞》

【注释】

①高宗:即乾隆皇帝。

②毗(pí)陵:古县名。今属江苏省。

③竹夫人:指竹席。

④汤婆子:指热水袋之类的东西。

【译文】

乾隆皇帝南巡时,来到了毗陵。有一天,乾隆帝去游览天宁寺。他听说这寺院里住持某僧,有不守佛门规矩的名声,于是就问那个僧人说:"你有几个妻子?"僧人说有两个。这回答出乎乾隆帝意外,他又好奇地进一步询问此事。僧人说:"我夏天拥抱着竹夫人,冬天就怀揣汤婆子,这不就是两个妻子吗?"乾隆帝一笑置之。

【品读】

相声中悬念式的包袱主要是靠"意料之外"取胜。这则小品,很善于设置悬念。和尚先是对事情真相秘而不宣,故布疑阵,最后来个真相大白,幽默效果一下子就出来了。

秋航将死 徐 珂(清)

同治癸亥,僧秋航年一百十九矣,居京师。上元陈鲁知浙江衢州府①,乃偕之至浙,留杭州。翌年正月,遍辞同人,云将西归,且促为之祖道②。元夕前一日,同人饯之。秋航故饮酒食肉,如常人。是日,且与一人对局:弈竟,敛子入枰③。曰:"今日之会难再,此局乃绝著也。"众不解,叩之,不告。明日,趺坐而化矣④。

——《清稗类钞》

人間掌故

【注释】

①上元：地名，今江苏江宁县。衢（qú）州：地名，辖境相当于现在的浙江衢州、常山、江山、开化四地。

②祖道：为出行的人祭祀路神，开设宴饯行。

③枰（píng）：棋盘。

④跌（fū）坐：盘腿而坐。

【译文】

清穆宗同治二年，和尚秋航一百一十九岁了，居住在京城。当时，上元的陈鲁任浙江衢州知府，和秋航一起到浙江，秋航留在杭州。第二年正月，他向所有的同人告辞，说自己将去西天，并催促人们为他祭路、饯行。除夕的前一天，同人为他饯行，他有意像常人一样喝酒吃肉，并在这一天和别人下棋。棋下完了，他把棋子收进棋盘，说道："很难再有像今天这样的会见了，这一盘是我的绝着。"大家不明白，问他，他不说。第二天，他盘腿坐着死去了。

【品读】

人有生必有死，自然规律无法抗拒。人之将死也许是预感的，秋航和尚将死，行为和言论都是作死的准备。这件事反映了人生的一种现象，也可以看出秋航对死的坦然态度。

诙　谐

煮竹席　邯郸淳（三国·魏）

汉人有适吴，吴人设笋，问是何物，语曰："竹也。"归煮其床簀而不熟①，乃谓其妻曰："吴人辂辘②，欺我如此！"

——《笑林》

【注释】

①簀（zé）：竹床席。

②辂辘（lì lù）：车子的轨道。轨道谐音"诡道"（欺诈，狡猾），因称狡诈为"辂辘"。

【译文】

有个汉中人到吴地（今江浙一带）去，吴地的人用竹笋做菜招待他。他问那道菜是用什么东西做的，吴地人信口回答说："是竹子。"汉中人觉得那菜味道不错；回到家里，便将他家床上的竹席放进锅里煮了起来，可怎么也煮不熟。于是，汉中人便生气地对妻子说："吴地人真狡诈，竟敢这样捉弄我！"

【品读】

世上想把竹席当菜吃的固然十分罕见，但遇事不动脑筋、不求甚解而闹笑话的人还真不少呢！

王蓝田性急　刘义庆（南朝·宋）

王蓝田性急①。尝食鸡子②，以箸刺之不得③，便大怒，举以掷地。鸡子于地圆转未止，仍下地以屐齿碾之，又不得。瞋甚④，复于地取内口中，啮破，即吐之。王右军闻而大笑⑤，曰："使安期有此性⑥，犹当无一豪可论⑦，况蓝田耶？"

——《世说新语》

【注释】

①王蓝田：王述，字怀祖，东晋时官至散骑常侍尚书令，袭爵为蓝田侯。

②鸡子：鸡蛋。

③箸（zhù）：筷子。

④瞋："嗔"的异体字，怒。

⑤王右军：即王羲之。

⑥安期：王承，字安期，王蓝田之父。

⑦一豪：一毫。

【译文】

王蓝田性情急躁。曾经有一次，王蓝田吃鸡蛋，用筷子去夹，没有夹住，他便大为恼火，用手抓起鸡蛋扔在地上。鸡蛋在地上转圈圈，还没停下，王蓝田又下地用鞋底去踩它，结果又没踩到。王蓝田更是怒不可遏，便又从地上把鸡蛋抓起来送进口里，咬破，随即又吐到地上。王羲之听说这事后大笑不止，说："假使蓝田的父亲安期有这性子，尚且不足称道，而况蓝田呢？"

【品读】

这则小品犹如一幅漫画，滑稽幽默，涉笔成趣，让人读来忍俊不禁。看来，生活中有些事儿能急则急，不能急时干急也无用呢。

驴鞍代下巴　侯　白（隋）

户县有人将钱绢向市①。市人觉其精神愚钝②，又见颏颐稍长③，乃语云："何因偷我驴鞍桥去④，将作下颔！"欲送官府，此人乃悉以钱绢求充驴鞍桥之直⑤，空手还家。其妻问之,具以此报。妻语云:"何物鞍桥,堪作下颔? 纵送官府,分疏自应得脱,何须浪与他钱绢?"乃报其妻云:"痴物,倘逢不解事官府,遣拆下颔检看,我一个下颔,岂只直若许钱绢?"

——《启颜录》

【注释】

①户县:在今陕西省。向市:去市场,赶集。

②市人:这里指集市上的几个恶棍无赖。

③颏(hái)颐:指颜面的下半部。颏:下巴。颐:面颊。

④驴鞍桥:即驴鞍子,翻转过来形状似下巴。

⑤直:同"值"。

【译文】

户县有个人带着铜钱和绢帛去赶集。集市上几个无赖觉得这个人神情愚钝,又见脸形偏长,就诈他说:"你为什么把我的驴鞍子偷走,拿去当了你的下巴?"说罢,就要把这个人送到官府去。这人就把钱绢全部拿出来,抵了驴鞍子的价钱,空着手回了家。他妻子问起赶集的情况,他把事情详细给妻子说了。妻子说:"什么样的鞍子,竟能当下巴? 即使送到官府,你分辨清楚了也可以脱身,哪里用得着白白地送人钱绢?"这人听妻子这么说,回答道:"你真是个蠢东西,如果我碰上一个糊涂老爷,硬是让人拆下我的下巴来检看,我一个下巴,难道只值这么一点儿钱绢?"

【品读】

这则小品正是采用寓庄于谐的手法,深刻地揭露社会的黑暗。那个赶集人看似愚蠢,其实很聪明,不过这聪明中又有几分无奈。

考 词 张 鷟(唐)

唐贞观中,桂阳令阮嵩妻阎氏极妒。嵩在厅会客饮,召女奴歌①,阁披发跣足袒臂,拔刀至席,诸客惊散。嵩伏床下,女奴狼狈而奔。刺史崔邈为嵩作考词云②:"妇强夫弱,内刚外柔。一妻不能禁止,百姓如何整肃?妻既礼教不修,夫又精神何在?考下。省符解见任。"

——《朝野佥载》

【注释】

①女奴:婢女。

②考词:考核官吏所下的评语。

【译文】

唐代贞观年间,桂阳县令阮嵩的妻子阎氏妒悍成性。有一次,阮嵩在厅堂里陪客人一道饮酒,召来一个婢女在旁边弹唱。阎氏知道后,披头散发,赤脚光臂,手握刀子冲到席上。客人惊怕得四下里逃散了。阮嵩吓得趴在床底下,婢女也狼狈地逃到外面去了。刺史崔邈考核阮嵩所下的评语是:"妇强夫弱,内刚外柔,一个妻子都管束不住,怎么能管理好百姓,妻子既然不懂礼教,丈夫又哪来的精神?考核名次为下等。省符解除现任之职。"

【品读】

古代有关妒妇悍妇的故事、笑话不少,但像阎氏这样妒悍之至的人还不多见。刺史的考词别具一格,更添妙趣。

王锷散财货 　李　肇(唐)

王锷累任大镇①,财货积山。有旧客诫锷以积而能散之义。后数日,客复见锷。锷曰:"前所见教,诚如公言,已大散矣。"客曰:"请问其目。"锷曰:"诸男各与万贯,女婿各与千贯矣。"

——《国史补》

【注释】

①王锷：唐朝德宗时人，出身行伍，官至宰相，史书有传。累任大镇：指屡次为大镇节度使。

【译文】

王锷屡次担任大镇节度使，财物聚集如山。有位老客人劝诫王锷，告之以积财而又能散财之义。过了几天，那位客人又见到了王锷。王锷说："上次受了你的指教，我已经按你所说的，大散其财了。"客人问："请问，你能说得详细些吗?"王锷回答道："几个儿子每人给钱一万贯，女婿各给了一千贯钱。"

【品读】

这是一则讽刺小品，写了一个富有而贪婪的吝啬鬼的故事。本文言词清简、意蕴十足，是轻松的揶揄，也是俏皮的奚落。

数　驴　刘　肃（唐）

则天初革命①，恐群心未附，乃令人自举，供奉官正员之外②。置里行、拾遗、补阙、御史等③，至有"车载斗量"之咏。有御史台令史将入台④，值里行数人聚立门内。令史下驴，驱入其间。里行大怒，将加杖罚，令史曰："今日过实在驴，乞数之，然后受罚。"里行许之。乃数驴曰："汝技艺可知，精神极钝，何物驴畜，敢于御史里行?"诸里行羞赧而止。

——《大唐新语》

【注释】

①革命：此处指变革朝中原有的某些制度。

②供奉官正员：供奉官，指以文字或其他技艺供奉于朝中的人。正员：正式在编的官员。

③里行、拾遗、补阙、御史：皆为官名，其中里行有御史里行、殿中里行之分，拾遗与补阙又有左右之分。

④令史:官名,掌管文书等事的小官。

【译文】

　　武则天最初变革朝政时,怕人心不服,就让人们自我举荐;一时间,除了正式在编的官员之外,又设置里行、拾遗、补阙、御史等官职。官员之多,当时有"车载斗量"的说法。

　　一天,有位御史台令史将要去上班,正碰上好几个里行聚在一块儿,站在门内。令史赶忙从驴子身上下来,谁知那驴子却窜到里行堆里去了。里行们大为恼火,要惩罚令史。令史说:"今天这事,过错实在是在驴子,而不在我,请让我先好好教训教训这驴子,然后我再接受你们的处罚。"里行同意了。令史于是牵过驴子,狠狠地数落道:"你的那点本事我知道,精神愚钝之极,什么蠢畜生,竟敢钻到里行中去?"几位里行听罢,羞红了脸,也不再找令史的麻烦了。

【品读】

　　冗官泛滥,必有不少滥竽充数者。这令史非常聪明机警,他借数落驴子的机会,指桑骂槐,含沙射影,让里行自觉羞愧,事情不了了之。这则讽刺小品风趣幽默,读来让人忍俊不禁。

简雍戏谏刘备　李昉等(宋)

　　蜀简雍①,少与先主有旧,随从周旋,为昭德将军。时天旱禁酒,酿者刑。吏于人家索得酿具,论者欲令与造酒者同罚。雍从先主游观,见一男子路中行,告先主曰:"彼人欲淫,何以不缚?"先主曰:"卿何以知之?"雍对曰:"彼有淫具,与欲酿何殊。"先主大笑,而原舍酿者罪。

　　　　　　　　　　　　　　——《太平广记》

【注释】

　　①简雍:蜀汉涿都人,字宪和,少与先主(即刘备)善。性简傲跌宕,滑稽讽谏。

【译文】

四川的简雍,年轻时与先主(刘备)关系很好。他跟随先主四处
奔波、征战,并担任昭德将军。

有一年碰上天旱缺水,先主下令禁止酿酒,若有违背者,按刑法
处置。有小吏从一户人家中搜到酿酒的工具,有人要把这家人与实
际造酒的人一样治罪。

简雍有次跟先主一起在外游玩、观览,看见有一个男子正在路
上走,他便对先主说:"这个人想要流氓,怎么不快把他捉起来?"先
主奇怪地问:"你怎么知道呢?"简雍回答说:"那人有纵逸的器具,与
那有酿酒器具的人有什么不同?"先主听罢大笑起来,而后就让人把
那有酿酒器具的人释放了。

【品读】

有酿酒的器具,就要与酿酒者一样治罪,那口袋里装着火柴的
人就要与纵火犯一样处置,家有刀枪的人就要与杀人犯一样问斩,
这当然是十分荒谬的强盗逻辑。简雍之巧谏十分机智,让人赞叹!

宰相比靴　欧阳修(宋)

故老能言五代时事者,云冯相和相同在中书①,一日,和
问冯曰:"公靴新买,其直几何②?"冯举左足示和曰:"九百。"
和性褊急,遽回顾小吏云:"吾靴何得用一千八百?"因诟责
久之。冯徐举其右足,曰:"此亦九百。"于是烘堂大笑③。时
谓宰相如此,何以镇服百僚!

——《归田录》

【注释】

①冯相和相:冯相,即冯道,五代时景城人,历仕后唐、后晋、后
汉、后周四朝,事十君,三入中书,在相位二十余年。和相,即和凝,
五代汶阳须昌人,历汉周为相。

②直：通"值"。

③烘：同"哄"。

【译文】

长老有能谈论五代时事的,说冯道和凝曾同在中书省担任宰相。一天,和凝问冯道说:"您的靴子是刚买的,花了多少钱?"冯道拾起左脚让和凝看看,然后说:"九百。"和凝性情急躁,立刻回头对小吏说:"我的靴子怎么用了一千八百?"他在那儿把小吏斥责、辱骂了好半天。冯道这时才慢慢抬起右脚,说:"这只鞋也是九百。"于是,人们哄堂大笑。当时的人就说宰相们这个样子,怎么能镇服百官呢!

【品读】

五代时候的冯道,是个著名的乱世不倒翁。他一生先后为四个王朝效力,侍奉过十个君主,在相位二十余午,视丧君亡国,不以为意。这个没什么节操可言的冯道,还很为自己的履历骄傲,自号长乐老。和凝也是一个历仕几朝几君的无耻官僚,只是臭名还不及冯道大。这则趣事并非只是逗笑而已。在宰相比靴的表象后,我们看到的不正是官场的昏黑与无聊么!

忆与欧公戏语　苏　轼（宋）

欧阳文忠公尝言①:有患疾者,医问其得疾之由,曰:"乘船遇风,惊而得之。"医取多年柂牙②,为柂工手汗所渍处,刮末,杂丹砂、茯神之流,饮之而愈。今《本草》注③,《别药性论》云:"止汗,用麻黄根节,乃故竹扇为末,服之。"文忠因言:"医以意用药多此比;初似儿戏,然或有验,殆未易致诘也。"予因谓公:"以笔墨烧灰饮学者,当治昏惰耶? 推此而广之,则饮伯夷之盥水④,可以疗贪;食比干之馂余⑤,可以已佞;舐樊哙之盾⑥,可以治怯;齅西子之珥⑦,可以疗恶疾矣。"公遂大笑。元祐六年闰八月十七日,舟行入颍州界,坐念二十年前见文忠公于此;偶记一时谈笑之语,聊复识之。

——《志林》

【注释】

①欧阳文忠公:即欧阳修,谥文忠。

②柂(duò)牙:舷柄。柂,同"舵"。

③《本草》:古药书,托名神农作,实际上是汉以来人所纂辑的。历代注家甚多,以明代李时珍注为最详。

④伯夷之盥水:伯夷,商末孤竹君之子,和他的弟弟叔齐互相谦让嗣位。盥水:洗手之水。

⑤比干之馂余:商纣淫乱,比干谏而死。馂余,吃剩的食物。

⑥樊哙之盾:樊哙是汉高祖刘邦大将,以豪勇著称。鸿门之宴时,他为救护刘邦,捉剑持盾,冲倒项羽的门卫,闯入大帐。

⑦齅(xiù):同"嗅"。西子:即春秋时越国美女西施。

【译文】

欧阳文忠公曾说:有个患病的人去投医,医生问他得病的原因,他说:"我是乘船时遇上大风,受惊而得的病。"医生就拿来用过多年的舵把,把舵工握手的汗渍刮了些末子,拌上朱砂、茯苓之类的药物。病人把这药剂服用后病就好了。现今的《本草》注,《别药性论》上说:"止汗,用麻黄根节,加上旧竹扇弄成粉末,然后服下它。"文忠公于是说:"医生主观随意下药,大多依此类推;起初像是开玩笑,但有的药居然灵验,几乎不可能怀疑问诘了。"我因此而对欧阳文忠公说:"把笔墨烧成灰,给求学的人喝,应该可以治疗无知、懒惰吧?依此推而广之,饮用伯夷的洗手水,就可以用来治疗贪欲;喝比干的残汤剩饭,可用来止息奸佞;用舌头舔一下樊哙的盾牌,可用来治疗胆怯,闻一闻西施的耳饰,可用以治疗恶疾。"文忠公听罢就大笑起来。元祐六年闰八月十七日,船进入颍州境内,因想到二十年前在这里会见文忠公,偶然记起当时谈笑之语,姑且再把它们写下来。

【品读】

这是一篇颇富理趣的幽默小品,它不止于表述个人的情志,而力求阐述哲理。作者对那种着眼于事物的表面来解释物品的药用价值(如用舵柄治惊,扇末止汗)的做法,进行了辛辣的讽刺。

明年同岁　苏　轼(宋)

艾子行①,出邯郸道上,见二媪相与让路②。一曰:"媪几岁?"曰:"七十。"问者曰:"我六十九,然则明年,当与尔同岁矣。"

——《艾子杂说》

【注释】

①艾子:古代假托的一个滑稽多智的人物。

②媪(ǎo):老妇人。

【译文】

有一次,艾子正在赶路,途经邯郸城,遇见两个老太婆在那里相互让路。其中一个问道:"您多大岁数了?"另一个回答说:"七十岁了。"问话的那个老太婆便说:"我今年六十九,但到明年,也就和您同岁了。"

【品读】

老小老小,有些老人的性情、思维确实有点孩子气。在现实中犯这种认识片面错误的人还不少呢。

石学士　惠　洪(宋)

石曼卿隐于酒①,谪仙之流也②,善戏谑。尝出报慈寺,驭者失控,马惊,曼卿堕地。从者惊遽,扶掖据鞍,市人聚观,意其必大诟怒。曼卿徐着一鞭,谓驭者曰:"赖我石学士也,若瓦学士,顾不破碎乎?"

——《冷斋夜话》

诙
谐

【注释】

①石曼卿:即石延年,字曼卿,宋宋城人,官至太子中允。

②谪仙:谪居世间的仙人。古人往往称才行高迈的人为谪仙,言非人间所有。

【译文】

石曼卿是一个喜欢喝酒的人,才行高迈,悠然自处,并且很会开玩笑。曾经有这么一次,他从报慈寺出来,刚骑上马,由于牵马的人没弄好,致使马受了惊,石曼卿从马上摔了下来。随从非常惊恐,赶忙把他扶起,重新上马,街上的人都围拢来看热闹,人们都认为石曼卿一定会大发脾气。谁知,他轻轻地打了一鞭以后,对牵马的人说:"幸亏我是石学士,如果我是瓦学士,你看不早把我摔成碎片了?"

【品读】

幽默,是调适人际关系的润滑剂,它能让尴尬的场面变得轻松愉快。而与人为善,宽以待人,则能让别人感到宽和、温暖,也使自己心平气和,身心俱佳。

逼　婚　彭　乘(宋)

有一新贵少年①,有风姿,为贵族之有势力者所慕,命十数仆拥致其第。少年欣然而行,略不辞逊。既至,观者如堵。须臾,有衣金紫者出曰②:"某惟一女,亦不至丑陋,愿配君子,可乎?"少年鞠躬谢曰:"寒微得托迹高门,固幸,待更归家,试与妻商量如何?"众皆大笑而散。

——《墨客挥犀》

【注释】

①新贵:指刚考中进士的人。宋代的进士立即可授官职,所以

人間掌故

皇帝常从中挑选驸马,权贵也从中物色女婿。

②金紫:宋代王公、高官的服装。

【译文】

有一个刚刚中榜获得功名的少年进士,颇有风度姿态。一位有势力的贵族看中了他,差遣十几个奴仆把他簇拥到自己的府第。少年进士很爽快地去了,一点儿也没推脱。到了那贵族的府第,只见围观的人把这里围得像墙一样,密不透风。不一会儿,有个穿戴华贵的人出来对进士说:"我只有一个女儿,也还不算丑陋,愿把她许配君子,不知可否?"少年进士鞠躬答谢道:"我出身寒微,能托身高门,确实很荣幸,等我再回家一趟,试与妻子商量一下,如何?"围观的人大笑而散。

【品读】

鲁迅先生说:"喜剧将无价值的撕破给人看。"这则小品就是优秀的讽刺喜剧,它对封建时代中人们以联姻作为向上攀附手段的恶劣风习,作了辛辣的揶揄。

苏轼扪腹　费　衮(宋)

东坡一日退朝,食罢扪腹徐行,顾谓侍儿曰:"汝辈且道是中有何物?"一婢遽曰:"都是文章。"坡不以为然;又一人曰:"满腹都是识见。"坡亦未以为当;至朝云乃曰[1]:"学士一肚皮不合时宜。"坡捧腹笑。

——《梁溪漫志》

【注释】

①朝云:苏轼的小妾。

【译文】

一天,苏东坡退朝回到家,吃罢饭捂着肚子慢慢行走。他看着身边的侍妾丫环,问道:"你们说我这肚子里有什么东西?"一个丫环抢先回答说:"里面全是文章。"东坡认为不对。又有一个人说:"满肚子都是见识。"东坡还是认为没说到点子上。最后,朝云说:"学士一肚皮的不合时宜。"苏东坡听了,忍不住捧腹大笑。

【品读】

　　幽默是一种情趣,一种健康的人性。苏东坡就是一个很有幽默感的文学大师。历代笔记野史中留下了有关他的大量幽默传闻。"东坡扪腹"可让我们窥一斑而见全豹。

冒牌叶适　白　斑(元)

　　韩侂胄为相时①,尝招致水心叶适②,已在座,忽门外有以漫刺求谒者,题曰:"水心叶适候见。"坐中恍然。

　　胄以礼接之,历举水心进卷中语,其客皆曰:"某少作也,后皆改之。"每诵改本,精好逾之。遂延入书院饭焉。出一杨妃手卷,令跋其后,索笔即书曰:"开元、天宝间,有如此姝,当时丹青,不及麒麟凌烟③,而乃诸此;吁,世道判矣! 水心叶某跋。"又出米南宫帖④,即跋云:"米南宫笔迹尽归天上,犹有此纸散落人间;吁,欲野无遗贤,难矣!"如此数卷,辞简意足,一座骇然。胄大喜,密语之曰:"自有水心在此,岂天下有两子张耶⑤?"其人笑曰:"文人才士,如水心一等,天下不可车载斗量也。今日某不假水心之名,未必蒙与进至此!"胄然之,为造就焉。

　　其人姓陈,名谠,建宁人,后举进士。

——《湛渊静语》

【注释】

　　①韩侂(tuō)胄:南宋大臣。字节夫,相州安阳(今河南安阳)人。宋宁宗时,以外戚执政十三年,权位居左右丞相之上。他反理学,尊岳飞,贬秦桧,力主伐金,兵败被杀。

②叶适：南宋哲学家，永嘉学派的代表。字正则，温州永嘉（今浙江永嘉）人，世称水心先生。

③麒麟：汉宣帝时阁名。凌烟：唐太宗时阁名。汉宣帝和唐太宗曾下令给功臣名将画像，然后陈列在麒麟阁、凌烟阁。

④米南宫：米芾(fú)，字元章，号襄阳漫士、海岳外史等。宋钦宗时召为书画博士，世称"米南宫"。

⑤子张：孔子弟子颛孙师，字子张。

【译文】

韩侂胄担任宰相时，曾经请叶适作客。叶适已经坐定，忽然门外有人递上随便写的名片请求接见，名片上题为："水心叶适候见"。满座的人都有些惊讶。

韩侂胄按礼节接待他，有意识地一一列举叶适给朝廷上书中的言论，客人总是说："这是我年轻时写的，后来都修改了。"并且常朗读修改后的文字，比叶适上书中的言论更加精妙。韩侂胄就把他请进书房招待，并拿出一幅画有杨贵妃的长幅画卷，要他在画的后面写一点评价的文字，他要过笔当即写道："唐玄宗开元、天宝年间，有这样的美女，当时的画家，不画可以陈列在麒麟阁、凌烟阁的功臣名将，而画这种人，唉，世道真是有别啊，水心叶适跋。"韩侂胄又拿出米南宫的字帖，客人在后面写道："米南宫的笔迹尽归朝廷，还有这份字帖散落在民间，唉，想民间没有被遗弃的贤人，难哪！"他像这样写了几卷，文辞简洁，意思完备，在座的人都震惊了。

韩侂胄大喜，偷偷告诉他说："水心先生本来就在这里，难道天下有两个水心吗？"那人笑着说："天下像水心那样的文人才士，可以车载斗量。但我今天如果不是借水心的名义，未必能得到您的接见，能像这样谈吐！"韩侂胄很赏识他，决定对他进行培养。

这人姓陈，名谠，建宁（今福建建瓯）人，后来考取了进士。

【品读】

陈谠假冒叶适之名，得见韩侂胄，使韩有因名取人的嫌疑。而凑巧真叶适在韩家，使陈谠入见暗蕴机趣。韩的有意试探以及最后摊牌,都成为陈借题发挥的机会。陈说语惊四座,不能不让韩对他刮目相待。

好好先生　冯梦龙(明)

后汉司马徽不谈人短①,与人语,美恶皆言好。有人问徽:"安否?"答曰:"好。"有人自陈子死,答曰:"大好。"妻责之曰:"人以君有德,故此相告,何闻人子死,反亦言好?"徽曰:"如卿之言,亦大好。"今人称"好好先生"本此。

——《古今谭概》

【注释】

①后汉:东汉。司马徽:字德操,阳翟(今河南禹县)人。才学、德行过人,终生隐而不仕。

【译文】

东汉的司马徽不谈论别人的短处,和人谈论事物,不管好坏都说好。有人问他:"好吗?"他回答:"好。"有人到他那里诉说儿子死了,他说:"很好。"妻子责备他道:"别人因为你德行好,所以把这事告诉你。为什么你听说别人儿子死了,反而称好呢?"司马徽说:"像你这样说,也很好。"现在人说"好好先生"本于此。

【品读】

凡事都说好,也就没有是非标准。司马徽才学、德行过人而得了"好好先生"的名声,不是他无是非标准,而是他有意抹杀是非,把自己隐匿在是非之后。

借诗并借表丈　冯梦龙(明)

唐李播典蕲州①,有李生来谒,献诗。播览之骇曰:"此仆旧稿,何乃见示?"生惭愧曰:"某执公卷,行江淮已久,今丐见惠②。"播曰:"仆老为郡牧,此已无用,便奉赠。"生谢别。播问:"何之?"生曰:"将往江陵谒表丈卢尚书。"播曰:"尚书何名?"生曰:"弘宣。"播大笑曰:"秀才又错矣,卢乃仆亲表丈,何复冒此?"生惶恐谢曰:"承公假诗③,则并荆南表丈一时曲取④。"播大笑而遣之。

——《古今谭概》

【注释】

①李播:唐宪宗时进士,曾任校书郎、郎中、蕲州牧等职。典:掌管。蕲州:地名,今湖北蕲春一带。

②丐见惠:请求施舍恩惠。这里意为把诗稿赠送给(我)。

③假:借。

④曲取:委曲借取。

【译文】

唐代李播掌管蕲州的时候,一天,有位李秀才来拜见,献上自己的诗作。李播看了后吃惊地说:"这是我的旧作,为什么把它给我看?"李秀才惭愧地说:"我拿着你的诗,在江淮一带游历了很久,现在请你把它送给我。"李播说:"我久任郡牧,这已没有什么用处,就送给你算了。"李秀才道谢后告辞。李播问道:"你到什么地方去?"李秀才回答:"将到江陵拜见表丈卢尚书。"李播问:"尚书叫什么名字?"李秀才说:"弘宣。"李播大笑道:"秀才又错了,卢尚书是我的亲表丈,为什么以他冒充你的表丈呢?"李秀才惶恐不安地道歉说:"承蒙你把诗借给我,那就连江陵的表丈也委曲借用一下吧。"李播听了,哈哈大笑地让他走了。

【品读】

文坛上假冒的事由来已久,但像这则小品中的李秀才厚颜无耻并不多见。

三十而立　冯梦龙(明)

魏博节度使韩简①,性粗质②,每对文士,不晓其说,心常耻之。乃召一士人讲《论语》③,至《为政篇》。明日喜谓同官曰:"近方知:古人禀质瘦弱,年至三十,方能行立。④"

——《古今谭概》

【注释】

①魏博:唐代藩镇名,辖魏、博、相、卫、磁、洺、贝七州。旧址相当于今河北邯郸、永年、南宫、大名等县及河南安阳市一带。节度使:官名,掌管几州或十几州的军政大权。韩简:魏州人,袭父韩君雄职位为魏博节度使,后被封为昌黎郡王。

②粗质:粗鲁朴实,不通文墨。

③《论语》:儒家学派的主要经典著作之一,它辑录了孔子及其弟子的言行,历来为人推崇。

④年至三十,方能行立:语出《论语·为政》,孔子说:"吾十有五而志于学,三十而立,四十而不惑,五十而知天命,六十而耳顺,七十而从心所欲,不逾矩。"其中"三十而立"是指到三十岁,能够立身处世了。

【译文】

魏博节度使韩简,性情粗鲁朴实,不通文墨。他常常面对文人,不明白他们说些什么,心里总是感到羞耻。于是,他请一个读书人给自己讲授《论语》,那天,讲到了《为政篇》。第二天,韩简高兴地对同僚说:"我近来才知道,古人天生体质瘦弱,到三十岁,才能站立、行走。"

【品读】

韩简身为武官,不通文墨而想通文墨,此情可嘉。他错误理解了孔子说的"三十而立",弄出笑话来,是不求甚解、主观臆测所致。

锥刺地　鸡驱蝗　冯梦龙(明)

宋子京留守西都①,同年为河南令②,好述利便。以农家艺麦费耕耨，改用长锥刺地下种（以一亩试之），自旦至暮，不能遍苗。又值蝗灾，科民畜鸡③，云："不惟去蝗之害，兼得畜鸡之利。"刻期令民悉呈所畜，群鸡既集，纷然格斗，势不得止：逐之飞走，尘埃障天。百姓喧阗不止④，相传为笑。

——《古今谭概》

【注释】

①宋子京：即宋祁（998—1066），北宋安陆（今属湖北）人，后迁开封雍丘（今河南杞县）。曾任翰林学士、史馆修撰等职，以文学知名。西都：西京，这里指河南洛阳。

②同年：同科中的进士。

③科：责成。

④喧阗（tián）：喧哗拥挤。

【译文】

宋祁留守洛阳的时候，他的一位同年担任河南令，好讲究便利。这人见农民种麦子耕地锄草太费劲，就用一亩地做试验，改用长锥子刺地下种，结果从清晨到傍晚，连一亩地都没种完。又遇上蝗虫灾害，他责令百姓养鸡，并说："这不仅可以消除蝗虫灾害，同时可以得到养鸡的好处。"于是，限期要百姓把喂养的鸡全部交来。群鸡集结在一起，纷纷你咬我，我啄你，格斗的情势无法控制；把它们赶得又飞又跑，扬起的尘埃遮蔽天空。百姓则不停地喧嚷拥挤，传为笑谈。

【品读】

办事讲究便利是应该的，但必须权衡是否真的便利，可不可行。有善良的愿望还需从实际出发，寻求正确的措施和方法才能成功。盲目、迂腐只会处处碰壁，有时还闹笑话。如今这样的官员也还大有人在，且有过之而无不及。

莫作人间第二杯　　冯梦龙（明）

成化中，有汝宁杨太守甚清①，其附郭汝阳刘知县甚贪②。太守夜半微行③，至一草舍，有老妪夜绩，呼其女曰："寒甚。"命取瓶中酒，酒将尽，女曰："此一杯是杨太爷也！"复斟一杯曰："此是刘太爷！"盖酒初倾，则清者在前，后则浊矣。闻者赋诗曰："凭谁寄语临民者，莫作人间第二杯。"

————《古今谭概》

【注释】

①汝宁：府名，治所在汝阳（今河南汝南）。清：廉洁。

②附郭：意为属官。

③微行：隐瞒身份，便装出行。

【译文】

明宪宗成化年间，汝宁府杨太守很廉洁，他的属官、汝阳县刘知县很贪婪。一次，杨太守半夜便装出巡，到一间茅草房前，见房里有个老太婆在纺线，喊女儿道："太冷了。"要她把瓶里的酒拿来。瓶里的酒快完了，她女儿倒了一杯，说："这一杯是杨太爷！"随后又倒了一杯说："这一杯是刘太爷！"原来，酒刚倒的时候，前一杯酒清澈，后一杯酒就浑浊了。后来，听说了这件事的人写了两句诗："凭谁寄语临民者，莫作人间第二杯。"

【品读】

为官廉洁还是贪婪，百姓心中自有数。这则小品是劝官吏不贪。贪得无厌最终是搬起石头砸自己的脚，廉洁自守则为人称颂。

将眼泪包去作人事①　　冯梦龙（明）

嘉兴许应逵为东平守②，甚有循政③，而为同事所中④，得论调去⑤，吏民哭泣不绝。许君晚至逆旅⑥，谓其仆曰：
"为吏无所有，只落得百姓几点眼泪耳。"仆叹曰："阿爷，囊
中不着一钱，好将眼泪包去作人事送亲友。"许为一拊掌⑦。

——《古今谭概》

【注释】

①人事：礼物。

②嘉兴：地名，今浙江嘉兴。东平：地名，今山东东平。

③循政：循，善，好。"循政"即良好的治绩。

④中（zhòng）：中伤，诬陷。

⑤得论：被判罪。

⑥逆旅：旅馆、客舍。

⑦拊（fǔ）掌：拍巴掌。拊，拍，敲。

【译文】

浙江嘉兴人许应逵担任东平太守时，很有政绩，却被同事诬陷，
判了罪调到其他地方去。他临行时，一些官吏、百姓伤心得一个劲
地哭泣。晚上，许应逵在一家旅馆安顿下来，对他的仆人说："做了
一场官一无所有，只落得百姓的几滴眼泪罢了。"仆人叹气道："我的
老爷，口袋里一个钱都没有，只好把眼泪包去作礼物送给亲朋好
友。"许应逵听了，不禁为他的话鼓起巴掌。

【品读】

把老百姓依恋不舍的眼泪包去作礼物送亲朋好友，这话说得
很俏皮，诉尽穷愁，却也是对许应逵为官清廉的最高赞誉。

一文赠二　王　锜（明）

张士谦学士作文，不险怪，不涉浅，若行云流水，终日数
篇。凡京师之送行、庆贺，皆其所作，颇获润笔之资①。或冗
中为求者所逼②，辄取旧作易其名以应酬。有除郡守者③，

人求士谦文为赠。后数月，复有人求文送别驾^④，即以守文稍易数言与之。忘其同州也。二人相见，各出其文，大发一笑。

——《寓圃杂记》

【注释】

①润笔之资：酬谢别人写文章、写字、画画所赠送的钱财。

②冗(rǒng)：忙，繁忙。

③除：任命，授职。

④别驾：官名，知州的副官。

【译文】

张士谦写文章，不奇崛，不肤浅，文辞像行云流水，一天写几篇。因此，京城里送行、庆贺的文章，都是他写的，他很得到一些报酬。有时，他在繁忙时为索求文章的人逼迫，就取出过去写的文章换个题目对付。有个人被任命为郡守，他人请张士谦写了篇文章送给他。几个月以后，又有人找张士谦写文章送别驾，张士谦就把送郡守的文章略略改动了几句给他，忘了别驾和郡守同在一州。两人相见，各自拿出张士谦写的文章，不禁哈哈大笑。

【品读】

张士谦这样做当然不值得称道，不过，人生确有无奈的时候，"冗中为求者所逼"也许不是虚言，这使张士谦的行为多少可以理解。张之行为也属"一稿多投"吧！

死后如何 潘永因（清）

叶丞相衡罢相归金华里中^①，不复问时事，但召布衣^②，交日饮。亡何^③，一日觉意中忽忽不怡，问诸客曰："某且死，所恨未知死后佳否耳。"一士人在下坐，作而对曰："佳甚。"丞相惊，顾问何以知之。曰："使死而不佳，死者皆逃归矣。

一往不返，是以知其佳也。"满座皆笑。明年丞相竟不起。

——《宋稗类钞》

【注释】

①叶丞相衡：叶衡，字梦锡，宋金华人。绍兴进士，累拜参知政事、右丞相，兼枢密使。

②布衣：平民的代称。

③亡何：没过多久。

【译文】

丞相叶衡免去职务后回到金华老家，不再过问时事，只是召集一些平民友人，每天喝酒闲谈。没过多久，叶衡有一天忽然感到恍恍惚惚，有点儿不舒服。他问在座的几位客人说："我快要死了，遗憾的是不知道死了以后好不好。"有个读书人在下座，回答说："很好。"丞相吃了一惊，看着他，问他怎么知道的。那个读书人说："假使死了以后不好的话，那死者不都逃回来了。他们都是一去就不回来，因此我才知道死后必定很好。"在座的人都忍不住哈哈大笑。第二年，叶丞相竟一病不起。

【品读】

按照活人的逻辑推导死人的情况，得出死后必佳的结论。这当然是戏言，逗乐中又有狡黠和智慧。

智 巧

东方朔巧谏　葛　洪（晋）

武帝欲杀乳母，乳母告急于东方朔①，朔曰："帝忍而愎，旁人言之，益死之速耳。汝临去，但屡顾我，我当设奇以激之。"乳母如言，朔在帝侧曰："汝宜速去，帝今已大，岂念汝乳哺时恩邪？"帝怆然，遂舍之。

——《西京杂记》

【注释】

①东方朔：字曼倩，汉武帝时待诏金马门，官至太中大夫。以奇计俳辞得亲近，为武帝弄臣。

【译文】

汉武帝要杀自己的奶妈，奶妈向东方朔告急求救。东方朔说："皇上性情残忍，又刚愎自用，旁人劝阻他，不仅不能救你，反而只会更加速你的死亡。到时你要赴死离开前，只须多看看我，我当设奇计，用激将法来解救你。"奶妈果然按东方朔说的去办，东方朔在武帝旁对她说："你该快去就死，皇上如今早已长大成人了，哪里还会念记你喂奶时的恩德？"武帝听罢，不禁有些感触，一时动了恻隐之心，便放了奶妈。

【品读】

这则小品写东方朔谏武帝杀乳母。他根据武帝的个性特点，进谏不采用"正面强攻"，而是采取"迂回战术"，收到了正面攻击所达不到的理想效果。这种劝谏艺术，对今天的人们也还有借鉴作用。

人間掌故

郑氏抗暴 张 鷟（唐）

唐滕王极淫①，诸官妻美者，无不尝遍，诈言妃唤，即行无礼。时典签崔简妻郑氏初到②，王遣唤；欲不去则怕王之威，去则被王所辱。郑曰："昔愍、怀之妃不受贼胡之逼③，当今清泰，敢行此事邪！"遂入王中门外小阁，王在其中；郑入，欲逼之。郑大叫，左右曰："王也。"郑曰："大王岂作如是，必家奴耳。"以一只履击王头破，抓面血流，妃闻而出，郑氏乃得还。王惭，旬日不视事。简每日参候，不敢离门。后王衙坐④，简向前谢过，王惭却入⑤，月余日乃出。诸官之妻曾被王唤入者，莫不羞之。其婿问之，无辞以对。

——《朝野金载》

【注释】

①滕王：唐初李元婴封滕王，此处所指何人不详。

②典签：唐代在各藩国设置的掌表启及宣命的官员。

③愍(mǐn)怀：指晋愍帝和晋怀帝，怀帝在愍帝之前。贼胡：指匈奴族的刘氏汉国，先后攻陷洛阳和长安，俘获怀、愍二帝，并纵兵杀掠奸淫。

④衙坐：坐于官厅。

⑤却入：回转身进后宅。

【译文】

唐滕王非常荒淫，属下各位官员的妻子有些姿色的，他全都奸淫过。滕王总是派人诈称王妃让那些官员妻子到王府，她们一来，滕王就去侮辱。

当时典签崔简的妻子郑氏刚到不久，滕王便派人诈称王妃让她来王府。郑氏想不去则怕滕王的威势，去吧又要被滕王侮辱。郑氏说："从前愍帝、怀帝的妃子都不受贼胡的威逼，如今清明太平之世，滕王难道真敢那样无礼吗!"于是她就随人来到了滕王府中门外的一间小阁子。滕王就等在这里,见郑氏进来,想要逼她就范。郑氏大声喊叫,旁边的人对她说:"这是滕王呢。"郑氏说:"大王哪会干这样的事,肯定是家奴。"她随手抓起一只鞋把滕王的头打破了,又用双手乱抓滕王的脸,抓得滕王满脸是血。直到王妃闻讯赶来,郑氏才得以回家。

滕王感到很羞愧,上十天不理公务。崔简每天去王府参见滕王,等候发落,不敢离开。后来滕王终于又坐到了官厅,崔简赶紧上前代妻子谢罪;滕王觉得羞愧,忙转身进后宅去了,过了一个多月又才露面。

一些官员的妻子曾经被滕王唤去过的,都感到羞愧。当她们的丈夫问起时,无言以对。

【品读】

郑氏无疑是一位勇敢而又聪明的女性。面对寡廉鲜耻的滕王,她的反抗既刚烈泼辣,而又机警巧妙。这个情节,很容易地让我们想起了高玉宝和长工们在《半夜鸡叫》中痛打周扒皮的故事。

宇文士及割肉　刘　𫗧(唐)

太宗使宇文士及割肉^①,以饼拭手,帝屡目焉,士及佯为不悟,更徐拭而便啖之。

——《隋唐嘉话》

【注释】

①太宗:即唐太宗李世民。宇文士及:太宗近臣,官至中书令,封郢国公。

【译文】

唐太宗让宇文士及割肉。士及边割肉,边用面饼擦手。太宗几次用眼色表示自己的不满,士及假装不明白,仍然慢慢擦手,随后却把面饼吃掉了。

人间掌故

唐太宗对宇文士及大手大脚、不爱惜粮食的举动颇为不满。我们也和太宗一样,关注着宇文士及如何收场。这宇文士及最后一举,确实令人称奇叫绝。他的聪敏机智、善于应变、优游不迫,都给读者以深刻的印象。

文德后贺太宗　　刘　悚(唐)

太宗曾罢朝①,怒曰:"会杀此田舍汉②!"文德后问:"谁触忤陛下?"帝曰:"岂过魏征,每廷争辱我③,使我常不自得。"

后退而具朝服立于庭。帝惊曰:"皇后何为若是?"对曰:"妾闻主圣臣忠。今陛下圣明,故魏征得直言。妾幸备数后宫④,安敢不贺?"

——《隋唐嘉话》

【注释】

①太宗:即唐太宗李世民。罢朝:下朝。

②田舍汉:意为乡巴佬。

③争:通"诤"(zhèng),以直言劝告。

④幸:表敬副词。备数:充数。

【译文】

曾经有一次,唐太宗下朝后怒气冲冲地说:"我将要杀掉这个乡巴佬!"长孙皇后问:"是谁招惹了陛下?"太宗说:"难道还有别人能超过魏征? 每每在朝廷上直言顶撞我,常常让我难堪。"

皇后退下后,又穿上朝服站在庭院里。太宗惊奇地问:"皇后为什么这样子?"皇后回答道:"妾听说君主圣明,臣子才忠诚。如今陛下圣明,魏征才敢直言进谏。妾有幸在后宫充数,哪敢不庆贺呢?"

【品读】

这则宫廷轶事,写出了长孙皇后的聪明与见识。她很巧妙地换了一个角度,避开锋芒,来了一个"三段论"推理:"妾闻主圣臣忠"(大前提),"今陛下圣明"(小前提),所以"魏征得直言(忠)"(结论)。顺理成章,推论合理。这样婉转入耳、合情合理的劝导,太宗听了自然舒服。

优人妙语 段成式(唐)

元宗尝令左右①,提优人黄幡绰入池中复出②,幡绰曰:"向见屈原笑臣,尔遭圣明,何遽至此?"

——《酉阳杂俎》

【注释】

①元宗:所指何人不详。元宗疑为玄宗之误,待考。

②黄幡绰:唐明皇时的戏曲艺人。

【译文】

元宗曾下令让手下的人,把优人黄幡绰提起来抛到水池里。幡绰从水里出来后,对元宗说:"我在水底碰见含冤而死的屈原。刚才屈原笑着问我:'我死是因为楚怀王无道,你遇上有道明君怎么也被处死?'"

【品读】

元宗为自己取乐,竟无故把艺人抛到水中。艺人黄幡绰勇敢、机智,他借屈原之口,以似是而非的语言曲折地表达自己的嗔怒,讽刺元宗的荒淫无道,柔中有刚,笑中含愠,很耐人寻味。

医人治虫 孙光宪(五代)

元颅博士话①:唐时中表间有一妇人②,从夫南中效

215

官③,曾误食一虫,常疑之,由是成疾,频疗不愈。京城医者知其所患,乃请主人姨奶中谨密者一人④,预戒之曰:"今以药吐泻,但以盘盂盛之。当吐之时,但言有一小虾蟆走去。然切勿令娘子知之是诳语也。"其奶仆遵之,此疾永除。

——《北梦琐言》

【注释】

①元颃(háng):人名。博士:专精一艺的职官。

②中表间:与祖、父的姐妹之子女的亲戚关系,或与祖母、母亲的兄弟姐妹的子女的亲戚关系,均在中表之内。

③南中:泛指南方。效官:为官。效:致力。

④姨奶:指老仆妇。谨密者:言语谨慎的人。

【译文】

元颃博士说:唐朝时中表间有一个妇女,跟随着自己在南方做官的丈夫,曾经误吃了一条虫子。她常常怀疑那虫子还在自己体内,因此忧郁成病,多次治疗都没有效果。京城里的一位医生,知道这妇女得病的症结,就请来这家的一个言语谨慎的老仆妇,预先告诫她说:"今天让夫人吃药后吐泻,你只用盘盂把秽物接住。当她吐的时候,就说看见一只小虾蟆逃掉了。但千万不能让夫人知道这是骗她的。"老仆妇照着医生的吩咐做了,那妇女的病也彻底根除了。

【品读】

"心病还得心药治",这话看来一点不假。京城医生便对症下药,去其疑心,药到病除,实在是高明。这里讲的是治病的道理。它对我们处理人世间的其他问题也是很有启发的。

开宝寺斜塔　　欧阳修(宋)

开宝寺塔在京师诸塔中最高①,而制度甚精②,都料匠预浩所造也③。塔初成,望之不正而势倾西北。人怪而问之,浩曰:"京师地平无山,而多西北风,吹之不百年,当正也。"其用心之精盖如此。国朝以来木工,一人而已。至今木工皆以预都料为法,有《木经》三卷行于世。

——《归田录》

【注释】

①京师:北宋都城开封。

②制度:规定,用法。这里指设计。

③都料匠:总工匠,负责房屋建筑的设计和指挥。

【译文】

开宝寺塔在京城的几个塔中最高,而设计又特别精巧,是都料匠预浩所建造的。塔刚建成时,看上去塔身不正而略微有点向西北方向倾斜。人们奇怪地问预浩这是怎么回事,预浩说:"京城地势平坦,没有高山,而这里又常刮西北风。这个塔,风吹个近百年,它就会正了。"他的用心之精就是如此。国朝(指宋代)以来木工,他堪称第一。至今木工都还是以预都料为效法的楷模。他著有《木经》三卷,流传于世。

【品读】

这则小品,记述宋代著名工匠预浩巧建开宝寺塔的情况,反映了我国古代工匠高度精湛的建筑艺术水平。

烧猪验尸　郑　克(宋)

张举①,吴人也,为句章令。有妻杀夫,因放火烧舍,称"火烧夫死"。夫家疑之,诉于官,妻不服。举乃取猪二口,一杀之,一活之,而积薪烧之,活者口中有灰,杀者口中无

人間掌故

灰。因验尸，口果无灰也，鞫之②，服罪。

——《折狱龟鉴》

【注释】

①张举：三国吴人。

②鞫（jū）：审讯，查问。

【译文】

张举是三国时期吴国人，担任句章县令。有一个妻子杀了自己的丈夫，随即放火烧毁房子，对人说是失火丈夫被烧死了。丈夫家里的人怀疑这事，就上告到官府，妻子不服。张举便让人弄来两头猪，杀掉一头，留下一头，然后堆放柴草焚烧这两头猪，最后检查，那头活着被烧的猪口里有灰，事先杀死了的猪口里没有灰。于是张举又查验那具尸体，口中果然没有灰。再把死者的妻子提来审讯，她老老实实服罪了。

【品读】

如今，科学家们为了成功地进行人体器官移植，或进行其他科学实验，常常用动物作替代品。张举破案与此有相通的道理。

东方朔偷酒喝　罗大经（宋）

岳阳有酒香山，相传古有仙酒，饮者不死。汉武帝得之，东方朔窃饮焉。帝怒，欲诛之，方朔曰："陛下杀臣，臣亦不死；臣死，酒亦不验。"遂得免。

方朔数语，圆转简明，意其窃饮以发此论，盖风武帝之求长生也①。

——《鹤林玉露》

【注释】

①风：微言劝告。通"讽"。

【译文】

岳阳有座酒香山，相传古时候这里有仙酒，人喝了这酒就可长生不死。汉武帝得到了这种仙酒，结果被东方朔偷喝了。武帝大怒，要杀掉东方朔。东方朔对武帝说："陛下杀我，我也不会死，我如果死了，那这仙酒就不灵验。"这个回答很巧，武帝就放了他。

东方朔这几句话，说得圆转简明。人们猜想，他偷酒喝以后引发出那番议论，意在讽谏武帝的求长生不老。

【品读】

其实，东方朔并不信长生术，他是想借此机会来劝谏武帝。他的这次劝谏可谓别出心裁，颇富机巧，也不知武帝以后是否有所觉悟。

滴血断案　元好问（金）

范元质令平舆[①]，函头村彭李家兄弟皆豪于财。彭李三水牸生一犊，数日死，弃水中。邻张氏水牸亦生一犊。李三为牧儿所诱，窃张犊去，令其家水牸乳之。张家挞之，遂告张曰："李家犊死投水中，今所乳君家犊也。君告官，我往证。"张诉之官。元质曰："此不难。"命汲新水两盆，刺两牛耳尖血沥水中，二血殊不相入。又捉犊子亦刺之，犊血沥水上，随与张牛血相入而凝。即以犊归张氏。县称神明。元质名天保，磁州人[②]。

——《续夷坚志》

【注释】

①平舆：县名，今河南平舆。

②磁州：地名，今河北邯郸地区。

【译文】

范元质在平舆做县令时，函头村彭李家兄弟仗财逞强。彭李三

人間掌故

的水牛生了一头小牛，几天后死了，扔在水中。邻居张氏的水牛也生了一头小牛。李三受放牛儿的引诱，偷了张氏的小牛，要自家的水牛喂养它。张氏抽打放牛儿，放牛儿就告诉张氏说："李家的小牛死了扔在水里，如今他家喂养的是你家的。你到官府告状，我去作证。"张氏把这件事告到县衙，元质说："这不难判断。"命令衙役打来两盆新鲜的清水，刺破两头牛的耳尖，让血滴在水中，两头牛的血毫不相融。于是捉来小牛也这样办，小牛的血滴在水里，马上和张氏牛的血相融而凝结在一起。当即把小牛判给了张氏。县里的人称他为神明。元质名天保，是磁州人。

【品读】

范元质处理这件案子，不以各自申诉为依据，滴牛血于清水中来定夺，更加客观而无可争辩。而他自己显得从容不迫，游刃有余。这似乎有点 DNA 检测的意思了。

识印捕盗 元好问（金）

副枢刚中王公晦，字子明，泽州人①。初任长葛簿②，一日，行水边，忽见回风逐马行，或前或后，数里不去。子明疑其有异，缓辔从之，回风入水复出者数四。子明召旁近居民，杂驺卒入水索之，得一尸，是近日被害者。检视衣著，于所佩小革囊中得买布单目，及木印一。子明嘿藏之，不以语人。即入县，即召布行赍布来，官欲买之，积布盈庭。子明一一辩视，果有布是本印所记者，因甲乙推之，盗寻获。一县称为神明。

——《续夷坚志》

【注释】

①泽州：州名，治所在今山西晋城。
②长葛：县名，今属河南。

【译文】

副枢刚中王晦,字子明,泽州人。他当初做长葛县文书的时候,一天,在水边行走,忽然看见旋风赶着马走,时而往前,时而往后,几里路马都不肯离去。子明怀疑其中有不寻常的情况,放松缰绳随马而行。只见旋风入水,四次从水中跃出。子明把附近的居民喊来,又叫骑马的侍从和他们一起下水搜索,找到一具被害不久的尸体。子明查看死者的衣服,从他身上佩戴的小皮袋里得到买布的单目和一枚木印。子明叹了口气收藏起来,不告诉别人。随即进了县城,马上下令要布行的老板带着布到衙门来,声称官府要买,不久,县衙里堆满了布。子明一一辨认,果然有布盖着他得到的那枚木印,于是依次讯问,盗布杀人的罪犯很快被抓获,一县的人都说他神了。

【品读】

王子明发现杀人案有点神秘色彩,但他查看死者的情形,表明他很有心计。王子明依靠所得死者买布的单目和木印,采取措施,分析推断,迅速破案,显示了很强的断案能力,其中,他处事的细致是很重要的因素。

汪直失宠　文　林(明)

宪庙时①,太监阿丑善诙谐,每于上前作院本②,颇有方朔谲谏之风③。

时汪直用事④,势倾中外。丑作醉人酗酒,一人佯曰:"某官至!"酗骂如故。又曰:"驾至!"酗亦如故。曰:"汪太监来矣!"醉者惊迫,帖然。傍一人曰:"天子驾至不惧,而惧汪直,何也?"曰:"吾知有汪太监,不知有天子也。"自是,直宠渐衰。

——《琅琊漫抄》

【注释】

①宪庙：明宪宗朱见深死后的庙号。代指宪宗。

②院本：演戏的脚本。这里代指演戏。

③方朔：东方朔，西汉文学家。谲（jué）谏：假借托辞委婉进谏。

④汪直：明宪宗时宦官，掌管西厂，操持权柄，为所欲为，后遭贬逐而死。

【译文】

明宪宗时，太监阿丑诙谐滑稽，常常在宪宗皇帝面前演戏，很有东方朔托辞委婉进谏的风度。

当时汪直执掌大权，势力压倒宫廷内外。阿丑装扮成醉人酗酒，一个人假装说："某官来了！"他像以前一样酗酒、骂人。那人又说："皇帝来了！"他仍然是酗酒、骂人。那人接着说："汪太监来了！"醉人惊吓住了，安静下来。旁边一人说："皇帝来了你不怕，而怕汪直，为什么呢？"他回答说："我只知道有汪太监，不知道有皇帝。"从此，汪直渐渐不受宠爱了。

【品读】

借演戏贬人，走的是曲线，把正话反说，言此意彼。阿丑只以一出简单的戏文就切中要害，使汪太监失宠。而他则给人留下善谏的深刻印象。

曹冲智救库吏　　冯梦龙（明）

曹公有马鞍在库①，为鼠所伤。库吏惧，欲自缚请死。冲谓曰②："待三日。"冲乃以刀穿其单衣，若鼠啮者。人见，谬为愁状。公问之，对曰："俗言鼠啮衣不吉，今儿衣见啮，是以忧。"公曰："妄言耳，无苦。"俄而库吏以啮鞍白，公笑曰："儿衣在侧且啮，况鞍悬柱乎！"竟不问。

——《增广智囊补》

【注释】

①曹公：即三国时期的曹操。

②冲：曹冲，曹操的小儿子。

【译文】

曹操有马鞍放在库房里，被老鼠咬坏了。库吏很害怕，想把自己捆上去向曹操请罪。曹冲知道了这事，对库吏说："你先等三天。"曹冲就用刀子把自己的单衣割破，故意弄得像是老鼠咬破的样子。人们看见曹冲一副忧愁的样子。曹操问他，他回答说："俗话说，老鼠咬破了衣服不吉利。现在我衣服被老鼠咬了，所以很担忧。"曹操说："那是胡说的，你别担心。"过不多时，库吏进来报告老鼠咬坏马鞍的事，曹操笑着说："我儿子的衣服就放在身旁，还被老鼠咬了，何况马鞍是挂在库房的柱子上的呢。"竟不再追问此事。

【品读】

我们是从"曹冲称象"的故事中，知道曹操的这个小儿子的。前人的著作中说他"幼时智意所及，有若成人"。这个曹冲不仅聪明睿智，而且心地善良。据说当时用刑严重，曹冲救过不少人，这则小品就是一例。

智杀强盗　冯梦龙（明）

夏主窦建德微时①，有劫盗夜入其家。建德知之，立户下，连杀三盗，余盗不敢入，呼取其尸，建德曰："可投绳下系取去。"盗投绳而下，建德乃自系，使盗曳出。捉刀跃起，复杀数盗。由是益知名。

——《智囊》

【注释】

①窦建德：隋末河北农民起义领袖。清河漳南（今山东武城东北）人。才力超群。隋炀帝大业十三年（617年）在乐寿（今河北献

县)称长乐王,年号丁丑。第二年称夏王,建都乐寿,改年号为五凤,国号夏。五凤四年,败于李世民,被杀于长安。

【译文】

夏主窦建德卑贱的时候.有强盗晚上到他家抢东西,建德知道了,站在门下,一连杀了三个强盗,其他强盗不敢进去了,在上面喊要把尸体弄走。建德说:"你们可以扔下绳子系着尸体拉上去。"强盗扔下绳子,建德就把自己系着,让强盗拉出去。他一被拉出去,就提着刀跳起来,又杀了几个强盗,从此名声更响。

【品读】

窦建德砍杀强盗的胆略很不平凡。面临群盗无所畏惧,先恃勇力杀其不备,又施计谋再杀数盗,令其胆战心寒。对于强盗,实在要敢于勇斗,否则强盗气焰嚣张,欺人更甚。

麻秆退贼　冯梦龙(明)

辽阳东山虏剽掠至一家,男子俱不在,在者惟三四妇人耳。虏不知虚实,不敢入其室,于院中以弓矢恐之。室中两妇行绳,一妇安矢于绳,自窗绷而射之。数矢后,贼犹不退。矢竭矣,乃大声诡呼曰:"取箭来。"自绷上,以麻秆一束掷之地,作矢声。贼惊曰:"彼矢多如是,不易制也。"遂退去。

——《智囊》

【译文】

辽阳东山的强盗抢劫到了一家,这家的男人都不在,只有三四个女人。强盗不知虚实,不敢进房,就在院子里用弓箭吓房里的人。房里两个女人拉着绳子,一个女人把箭安在绳子上,从窗户绷着射出。射了几支箭以后,强盗还是不退,箭用完了,一个女人就大声诈喊道:"拿箭来。"自己把绳子绷紧,把一束麻秆扔在地上,发出箭一样的声音。强盗吃惊地说:"他们的箭那么多,不容易制服。"就退走了。

【品读】

行诈退贼是常有的事,这几个妇人虚虚实实,唱了一出空城计,使进犯的强盗受了蒙骗,自动退走了。人在这样的时候,首先需要的是沉着镇定,以应付突发事件,用弱制强,自我保全。

一诗悟祸福　　冯梦龙(明)

洪武初,嘉定安亭万二^①,元之遗民也,富甲一郡。尝有人自京回,问其何所见闻,其人曰:"皇帝近日有诗曰:'百僚未起朕先起,百僚已睡朕未睡。不如江南富足翁,日高五丈犹披被。'"二叹曰:"兆已萌矣。"即以家资付托诸仆干掌之^②,买巨航载妻子泛游湖湘而去。不二年,江南大族以次籍没^③,独此人获令终。

——《智囊》

【注释】

①嘉定:地名,今江苏昆山。

②干掌:掌管,管理。

③籍没:官府没收财产。

【译文】

明朝洪武初年,元朝遗民、嘉定安亭的万二,富为一郡之首。曾有人从京城回来,万二问他有什么见闻,那人说:"皇帝最近写了一首诗:'百官未起我先起,百官已睡我未睡。不如江南富足翁,日高五丈犹披被。'"万二感叹道:"征兆已经露出来了。"随之就把家产托付各位奴仆掌管,自己买了一条大船载着妻子儿女泛游湖湘而去。不到两年,江南大族依次财产被没收入官,唯独万二获得善终。

人间掌故

　　朱元璋做皇帝,做累了也难免发一发牢骚。相传他写的这首小诗,就分明是牢骚之文。他在诗里流露出对百官和江南富翁的不满,却让万二看到江南富翁灾祸将临的征兆,就此而论,万二可以称得上明智之士。

索字查罪犯　冯梦龙(明)

　　正德中,殷云霄字近夫①,知清江。县民朱铠死于文庙西庑中,莫知杀之者。忽得匿名书,曰:"杀铠者,某也。"某系素仇,众谓不诬。云霄曰:"此嫁贼以缓治也。"问左右:"与铠狎者谁?"对曰:"胥姚②。"云霄乃集群胥于堂曰:"吾欲写书,各呈若字。"有祝明者,字类匿名书。诘之曰:"尔何杀铠?"明大惊,曰:"铠将贩于苏,独吾候之,利其赀③,故杀之耳。"

——《智囊》

【注释】

　　①殷云霄:人名,字近文,明代寿张(今属山东)人。曾任南京工科给事中等职。为政清廉,雅好诗文,为当时十才子之一。

　　②胥:小官吏。

　　③赀:资财,钱财。通"资"。

【译文】

　　明武宗正德年间,殷云霄(字近夫)在清江做知县。县民朱铠被杀死在孔子庙的西厢房里,不知道是谁杀了他。一天,殷云霄收到一封匿名信,写道:"杀死朱铠的,是某人。"某人是朱铠的老仇人,大家都认为不会错。殷云霄说:"这是嫁祸于人以拖延办案。"于是,问左右的人:"谁和朱铠亲近?"回答说:"姓姚的小吏。"云霄就把所有的小吏集中在大堂说:"我想写字,你们各人都送上一个'若'字。"有个叫祝明的小吏,写的字和匿名信上很相似。殷云霄问他:"你为什么杀朱铠?"祝明大吃一惊,供出:"朱铠将到苏州做生意,只有我一人侍候他,我贪图他的财物,所以杀了他。"

【品读】

朱铠被杀,众人都上匿名信的当,认定是某人,殷云霄独具慧眼,不从众议,而从匿名信看到线索。办案,真要能识破骗局。

骤增三百求无患 冯梦龙(明)

东海钱翁,以小家致富,欲卜居城中。或言:"某房者,众已偿价七百金,将售矣,亟往图之。"翁阅房,竟以千金成券。子弟曰:"此房业有成议,今骤增三百,得无溢乎?"翁笑曰:"非尔所知也。吾侪小人,彼违众而售我,不稍溢,何以塞众口?且夫欲未餍者①,争端未息,吾以千金而获七百之舍,彼之望既盈,而他人亦无利于吾屋。歌斯哭斯,从此为钱氏世业已患矣。"已而他居多以价亏求贴,或转赎,往往成讼,惟钱氏帖然。

——《智囊》

【注释】

①餍(yàn):满足。

【译文】

东海的钱翁以小家致富,想在城里选择一所房子安居。有人对他说:"某处的房子,大家已经谈好价钱是七百两银子,快要卖了,你赶快去把它买下来。"钱翁看了房子,竟然用一千两银子签订买卖契约。他的子弟们说:"这房子已经有现成的价钱,现在突然增加三百两银子,难道不是过分了吗?"钱翁笑道:"这不是你们能够明白的。我们这些平民百姓,他违反众人的意见卖给我,不略增加些钱,凭什么制止大家的议论?再说,人的欲望没有满足,争端不会平息,我用一千两银子买下价格为七百两银子的房子，卖主的愿望已经满足，而他人也会认为我的房子无利可图。庆贺也好，悲伤也好，只为钱氏的家业从此没有祸患了。"不久，他人买的房子多因为价格便宜要求补贴或者赎回，往往打官司，唯有钱家安然无事。

【品读】

小户人家苦心经营得富裕，往往把钱看得贵重。钱翁有点反常人之道而行，这表明他比众人都有远见。钱总是为人所用，多花几个钱图了安逸比少花钱烦恼不堪还是划算得多。

一食定凶手　冯梦龙（明）

欧阳晔治鄂州①，民有争舟而相殴至死者，狱久不决。晔自临其狱，出囚坐庭中，去其桎梏，而饮食讫，悉劳而还之狱，独留一人于庭。留者色动惶顾，公曰："杀人者，汝也。"囚不知所以，曰："吾观食者皆以右手持匕，而汝独以左，今死者伤在右肋，此汝杀之明验也。"囚涕泣服罪。

——《智囊》

【注释】

①欧阳晔：人名，字日华，宋代庐陵（今江西吉水县）人。曾任桂阳监、都官员外郎，以善于断案为人称道。

【译文】

欧阳晔治鄂州的时候，百姓争船相互殴打，打死了人，案子长期不能断。欧阳晔亲自到监狱里，放出囚犯，让他们坐在庭院里，去掉枷锁，给饭他们吃，吃完了以后，除了留下一人在庭院里，其他人都安慰了一番送回牢房。留下的人神色慌乱，四下看，欧阳晔说："杀人的就是你。"那囚犯不知道是什么缘故，欧阳晔说："我看吃饭的人都用右手拿勺子，而唯独你用左手，现在死者的伤在右肋，这是你杀人的有力证据。"那囚犯流着泪服了罪。

【品读】

给囚犯饭吃很平常,真正的凶手也难猜到欧阳晔的用心。一顿饭了,这桩殴打致人死案就断定了,难怪欧阳晔以善断案为人称道。

断句息纠纷　郑　瑄(明)

富民张老无子,赘婿于家。后妾生子,名一飞,甫四岁而张卒。张病时谓婿曰:"妾子不足任吾财,当畀汝夫妇①。尔但养彼母子不死沟壑,即阴德矣。"于是出券书云:"张一非吾子也,家财尽与吾婿,外人不得争夺。"婿乃据之不疑。后妾子壮,告官求分,婿以券呈,官遂置不问。他日,奉使者至,妾子复诉,婿仍前赴证。奉使者因更其句读曰②:"张一非,吾子也。家财尽与。吾婿外人,不得争夺。"曰:"尔父翁明谓吾婿外人,尔尚敢有其业耶?诡书飞作非者,虑彼幼为尔害耳。"于是断给妾子,人称快焉。

——《昨非庵日纂》

【注释】

①畀(bì):给予。

②句读:句和逗,指文章中休止和停顿的地方。

【译文】

富人张老没有儿子,招了个女婿在家里。后来,他的小老婆生了个儿子,名叫一飞,刚四岁张老就死了。张老病重时对女婿说:"小老婆生的儿子不足以继承我的财产,我将把财产给你们夫妻。你只要供养她们母子,使她们不死在荒野,就是积了阴德了。"于是拿出遗书,上面写道:"张一非吾子也,家财尽与吾婿,外人不得争夺。"女婿拿着这遗书一点都不怀疑。

后来,张老小老婆的儿子成了人,告到官府,要求平分财产,女婿就把张老的遗书递上去,官府搁置不理。有一天,朝廷奉使者来了,张老小老婆的儿子又上诉,女婿仍然前去以张老的遗书作证。于是,奉使者改变张老遗书的句读为:"张一非,吾子也。家财尽与。吾婿外人,不得争夺。"并说:"你父亲分明说女婿是外人,你怎么敢占有他的财产呢?诈书'飞'作'非',是想到小老婆的儿子很小,怕被你伤害罢了。"这样,把张老的财产判给他小老婆的儿子,人人称快。

【品读】

奇人奇案,然案虽奇,却有迹可循。张氏之所以能将事情在他死后按其设计一步步兑现,源于他对世道人心的透彻了解,瞒天过海之计精妙绝伦地演绎,是因为他抓住了女婿的贪婪、无知这两大性格缺陷。

夜半审讯　　陆　粲(明)

南京刑部典吏王宗,福建人。一日当直,忽报其妾为人杀死舍馆。宗奔走,旋来告。尚书周公用发河南司究问,欲坐宗罪。宗云:"闻报而归,众所共见,且是妇无外行,素与宗欢,何为杀之?"考掠①累日,终无异词。隔数月,都察院会审,事檄浙江道御史杨逢春。杨示约某夜二更时后鞫王宗狱,如期鞫之,猝命隶云:"门外有觇视者②,执以来。"果获两人。甲云:"彼挈某伴行,不知其由。"乃舍之,用刑究乙,乙具服,言与王宗馆人妻乱,为其妾所窥,杀人以灭口。即置于法,而释宗。杨曰:"若日间则观者众矣,何由踪迹其人,人非切己事,肯深夜来瞰乎?"由是举称神明,一时震都下。

——《说听》

【注释】

①考掠:拷打。考,通"拷"。

②觇(chān)视：偷看，侦察。

【译文】

　　南京刑部典吏王宗，福建人。一天正在值班，忽然有人来报告，说他的小老婆被人杀死在客馆里，王宗急忙跑到客馆去，立即又回来告状，尚书周公用把这件案子交给河南司调查、审讯，想判王宗的罪。王宗说："我听到别人报告才回去的，大家都看见了。再说这个女人无外心，一向和我情投意合，我为什么杀她呢？"拷打了多天，王宗没有一句别的话。过了几个月，都察院会审，这件案子报告给浙江御史杨逢春。杨逢春指示约定某天晚上二更后审理王宗案，如期开庭时，他突然命令衙役说："把门外偷看的人捉来。"果然抓到了两个人。甲说："他拉我陪他来，不知道什么原因。"于是释放了他，然后用刑法审问乙，乙全部招供了。说是与王宗客馆里的人的妻子私通，被王宗的小老婆看见了，故杀人灭口。杨逢春依法处置了他，释放了王宗，并说："如果是白天审问，那观看的人就很多，从哪里寻找杀人犯的踪迹。人不是关系到自己的事，谁肯深更半夜来看呢？"于是人们都称赞他的智慧，一时间名震都下。

【品读】

　　人命关天，王宗的小妾在客馆被杀，尚书周公用追究正在值班的王宗的罪责，多少有点莫名其妙。杨逢春善动脑筋，只以夜半审讯这一举措，就逮住了真正的杀人犯。他申述自己这样做的理由，确实表现出一种智慧，同时也给人断案宜审慎的启示。

按资历裁衣　　赵吉士（清）

　　嘉靖中，京师缝人某姓者，擅名一时①，所制长、短、宽、窄，无不称身。尝有御史令裁圆领，跪请入台年资。御史曰："制衣何用知此？"曰："相公辈初任雄职②，意气高盛，其体微仰，衣当后短前长；在事将半，意气微平，衣当前后如一：乃任久欲迁，内存冲挹③，其容俯，衣当前短后长——不知年资，不能称也。"

——《寄园寄所寄》

【注释】

①擅：拥有，据有。

②雄职：喻高位。

③冲挹（yì）：谦虚自抑。挹，通"抑"。

【译文】

明代嘉靖年间，京城衣匠某氏，以会做衣服一时享有很大的名声，他缝制的衣服，长、短、宽、窄，无不合体。曾经有位御史要他裁制一件圆领礼服，他跪着请问御史任职的资历，御史说："你缝制衣服要知道这有什么用？"某氏说："相公们刚做大官，意气风发，他的身体略往后仰，衣服就应该后面短前面长；任职将到一半时间，意气微微平和，衣服的长度应该前后一致；到做官的时间长了，想升迁，内心就谦虚自抑，他的身体就往前倾，衣服就应该前面短后面长，不知道任职的资历，做的衣服就不能合身。"

【品读】

京城某氏善裁衣，所制衣服无不合体，这种功夫，源于对人的洞察入微。同时，某氏论裁衣，客观上揭露了做官人的心态，令人深思。

松江太守明日来　褚人获（清）

明宣正间，松江太守赵豫①，居官慈惠。每见讼者，则谕之曰："明日来。"始皆笑之，遂有"松江太守明日来"之谣。不知讼者乘一时之忿，经宿气平，或众为劝解，因而获息者甚多。比之钩钜致人而自名英察者②，其所存何啻霄壤③！

——《坚瓠续集》

【注释】

①赵豫:人名,字定素,明代安肃(今河北徐水)人,任松江太守十五年,清正廉洁,为百姓拥戴。

②钩钜:反复调查。钜:通"距"。

③啻(chì):仅仅,只有。

【译文】

明朝宣正年间,松江太守赵豫为官仁慈厚道。每当见了来告状的人,就告诉他说:"明天来。"人们开始都嘲笑他,于是流传"松江太守明天来"的谚语。人们不知道告状的人往往是一时的气愤,过了一晚上怒气平息了,或者受众人劝解而消气的也很多。这比起那以反复调查而自称英明洞察的人,操行何止是天壤之别。

【品读】

赵豫为官,对人事纠纷案采取"明天来"的方针,虽惹人嘲笑,但不失为良策。尤其是对那些"乘一时之忿"的人,冷处理后自动化解比官断是非效果更好。

蒋 生 昭 槤(清)

年大将军羹尧镇西安时,广求天下才士,厚养幕中。蒋孝廉衡应聘而往,年甚爱其才,曰:"下科状元当属君也。"盖年声势赫濯①,诸试官皆不敢违故也。蒋见其自用威福,骄奢已极,因告同舍生曰:"年公德不胜威,其祸立至,吾侪不可久居于此。"其友不听,蒋因作疾发辞归。年以千金为赆②,蒋辞不受,因减半与之,乃受而归。未逾时年以事诛,幕中皆罹其难。年素奢侈,费用不及五百者不登诸簿,故蒋辞千而受百者,此也。

——《啸亭杂录》

【注释】

①赫濯(zhuó):显赫盛大。

②赆(jìn):赠送财物给行路人。

【译文】

年羹尧大将军镇守西安的时候,广泛搜罗天下有才学的人,用优厚的待遇把他们养在自己的幕府里。蒋衡孝廉应征前去,年羹尧很喜欢他的才干,说道:"下科头名状元应该归你。"因为年羹尧声势显赫,各位主考官都不敢违背他的意思。蒋衡看到年羹尧擅用权势,作威作福,骄横奢侈已经到了极点,就告诉同房的秀才说:"年公的德行不及他的威严,灾难很快就要来,我们这些人不能长期住在这里。"他的朋友不听,蒋衡就假托生病告辞回家。年羹尧送给他一千两银子作路费,蒋衡推辞不肯接受。年奠尧就给他五百两,蒋衡接受了回到家里。没过多久,年羹尧因为犯事被杀,他的幕僚都遭了难,年羹尧一向生活奢侈,送别人礼的费用不到五百两银子的就不登记在本子上。蒋衡推辞一千两而接受五百两,就是因为这。

【品读】

年羹尧召蒋衡在幕下,生活待遇优厚,并许诺让他做下科头名状元,他都不放在心上,辞别而去。蒋衡确实明智,名利固然好,全身避害还是首要的。

袁枚断案① 青城子(清)

有弟兄争讼者,江南如皋县人②。父素富,生二子。临死,以银数万,当次子面交长子曰:"待弟成立,分半与之。"及弟娶妻,所有田宅,俱均分讫,惟银绝不道及。弟向兄索银,兄不认,涉讼连年。历任县令,俱以无笔据不直弟。弟闻上元县令袁简斋先生善折狱③,越境控告。公当逐出,却暗令人唤至,匿之署中。适有新破积匪案,密谕盗扳其兄,移文拘至④,并起出藏金若干,到案讯究。兄供:"父本富饶,所有藏金,非一己之物,有弟尚未分授。"公曰:"如是,须唤尔弟对质。"立出其弟曰:"尔兄已供认尚未分授,我今为尔等平分。"兄缄口无言。

——《志异续编》

【注释】

①袁枚:字子才,号简斋、随园老人。钱塘(今浙江杭州)人。清代诗人,曾任溧水、江宁等县县令。晚年侨居江宁,以作诗论文自娱。

②如皋(gāo):地名,今江苏如皋。

③上元:地名,在今江苏南京境内。折狱:断案。

④移文:传递文书。

【译文】

江苏如皋县有弟兄两人打官司。他们的父亲一向很富有,生下两个儿子。他临死之前,当着小儿子的面把几万两银子交给大儿子说:"等弟弟成家立业了,你分一半给他。"到弟弟娶了妻子,哥哥把所有的田地,房屋都平均分了,唯独根本不提银子的事。弟弟找哥哥要银子,哥哥不认账,连年打官司。如皋县历任县令都因为没有字据不认为弟弟有理。弟弟听说上元县令袁枚先生善于断案,就越过如皋县到上元县告状。袁枚当即把他赶出衙门,但暗地要人把他喊来,藏在衙门里。这时,刚好侦破了积压的盗贼案,袁枚秘密地告诉盗贼牵扯他哥哥,然后,传递文书把他哥哥拘捕来,并从他家起出若干藏金,到案审讯。哥哥供认:"我父亲本来富有,所有藏金,不是我一个人的东西,我有个弟弟还没有分给他。"袁枚说:"既然这样,必须喊你弟弟来对证。"于是,马上把他弟弟喊出来说:"你哥哥已经供认银子还没有分给你,我现在为你们平分。"哥哥张口结舌说不出话来。

【品读】

袁枚断案善用机巧。就他的行为本身来说,有点唆使盗贼诬陷的嫌疑，但他本意不在以盗贼的名义治某兄之罪，而在迫使某兄承认家藏的银两有弟弟的一半，使这场多年的官司得以了结。袁枚善于断案，名声果不虚传。